Rudi Kost

Wenn Oma Öchsle zweimal klingelt

Rudi Kost

Wenn Oma Öchsle zweimal klingelt

Roman

Silberburg-Verlag

Rudi Kost, 1949 in Stuttgart geboren, ist gelernter Journalist und arbeitet seit langem als freier Autor und Herausgeber. Er hat Hörfunkfeatures und Hörspiele geschrieben, PC-Fachbücher, Reiseführer und vieles mehr. Er lebt bei Schwäbisch Hall, wo auch seine Krimiserie um den Versicherungsvertreter Dillinger spielt.

1. Auflage 2013

Umschlaggestaltung: Christoph Wöhler,
Tübingen.
Coverfoto: © Alina555 – istockphoto
und © ferrantraite – istockphoto.
Druck: Gulde-Druck, Tübingen.
Printed in Germany.

ISBN 978-3-8425-1273-3

Kampfansage

Es war ein mäßig warmer Tag Ende August (fast wolkenloser Himmel, ein schwacher Wind aus Nordost), als Emma Öchsle eine Entscheidung traf, deren Folgen zu diesem Zeitpunkt noch nicht abzusehen waren.

»Nein!«, sagte sie entschieden.

»Eine andere Möglichkeit gibt es nicht.«

»Nein!«

»Es ist doch nur zu deinem Besten.«

»Nein! Lieber schlafe ich unter der Gaisburger Brücke.«

»Und wo sollen dann deine Möbel hin?«, fragte Klaus, der sich als Mann verpflichtet fühlte, praktisch zu denken.

»Unter die Brücke.«

»Jetzt sei doch nicht so stur!«

»Mich kriegt ihr nicht ins Altersheim!«, empörte sich Emma. »Was soll ich unter den ganzen alten Leuten dort?«

»Du bist neunundsechzig, Mutter.«

»Sag ich doch!« Kampfeslustig starrte Emma Öchsle ihren Sohn und ihre Schwiegertochter an.

Alice knuffte ihren Mann mit verkniffenem Gesicht in die Seite. »Sag's ihr!«

»Also gut«, seufzte Klaus. »In dem Fall, Mutter, musst du … äh, haben wir … also dann kommst du eben zu uns.«

»Dondrladdich[1], noi!«, heulte Emma Öchsle auf. »Liabs Herrgöttle von Biberach![2] Dann liaber ens Altersheim!«

---

1 Heißt eigentlich so viel wie »beeindruckend«, ist aber auch ein Ausruf der Überraschung oder der Verärgerung.

2 Man könnte geneigt sein, als Erfinder dieses Spruches Ernst Bienzle anzusehen. Das stimmt aber nicht, er ist schwäbisches Allgemeingut, der sich auf ein mittelalterliches Kruzifix bezieht, das in Biberbach (bei Augsburg) steht. Bienzle zitiert übrigens richtig.

Alice musste sich heftig bemühen, ihren Triumph nicht allzu deutlich zu zeigen. Ihre über alles geliebte Schwiegermutter war ja so berechenbar. Man musste ihr nur mit Hölle und Fegefeuer zugleich drohen, um sie gefügig zu machen. Dieses Thema also war vom Tisch, jetzt musste man sie nur auf den richtigen Weg schubsen.

»Klar, Mutter«, sagte sie eilig, »wir respektieren natürlich deine Entscheidung. Wir wollen dich ja zu nichts überreden, was du nicht willst. Wir ...«

»Es wäre ja auch nur vorübergehend, bis wir für dich was gefunden haben«, unterbrach sie Klaus. Ein spitzer Ellenbogen bohrte sich in seine Rippen.

»Und das Dachgeschoss steht sowieso leer«, fügte Klaus hinzu. Der spitze Ellenbogen fand zielsicher seine Nieren und war hammerhart.

Ein versonnenes Lächeln umspielte Emma Öchsles karmesinrot geschminkte Lippen. Diese Habergois[3], diese preußische[4]! Das hatte sie sich sauber ausgedacht, diese Krampfhenne von Schwiegertochter, aber wer eine Emma Öchsle über den Tisch ziehen will, muss früher aufstehen. Jetzt grad zum Bossa![5]

»Kinder«, sagte sie strahlend, »ich bin ja ganz gerührt, wie ihr euch um mich sorgt! Wenn's euch so wichtig ist, dann komm ich halt. Ich will euch aber nicht zur Last fallen.«

Alice wurde bleich.

---

3 eine dürre Frau

4 Alice, dies sei vorweggenommen, stammt zwar aus Hamburg, aber alles nördlich seiner Stammesgrenzen kommt dem Schwaben höchst verdächtig, mithin preußisch vor. In früheren Zeiten sprach man auch von denen »aus dem großen Vaterland«.

5 Jetzt erst recht, wobei dies den erklärten Willen mit einschließt, den anderen damit gehörig zu ärgern.

Nun war es Klaus, der still in sich hineinlächelte. Die Aussicht, endlich mal wieder ein vernünftiges Essen serviert zu bekommen, war zu verlockend. Kässpätzle statt Dinkelbällchen, Rostbraten statt Tofuschnitzel. Essen wie bei Mama.

Und Alice würde sich schon wieder beruhigen.

Alice schaute ihren Mann an. Wenn Blicke töten könnten, würde Klaus Öchsle in diesem Buch keine Rolle mehr spielen.

An diesem Abend gab es im Schlafzimmer von Klaus und Alice Öchsle eine lebhafte eheliche Auseinandersetzung, die allerdings ziemlich einseitig, dafür umso lautstarker geführt wurde.

»Verräter!«, brüllte Alice. »Wie konntest du mir das antun!«

»Also Schatz, ich …«

»Schlappschwanz!«, tobte Alice. »Du bist mir in den Rücken gefallen! Ich hatte sie schon so weit, und dann überredest du sie auch noch! Ich hasse diese Frau!«

»Also Schatz, ich …«

»Weichei! Wie stellst du dir das vor? Wie soll ich das aushalten? Ich und dieses alte Weib in einem Haus!«

»Also bitte Schatz …«

»Und wenn man ihr die Windeln wechseln muss, dann machst du das!«

»Also Schatz, ich …«

»Und wenn du glaubst, hier würde es noch so was wie Liebesleben geben, dann hast du dich geschnitten. Ich trete in den Streik. Solange deine Mutter hier wohnt, gibt es keinen Sex mehr!« Und honigsüß fügte sie hinzu: »Wir wollen doch deine Mutter nicht stören, nicht wahr?« Und sie versuchte sich an einer Stöhnarie à la Sally, die aber eher zu einer missglückten Parodie geriet.

Klaus merkte gleichwohl auf. War ihm da bisher etwas entgangen?

»Aber sie wohnt doch noch gar nicht ...«, sagte er hoffnungsfroh.

»Und das gilt ab sofort, mein Schatz!«, gurrte Alice katzenweich.

Nun war es so, dass bei der Errichtung des Eigenheims der Familie Öchsle eine kreative Energie gewaltet hatte, dergestalt, dass sich eine gewisse Differenz ergeben hatte zwischen solchen Materialien, die in Rechnung gestellt, und jenen, die tatsächlich verbaut worden waren. Das betraf auch eine ausreichende Lärmdämmung, was zur Folge hatte, dass bei ausreichender Lautstärke, was hier eindeutig gegeben war, in den angrenzenden Räumen jedes Wort zu verstehen war.

Madeleine saß in ihrem Bett und kämpfte sich durch Marcel Prousts »Auf der Suche nach der verlorenen Zeit«. Im Original selbstredend. Sie musste ihre Französischnote unbedingt verbessern, sie stand nur auf einer schwachen Eins. Bei den Worten ihrer Mutter richtete sie sich auf und reckte die Faust in die Höhe: »Jawoll, Mama, gib's ihm! Alle Männer sind Schweine!«

Das waren tiefe Einsichten für eine Siebzehnjährige. Gerade befand sie sich in einer ausgeprägten präfeministischen Phase. Sie musste nur noch herausfinden, was genau das zu bedeuten hatte. Vielleicht sollte sie mal Simone de Beauvoir lesen. Im Original selbstverständlich.

Nur die zuletzt hörbaren Geräusche irritierten sie.

»Jawoll, gib's ihm!«, ertönte es auch in Simons Zimmer. Als sich die eheliche Auseinandersetzung anzubahnen begann, hatte er sich schnell sein Headset aufgesetzt. Die Alten waren jetzt schwer mit sich selbst beschäftigt, wie er aus Erfahrung wusste, und keiner käme mehr auf die Idee, sein Zimmer zu stürmen. Also konnte der Fünfzehnjährige in aller Ruhe noch ein paar Runden Counter-Strike spielen. »Jawoll, gib's ihm!«, rief er erneut seinem virtuellen Mitkämpfer zu.

In der anderen Hälfte des Doppelhauses verfolgte auch Heiner Gaggel den Disput der Öchsles Wort für Wort. Besorgt sah er zu seiner Gertrud hinüber. Aber sie hatte das Spektakel nebenan offensichtlich verschlafen und schnarchte selig vor sich hin. Gott sei Dank! Wer weiß, auf welche Gedanken sie sonst gekommen wäre. Sie war in letzter Zeit sowieso etwas komisch, was ihr Eheleben betraf. Dauernd Migräne war ja auch nicht normal, oder?

Der Einzug

So kam es also, dass Emma Öchsle, neunundsechzig Jahre alt und Witwe seit sechs Jahren, einige Zeit später mit Sack und Pack ihr neues Zuhause in Bad Cannstatt bezog, aufmerksam beobachtet von den Nachbarn. Endlich tat sich mal was im Viertel, das über die bekannte Routine hinausging.

Emma stemmte die Hände in die Hüfte und schaute sich erwartungsfroh um, als sei ihr alles völlig neu. Es war ja auch was anderes, ob man nur zu Besuch kam und wieder fliehen konnte oder auf wer weiß wie lange Zeit hier festsaß.

Sie sah die Weinberge des Steinhaldenfelds. Davor die Straße, dicht an der Straße die Reihe mit Doppelhäusern, und eines davon war von nun an ihr Domizil. Zwischen den Häusern führte der Weg zur Eingangstür, auf die Emma nun zuging. Sie drückte auf die Klingel und hörte einen leisen Ton im Haus.

Nichts geschah.

Sie hatte ja nun nicht gerade ein freudiges Begrüßungskomitee erwartet, aber wenigstens, dass man ihr die Tür aufmachte.

»So was!«, murmelte Emma erbost. »Hen di mi vergesse? Do kennsch jo glei narret werde!«

Sie drückte erneut auf den Klingelknopf. Zweimal gleich.

Endlich ging die Tür auf, und vor ihr stand ihre Schwiegertochter.

Was hatte sich Emma vorgenommen? Nett und freundlich zu sein, schließlich war das ihre Familie.

Emma strahlte. »Sodele, Alice!«, sagte sie. »Wenn's zwoimal schellt[6], ben's i. I ben älsamol[7] a bissele ogeduldig, woisch.«

Alice strahlte nicht. Was sich um ihre Mundwinkel zog, ließ sich mit sehr viel gutem Willen als der Versuch eines Lächelns interpretieren.

»Also!« Emma strahlte immer noch. »Jetzt goht's los!«

Von der Eingangstür führte der Weg weiter hinter die Häuser, wo die Gärten lagen. Ihnen schlossen sich die Gärten der nächsten Häuserreihe an, wie ein grüner Innenhof.

In einem der Häuser gegenüber stand Erwin Brändle am Fenster, mit bestem Blick auf Garten und Eingang der Öchsles, und schaute zu, was die Möbelpacker so alles anschleppten, während seine Frau auf dem Sofa saß und konzentriert eine Zeitschrift durcharbeitete, um sich über die aktuellen Ehekrisen in den europäischen Königshäusern auf dem Laufenden zu halten.

---

6 Schellen heißt klingeln. – Schwäbischer Zungenbrecher: Schellet Se net an sellre Schella, selle Schella schellet net, schellet Se an sellre Schella, selle Schella schellt.

7 manchmal

»Was glotsch denn so, Erwin?«, fragte Helga Brändle, ohne von ihrer Zeitschrift aufzusehen.

»Drübe bei Öchsles ziagt oine ei.«

»Wer denn?«

»Woher soll i des wissa? A Alte, scheint's.«

»Wie alt?«

»Wie mir.«

Helga Brändle stand nun doch auf, schaute hinüber zu den Öchsles und seufzte. Eine Alte! Neuer Zulauf für den hiesigen Rentnerzoo. Warum zog nicht mal so jemand wie diese Möbelpacker ein? Kräftige junge Burschen waren das, mit hartem Bauch und Muskeln, die unter den engen T-Shirts spielten. In ihrer Nase kitzelte sie der animalische Geruch ehrlich erarbeiteten Schweißes.

Mit einem Seitenblick musterte sie den dicken Bauch ihres Ehegatten. Und seufzte abermals.

Auch Erwin Brändle seufzte. Die nächste Schädderbiggs[8] im Viertel! Davon hatte er hier genug, nicht nur in den eigenen vier Wänden. Überall gab es diese wohlgeformten und durchtrainierten jungen Frauen, die sich im Bikini im Garten räkelten, nur bei ihnen nicht. Die Alice Öchsle, dieses verhungerte Klappergestell, zählte in der Hinsicht ja nicht.

»Wahrscheinds d' Mutter», mutmaßte er. »Seine oder ihre. Oder d' Tante, was woiß i.«

»Frag halt.«

»Fraga? I? Als ob mi des interessiere tät!«

»Dann brauchsch au net glotza ond kannsch mir helfe, d' Bettwäsch zammelege«, sagte Helga Brändle in jenem Ton, der gemeinhin keinen Widerspruch duldete.

---

8 keifende Frau

»Jetzt wart doch amol, jetzt wird's interessant. Guck[9], dr Kienle kommt.«

Die Kienles wohnten neben den Öchsles. Zwischen den beiden Häusern verliefen, durch einen Holzzaun getrennt, zwei schmale Wege, die zu den Eingangstüren und weiter zu den hinten liegenden Gärten führten.

Wie allgemein bekannt war, redeten die Öchsles und die Kienles nicht miteinander. Warum, wusste niemand mehr so genau, das war eben so. Das Einzige, was die Nachbarn verband, war das stille Einvernehmen, dass sich an dem Zustand bis zum Jüngsten Gericht nichts ändern würde.

»Guck, jetzt kommt d' Vogelscheich«, sagte Erwin Brändle.

»Erwin! Du sollsch doch net immer so über d' Frau Öchsle rede!«

»Isch doch wahr! I verschtands net, was mr an so oiner Hungerleidere finde kann«, rechtfertigte sich Erwin.

Insgeheim freute sich Helga Brändle über die Bemerkung ihres Mannes. Ihre letzte Begegnung mit der Badezimmerwaage war nicht zur beiderseitigen Freude ausgefallen. Seither bestrafte sie die Waage mit Nichtachtung. Aber ihrem Erwin schien es ja nichts auszumachen, dass sie im Laufe des Ehelebens ein klein wenig an Umfang zugenommen hatte. Na ja, etwas mehr als nur ein klein wenig, wenn sie ehrlich war.

»Guck«, sagte Helga Brändle, »jetzt fahret die Möbelpacker weg.«

»Wird halt alles drinne sei. Viel war's ja net«, erwiderte Erwin Brändle.

»Guck, jetzt laufet die Öchsle und der Kienle aneinander vorbei, ohne sich anzugucken«, beobachtete sie.

---

9 Schau mal. »Guck« ist nicht zu verwechseln mit der »Gugg«, was eine Tüte ist.

»Wie immer. Bestimmt geht die Öchsle einkaufe«, bekräftigte ihr Mann.

»Wie kommsch jetzt da drauf?«

»Sonscht tät se helfe. Guck, jetzt kommt die Alt.«

»So alt isch die doch gar net.«

»Für mi scho.«

Wie war jetzt das wieder zu verstehen? Die Neue war tatsächlich so ungefähr in ihrem Alter. Und das fand ihr Männe zu alt? Argwöhnisch schaute sie zu ihm hinüber.

»Guck«, sagte Erwin Brändle ganz aufgeregt, »die schwätzt mit dem Kienle.«

»Die kennt sich halt noch net aus.«

In der Tat ging Emma Öchsle arglos auf den Mann hinterm Zaum zu und sagte: »Hallo, Herr Nachbar, ich wohn jetzt au do. I ben d' Emma.«

Otto Kienle, ungefähr in Emmas Alter, zuckte merklich zusammen, als er so angesprochen wurde, drehte sich nicht einmal um und ging schnell weiter. Als sei er auf der Flucht.

Emma war erst verblüfft und dann erbost.

»Dondrladdich! Du Bauradrampl[10] du, jetzt wart amol!«, schrie sie und ging ihm hinterher. Sie war schneller.

Emma griff über den Zaun und bekam Kienle an dessen Jacke zu fassen.

»Jetzt wart amol, han i gsagt! Oder verschtohsch du mi net? Muass i mit dir hochdeutsch reden?«

Emma hielt fest, Kienle zerrte.

»Dass das von vornherein klar ist, du Huatsempl[11]! Mich lässt man nicht so stehen. Wenn dir was nicht passt, dann sag'sch des, aber nicht einfach so davonrennen!«

---

10 Bauerntrampel: ein ungehobelter Mensch

11 einfältiger Mensch

Kienle zerrte, aber Emmas Griff war fest.

»Und guck mich an, wenn ich mit dir schwätz! Was ist denn das für ein Benehmen einer Dame gegenüber?«

Kienle drehte sich tatsächlich zu ihr um. In seinem Gesicht stand die pure Mordlust. Emma schaute nun noch kampflustiger.

»Heidanei![12]«, sagte Helga Brändle.

»Gleich baddscht's[13]!«, sagte Erwin Brändle hoffnungsfroh.

Mit einem Ruck riss Kienle sich los. Im Wortsinne. Es machte ratsch, und Emma hielt einen Jackenärmel in der Hand.

»Vom Aldi, gell?«, konstatierte sie nüchtern.

Entgeistert starrte Kienle auf seine dezimierte Jacke.

»Sie hören von meinem Anwalt!«, fauchte er und verschwand in seinem Haus.

»Lombaseggl!«,[14] rief sie ihm hinterher.

Emma sah auf den Ärmel in ihrer Hand.

---

12 Ein Ausruf der Bewunderung, Verwunderung.

13 »Baddschen« heißt eigentlich applaudieren, und ein »Baddsch« ist ein Handschlag (»Gib dem Onkel an Baddsch«, sagt man zu Kindern), doch kann sich die schlagende Hand auch ein ganz anderes Ziel aussuchen.

14 Hm, wie soll man das jetzt übersetzen? Der »Seggl« ist die gängige, etwas derbere Bezeichnung für das männliche Genital (schwäbischer Spruch: »Wenn mei Tante an Seggl hätt, wär se mei Onkel«). »Seggl« ist zudem ein (harmloseres) Schimpfwort, das allerdings nur auf männliche Wesen angewendet wird (die Herkunft aus präfeministischer Zeit liegt im Dunkeln), »Lombaseggl« demnach eine Steigerung – »Lumpenpimmel« wäre in etwa die wörtliche Übersetzung. Wie oft bei schwäbischen Schimpfwörtern, kann auch »Lombaseggl« in entsprechendem Zusammenhang eine durchaus ironische, geradezu zärtliche Anmutung annehmen. Andere Steigerungen gibt es auch, die nun allerdings gar nichts Zärtliches an sich haben, zum Beispiel »Schofseggl«.

»So was aber auch«, murmelte sie. »Hoffentlich sind die hier nicht alle so.«

Dann warf sie den Ärmel über den Zaun.

»Guck!«, sagte Helga Brändle. »Jetzt kommt dr Gaggel ums Eck.«

»Wie mr bloß so neugierig sei kann!«, schüttelte Erwin Brändle den Kopf.

Heiner Gaggel schlenderte gemütlich heran. Er war Ende fünfzig und zog das rechte Bein nach. Nach einem Unfall war das Bein steif geblieben und er mit einer großzügigen Entschädigung in die Arbeitsunfähigkeit geschickt worden.

Er humpelte auf Emma zu.

Das war also der Anlass für die Umwälzungen im Eheleben der Öchsles.

Eigentlich sah sie ganz harmlos aus.

Die Frau war nicht sonderlich groß, geschätzte ein Meter fünfundsechzig, und etwas rundlich. Das von grauen Strähnen durchzogene kastanienbraune Haar hatte sie hinten zusammengesteckt. Angezogen war sie prosaisch mit Jeans und einer zurückhaltend gemusterten Bluse. Vom Schleppen schien sie etwas erhitzt, ihre orangerot geschminkten Lippen konnten eine Auffrischung vertragen. Dunkelbraune Augen blitzten ihn an – schelmisch irgendwie.

Eine unauffällige Frau alles in allem, befand er. Wovor nur hatte die Alice Öchsle eine solche Angst? Nun gut, das ging ihn glücklicherweise nichts an.

»Gestatten, Heiner Gaggel«, stellte er sich vor und machte einen altmodischen Diener. »Ich bin die andere Hälfte des Doppelhauses.«

»Und ich bin die Emma. Die Mutter vom Klaus.«

»Ich weiß«, nickte Heiner Gaggel.

»So?«, machte Emma.

Gaggel fühlte sich ertappt und wurde rot. »Man hört so einiges in der Nachbarschaft«, sagte er. Das war ja auch, genau besehen, die reine Wahrheit.

»So, so«, sagte Emma. Ihr Einzug hatte sich anscheinend schnell herumgesprochen.

»Ist der immer so?«, fragte sie und deutete hinüber zu Kienles Haus.

Aha, offenbar wusste die Oma noch nichts von der Nachbarschaftsfehde. Aber es war nicht an ihm, sie darüber aufzuklären.

»Manchmal«, erwiderte er ausweichend.

»Den ziag[15] i mir scho no«, verkündete Emma.

»Auf gute Nachbarschaft jedenfalls«, sagte Heiner Gaggel und streckte die Hand aus.

»So soll's sein«, erwiderte Emma und schlug ein. »Ich bin die Emma. Du bist aber auch nicht von hier, oder?«

»Mich hat's vor langer Zeit aus der Eifel hierher verschlagen.«

»Das hört man«, sagte Emma. Wo die Leute nur alle herkamen heutzutage!

»Guck«, sagte Erwin Brändle derweil drüben an seinem Fenster, »dia schwätzet aber lang miteinander.«

»Warum au net?«

»Guck«, sagte Erwin Brändle, »jetzt nemmt se den Gaggel mit nei ins Haus.«

»Warum au net?«

»Mir solltet au nieberganga.«

»Oeiglada?[16] Mir dränget uns net auf.«

»Uns vorstella. Dui nei Nachbare begrüßa.«

»Irgendwann trifft mr sich sowieso.«

---

15 Heranziehen, hier in pädagogischem Sinne gemeint.

16 uneingeladen

»Mr muass doch wisse, wer des isch.«
»Wirsch scho no erfahra.«
»I gang.«
»Du bleibsch!«
»I gang. I bin ein höflicher Mensch.«
»Du bleibsch!«
»I gang«, sagte Erwin Brändle und marschierte entschlossen die Treppe hinunter.

Es war aber nicht die Höflichkeit, die ihn trieb. Vielmehr hatte ihn blitzartig die vage Hoffnung überfallen, dass die neue Nachbarin für ihre Gäste zur Begrüßung vielleicht ein Schlückchen bereithalten könnte. Das war bestimmt eine Frau, die wusste, was sich gehörte, auch wenn es erst früher Nachmittag war. Und damit hätte er seiner Helga auf elegante Art ein Schnippchen geschlagen.

»No gang i halt au mit«, grummelte Helga Brändle.
»Bleib halt, wenn du net willsch.«
»I gang.«
»Muasch net. Em Gaggel sei Frau isch au net dabei.« Das war doch ein überzeugendes Argument, wie er fand.
»I gang.«
»Bleib halt.«
»Oiner muss ja auf dich aufpasse.«

Erwin Brändle seufzte. Manchmal schien es ihm, als könne die Frau Gedanken lesen. Er fügte sich in das Unvermeidliche.

In der Tat war in Emma Öchsles neuer Wohnung unterm Dach eine improvisierte Einzugsparty im Gang, mitten zwischen Kisten und Möbeln, die noch nicht ihren Platz gefunden hatten.

Emma hatte inmitten des Chaos ein paar Flaschen Trollinger gefunden, passenderweise Cannstatter Zuckerle sogar, hatte den Gläserschrank von Alice geräubert und sich die Gläser herausgesucht, die ihr am wenigsten edel erschienen, und stieß, als die Brändles kamen, mit Heiner Gaggel an. Nicht zum ersten Mal. Die erste Flasche war schon halb leer.

Emma stellte sich vor, die Nachbarn nickten sich zu. »Herr Gaggel«, sagten die Brändles, »Herr Brändle, Frau Brändle«, sagte Gaggel. Emma schüttelte innerlich den Kopf ob so viel steifer Förmlichkeit.

Sie reichte den Brändles die gefüllten Gläser. Erwin griff freudig danach.

»Erwin!«, zischte Helga vernehmlich.

Erwins Hand erstarrte in der Luft.

»Wir trinken nämlich nichts vor dem Vesper«, erklärte Helga würdevoll. Wir!, dachte Erwin zähneknirschend. Das war ein einsamer Beschluss seiner Gattin gewesen.

»Jetzt sei halt kein Spielverderber, Nachbare«, lachte Emma, »heute wird Einzug gefeiert. Komm, Erwin, stoß an!«

Das ließ sich Erwin nicht zweimal sagen, man will ja nicht unhöflich sein, und leerte sein Glas in einem Zug. War ja auch nur ein kleines Glas, nicht mal ein Viertele. Helga zog scharf die Luft durch die Nase.

Emma füllte Erwin sofort wieder nach und wandte sich Helga zu.

»Jetzt wir, Helga. Auf gute Nachbarschaft! Prost!«

Anstandshalber nippte Helga Brändle an ihrem Glas.

»Komm, Helga, zier dich net so!«, sagte Emma. »Runter mit dem Zeug, 's isch noch gnug da.«

Gehorsam nippte Helga ein bisschen mehr, man will ja nicht unhöflich sein. Und nippte noch ein bisschen und noch ein bisschen …

Bald herrschte inmitten von Emmas Umzugschaos eine ausgelassene Stimmung, sogar Helga hatte aufgehört, die Gläser ihres Erwins zu zählen. Bis Heiner Gaggel plötzlich einfiel: »Himmel, meine Frau! Die wird sich schon wundern, wo ich bleibe. Ich glaube, ich muss mich mal melden bei ihr.«

Das war nicht mehr nötig. Gertrud Gaggel hatte schon geahnt, was abging, sie brauchte nur dem Lachen und Gläserklirren zu folgen. Hier war ja eine richtige Orgie im Gang, und ihr Heiner mittendrin. Natürlich.

Gertrud Gaggel war Mitte fünfzig, nur wenig jünger als ihr Mann, und schlank, aber gut gebaut. Ihr hervorstechendstes Merkmal war ein verkniffener Zug um den Mund, und dazu hatte sie auch allen Grund.

Seit ihr Mann nicht mehr arbeiten konnte, hockte er nur noch zu Hause vor dem Computer herum und surfte im Internet, langweilte sich entsetzlich und nervte sie mit absonderlichen Vorschlägen, nur weil er mit sich nichts anzufangen wusste.

Neulich erst hatte er in den höchsten Tönen von einer Tantra-Massage geschwärmt. Sie hatte nicht genau verstanden, um was es da ging, seine Erklärungen waren etwas ungenau, möglicherweise hatte sie auch nicht richtig zugehört, aber intuitiv hatte sie gewusst, dass dieses Tantra-Dingenskirchen nichts war, was sie brauchten. Sie auf alle Fälle nicht, aber vielleicht war es gut für sein krankes Bein. Sie könnte ihm das ja mal zum Geburtstag schenken, dann wäre er wenigstens eine Weile beschäftigt.

Insofern war es gut, dass er mal etwas Abwechslung hatte, aber musste sie deshalb mit ansehen müssen, wie ihr Mann hemmungslos eine wildfremde Frau abknutschte? Gut, eigentlich war es nur ein Schmatz auf die Backe, aber trotzdem, das gehörte sich doch nicht.

»Da ist ja meine Gertrud«, sagte Heiner Gaggel mit schon etwas schwerer Zunge. »Nicht die beste Ehefrau von allen, aber die einzige, die mich genommen hat.«

Das Mienenspiel von Gertrud Gaggel war unschwer zu deuten. Emma drückte ihr rasch ein Glas in die Hand und sagte: »Also doch die beste von allen.« Und: »Männer!« sagte sie sodann und verdrehte die Augen.

Wider Willen musste Gertrud Gaggel lachen, und Emma atmete auf. Ehespäßchen, die in einem handfesten Streit enden konnten, sollten die Herrschaften in ihren eigenen vier Wänden machen.

»So«, sagte Emma und klatschte in die Hände, »nachdem hier ein paar starke Mannsbilder sind, könnt ihr gleich mal meine Möbel richtig hinstellen.«

»Kein Problem«, sagten Erwin Brändle und Heiner Gaggel wie aus einem Mund.

»Heiner, dein Bein!«, warnte Gertrud Gaggel.

»Ach was!«, tat der das mit einer männlichen Handbewegung ab.

»Erwin, dein Kreuz!«, warnte Helga Brändle.

»Ach was!«, machte auch Erwin Brändle.

Und auf Emmas Geheiß ruckten sie den Schrank, das Bett, die Kommode von hier nach dort und klaglos wieder von dort nach hier, weil es ihr so doch besser gefiel.

»Derhoim kriagt er sein Arsch net vom Sofa hoch, ond hier schafft 'r wia an Brunneputzer«[17], raunte Helga Brändle Gertrud Gaggel zu, und die nickte verbittert.

»Wenn's wenigstens eine Junge wär, dann könnt man's noch verstehen«, raunte Gertrud Gaggel, und Helga Brändle nickte wissend.

»Gott sei Dank ist's keine Junge, sonst täten die Gockel sich vollends zum Dackel machen«, raunte Helga Brändle.

Gertrud Gaggel seufzte: »Männer halt.«

Die starken Männer indes zeigten, nachdem sie Bett und Kleiderschrank endlich zur vorläufigen Zufriedenheit Emmas platziert hatten, gewisse Ermüdungserscheinungen, was natürlich nicht am Kreuz oder am Bein oder gar am Alter lag, sondern einzig dem soliden, massiven Wirtschafts-

---

17 Die regelmäßige Reinigung der Brunnen war in früheren Zeiten eine notwendige und anstrengende Tätigkeit.

wunder-Mobiliar Emmas zu schulden war. Jedenfalls hoben sie die Kredenz[18] nicht mehr an, sondern schoben sie nur noch ächzend, was in einem ausnehmend hässlichen Geräusch mündete. Und einem tiefen Kratzer im Parkett.

Heiner Gaggel besah sich den Schaden und kratzte sich am Kopf.

»Auweia, Emma«, sagte er. »Ich glaube, das gibt Ärger mit deinem Vermieter.«

»Ach was, das bleibt ja in der Familie«, winkte Emma unbeeindruckt ab. »Außerdem ist das Parkett auch nicht mehr das neueste.«

»Ich glaube, die kennt ihre Schwiegertochter noch nicht«, raunte Gertrud Gaggel, und fast hätte man meinen können, es schwinge so etwas wie Schadenfreude mit. Helga Brändle lächelte.

»Mein lieber Scholli, macht des Schaffa durstig«, stöhnte Erwin Brändle, griff nach dem Trollinger und füllte die Gläser.

»Nicht schlappmachen, Männer!«, trieb Emma sie an. »A Muggaseggele[19] no, dann hemmers! Aber lupfa[20], net schiaba!«

»Auf drei!«, kommandierte Heiner Gaggel, der zu viel Arztserien gesehen hatte. »Eins! Zwei! Drei!«

»Mei Kreiz!«, schrie Erwin Brändle auf und ließ los.

»Bitte, i han's doch gsagt!«, kommentierte Helga Brändle. »Aber er hört ja wieder net auf mi.«

Die plötzliche Gewichtsverlagerung überrumpelte Heiner Gaggel mit seinem steifen Bein.

---

18 Anrichte

19 Kleinste schwäbisch Maßeinheit. Kleiner als ein Fliegenpenis geht's wirklich nicht.

20 heben

»Mein Bein!«, stöhnte er, ließ gleichfalls los und fiel hinterrücks in einen Umzugskarton.

Unglücklicherweise war genau dieser Karton die improvisierte Bar. Die Folge waren vier zerbrochene Gläser und, weit schlimmer, eine halbe Flasche Trollinger, die sich gemächlich auf dem Parkett ausbreitete.

»Kreizdunderwetter[21] aber au!«, sagte Emma.

»Um Himmels willen, Heiner!«, schrie Gertrud Gaggel. »Hast du dir wehgetan?«

»Sapperlot!«, sagte Heiner Gaggel, rappelte sich auf und schüttelte den Kopf. »Nicht schlimm. Aber auf den Schreck brauche ich erst mal einen Schluck. Ist noch was da, Emma?«

»Eine Flasche noch. Müssen wir eben aus einem Glas trinken.«

Von der Tür her bohrte sich ein schriller Schrei in den Raum.

»Meine Gläser!« Voller Entsetzen zeigte Alice auf die Scherben am Boden. »Meine Kristallgläser von Schott!«

Emma zuckte mit den Schultern.

»Sind heruntergefallen. So was passiert halt. Ich werd sie dir ersetzen.«

»Ersetzen! Diese Serie gibt's nicht mehr!«

»Dann halt andere.« Emma verstand nicht, weshalb Alice fast am Weinen war. »Glas ist Glas. Es gibt bestimmt schönere.«

»Schönere! Das war ein Hochzeitsgeschenk meiner Eltern!«

Drum sind die so scheußlich, dachte Emma und sagte: »Ach, Alice, ist doch alles halb so schlimm. Scherben bringen Glück.«

---

21 Es gibt doch immer einen Fluch, der zur Situation passt.

»Glück! Ha! Du bringst nur Unglück. Wo du auftauchst, gibt's Katastrophen. Ach was, du *bist* die Katastrophe! Eine einzige Katastrophe!«

Also, kaputte Gläser hin oder her, das war jetzt doch ein bisschen heftig, fand Emma Öchsle.

»Moinsch, i lass mit mir Hugoles treiba?[22] Jetzt pass amol uff, Alice …«, sagte sie.

»Nein, jetzt pass du amal uff«, äffte Alice sie in ausgesprochen schlechtem Schwäbisch nach. »Ist es denn nicht schon schlimm genug, dass du dich bei uns eingeschlichen hast? Nein, es kommt noch schlimmer. Du wühlst in meinen Sachen herum, du holst dir meine schönsten Gläser, ohne mich zu fragen, und dann machst du sie auch noch kaputt. Hast du denn vor nichts Respekt, Emma?«

Alice war dunkelrot angelaufen, und in ihren Augen glitzerte es verdächtig feucht.

Helga Brändle stupfte ihren Mann in die Seite und flüsterte ihm zu: »Komm, mir ganget besser.«

Der wehrte unwirsch ab. »Jetzt, wo's interessant wird? Noi!«

Emma schaute tatsächlich etwas zerknirscht. »Ich wollte doch nur …«

»Ach ja, die liebe Schwiegermama wollte doch nur! Und dann ist sie zu tattrig, um ein Glas richtig zu halten, und dann lässt sie's eben einfach fallen! Weißt du überhaupt, was du mir antust? Hier ist kein Altersheim, und ich bin nicht das Pflegepersonal! Ich habe deinem Sohn gesagt …«

Heiner Gaggel horchte interessiert auf und war gleichzeitig beunruhigt. Wenn seine Frau erfuhr, was die Öchsle neulich nachts zu ihrem Mann gesagt hatte …

---

22 jemanden zum Narren halten

Aber Alice verstummte plötzlich, deutete mit einem zitternden Finger auf den Fußboden und zeterte los, eine Oktave höher als bisher: »Was? Ist? Das?«

»Bloß ein kleiner Kratzer«, murmelte Emma.

»Kleiner Kratzer? Das ist eine Riesenschramme! In meinem Parkett!«

»Lass ich reparieren. Entschuldigung!«, murmelte Emma.

»Reparieren! Natürlich lässt du das reparieren, das ist ja keine Frage. Aber wenn du meinst, dass es damit getan ist, dann hast du dich geschnitten. Ich sag dir eins, solange du hier in meinem Haus lebst …«

Jetzt geriet aber auch Emma gehörig in Rage.

»Dei Romgegosche machd me greiznarrad«,[23] brauste sie auf. »Passiert ist passiert, ich hab mich entschuldigt, und ich bring das wieder in Ordnung. Kein Grund, sich so aufzuregen.«

»Ich reg mich auf, wann ich will!«, regte sich Alice auf. »Du bist eine vertrottelte alte Frau, die nicht mehr weiß, was sie tut, und ich muss das ausbaden! Ich schwöre dir, wenn du …«

Alice unterbrach sich, als sei sie erst jetzt gewahr geworden, dass die gesamte Nachbarschaft sie umstand. Wenigstens der geschwätzigste Teil der Nachbarschaft.

»Du, du …«, suchte Alice nach einem passenden Schimpfwort, aber ihr fiel keines ein.[24]

»Ich hasse dich, Emma Öchsle!«, brüllte sie.

»Bäffzg!«, brüllte Emma zurück.

---

23 Dein Gemaule macht mich wütend, saumäßig sogar.

24 Wäre Alice Schwäbin, hätte sie dieses Problem nicht, stattdessen eine reiche Auswahl. Zum Beispiel »Graddlhubere« (eingebildete Frau), »baisa Beasa« (bösartige Frau, wörtlich: böser Besen), »Bronzwussel« (sehr deftig für eine alte Frau).

Alice durchbohrte Emma mit einem verständnislosen, aber giftigen Blick und rauschte davon.

»Dondrladdich!«, sagte Emma und blickte sich in der Runde um. Die Nachbarn schauten betreten.

»Ich glaube, wir müssen jetzt«, sagte Gertrud Gaggel, und auch die anderen verabschiedeten sich eilig.

Während Brändles gegenüber in ihrem Eigenheim verschwanden, sagte Heiner Gaggel draußen vor der Tür zu seiner Frau: »Das ist trotzdem eine Nette, die Emma.«

»So?«, erwiderte Gertrud spitz.

»So unkompliziert. Nicht so verbiestert wie die junge Öchsle.«

»Das geht bestimmt nicht lange gut mit denen«, weissagte Gertrud.

»Ganz bestimmt nicht«, bestätigte Heiner Gaggel im Bewusstsein seines geheimen Wissens.

Im Haus gegenüber stöhnte Erwin Brändle derweil, kaum dass sie zur Tür hinein waren: »Mei Kreiz! I kann gar nemme gscheit laufe!«

»Des kommt net vom Kreiz. Du hascht an Balla[25]. Ond des mitta am Tag«, sagte Helga Brändle.

»I ben net bsoffa, i ben bloß guat druff.«

»Worom au des?«

»Wege dr Emma.«

»So?«, erwiderte Helga spitz. »Die gfällt dir wohl.«

»Freile. Aber a rechte Gosch hot se scho. Ond woisch was, jetzt wohnet mir älle scho so lang do, aber erscht jetzt send mir älle per du mitanander. Des hat d' Emma gschafft, glei am erschte Tag. A richtige Verbrüderung.«

»Deswege hätsch du dr Gaggels Helga trotzdem net in de Hintre zwicke brauche.«

---

25 Rausch

»Die hat aber au an knackige Arsch.«

»Bei meim Bobbes[26] hosch du des scho lang nemme gmacht.«

Erwin Brändle lag eine Antwort auf der Zunge, aber selbst sein benebeltes Gehirn erkannte, dass er sie sich vielleicht besser verkniff. Verkniff! Er wusste auch nicht, weshalb er plötzlich prustend loslachen musste.

»Was isch, Erwin?«

»I ben halt luschtig. War vielleicht doch a bissele viel Trollinger.«

Das also war Emma Öchsles Einzug in Bad Cannstatt.

In ihrem Schlafzimmer hatte sich Alice Öchsle aufs Bett geworfen und weinte still vor sich hin. Aus Wut. Aus Enttäuschung. Sie war ja gar nicht so. Jetzt war sie extra zum Bäcker gegangen und hatte ein paar süße Stückchen besorgt, obwohl sie selbst solche ungesunden Sachen nie aß, eine Geste des guten Willens, um ihre Schwiegermutter versöhnlich willkommen zu heißen. Und stattdessen gab es nichts als Ärger und Unverschämtheiten. Das musste sie sich nicht bieten lassen, nicht in ihrem eigenen Haus!

Es war genau das eingetreten, was sie vorausgesehen hatte: Mit Emma war nicht auszukommen.

Sie war halsstarrig, wie das nun mal bei alten Leuten zu sein pflegte. Sie war grob, aber das waren ja alle Schwaben.[27] Sie war hinterhältig und hintertrieb ihre gut gemeinten Bemühungen.

---

26 Liebevolle Bezeichnung für den Allerwertesten.

27 Also bitte, Alice! Die Schwaben sind überhaupt nicht grob, sie nehmen nur, wenn sie überhaupt was sagen, kein Blatt vor den Mund. Alles andere wäre Verschwendung wertvoller Zeit, die man anders besser nutzen kann, und nicht nur zum Schaffen.

Und was hatte sie zum Schluss gesagt? Bäffzg oder so ähnlich. Was sollte das nun wieder heißen?[28] Was hatte sie nur Böses getan in ihrem Leben, dass sie ausgerechnet mit einer *schwäbischen* Schwiegermutter gestraft worden war?

Also dann! Der Krieg hatte begonnen. Und im Krieg ist ja bekanntlich, wie in der Liebe, alles erlaubt. Und sie gedachte, ihn nach ihren eigenen Regeln zu führen.

In ihrer Wohnung ließ sich Emma Öchsle auf das Sofa fallen und zog Bilanz.

Bett, Schrank und Sofa standen am richtigen Platz, nur bei der Kommode musste ihr noch jemand helfen. Ihre neuen Nachbarn hatten sich ja als ganz anstellig erwiesen und schienen so weit ganz in Ordnung zu sein. Bis auf den Kienle, diesen Doigaff[29]. Aber der würde sie schon noch kennenlernen.

Arge Schluckspechte waren sie allerdings. Fünf Flaschen Trollinger hatten sie gemeinsam niedergemacht, abzüglich der halben auf dem Parkett. Ach ja, die musste sie auch noch aufwischen. Morgen. Und Alice hatte sie ganz fürchterlich auf die Palme gebracht. Nicht übel für den Anfang.

Würde sie hier vielleicht doch eine neue Heimat finden? Ihr erster Tag hatte sich jedenfalls gut angelassen.

Rundum zufrieden und ziemlich beduselt ging sie zu Bett und schlief tief und traumlos.

Im Nebenhaus hielt sich Heiner Gaggel noch lange wach und lauschte angestrengt. Aber bei den Öchsles blieb alles still. Komisch.

---

28 Wir verraten es ihr gerne: eine keifende Frau.

29 Schimpfwort, wörtlich: Teigaffe.

Heimat

Ein neuer Morgen dräute. Der Wetterbericht verkündete steigende Temperaturen, vielleicht bis 27 Grad, und viel Sonne bei nur wenigen Wolken, orakelte aber von Gewittern in den nächsten Tagen. Die Menschen im Viertel, denen das in diesem Moment völlig egal war, saßen schweigsam am Frühstückstisch, trotteten lustlos in die Schule, fuhren missmutig zur Arbeit. Die Hausfrauen gingen einkaufen, die Rentner führten ihre Hunde um den Block, beides Tätigkeiten, für die man mehr oder weniger viel Zeit einrechnen musste, je nachdem, wen man unterwegs traf. Heute dauerte es besonders lange. Jeder wusste etwas über den Einzug der Oma bei Öchsles, und das musste ausführlich kommentiert werden.

Emma hätten eigentlich die Ohren klingeln müssen, aber sie schlief weiterhin tief und traumlos

Aber irgendwann erwachte auch sie, wälzte sich aus dem Bett, sah sich um und stöhnte.

Dafür gab es Gründe. Mehrere Gründe, die allesamt einleuchtend waren.

Zunächst einmal war in ihrem Kopf eine ganze Kompanie von Bergarbeitern zugange, die hämmerten, was das Zeug hielt. Offenbar schürften sie nach den Resten von Trollinger. Etwas viel Trollinger.

Und warum war ringsumher ein solches Chaos aus Kisten, Kleiderbergen und wild durcheinander stehenden Möbeln? Gestern Abend war das noch nicht so gewesen. Gestern Abend war das noch eine gemütliche Wohnung. Ihre Wohnung.

Und wo war sie überhaupt?

Sie sah sich um.

Dachgeschoss. Drei geräumige und helle Zimmer.

Sie sah aus den Fenstern.

Auf der einen Seite die Weinberge, auf der anderen Gärten.

Ach so, ja. Cannstatt. Ihr Exil.

Allmählich kam die Erinnerung.

Der Einzug. Die Nachbarn. Der Trollinger. Die Gläser. Alice, die Krampfhenne.

»Allmachdsjenseidsgoddesdobbelwegga«, fluchte sie. Und verzog schmerzhaft das Gesicht. Die Bergarbeiter legten eine Sonderschicht ein.

Emma Öchsle bedauerte sich zutiefst. Hier sollte sie es aushalten? Lichtjahre entfernt von ihrer alten Heimat im Stuttgarter Süden?

Ein Kaffee würde helfen. Aber dazu müsste man den Kaffee erst einmal finden, ganz abgesehen von Kaffeekanne und Kaffeetasse. Emma hatte nicht die leiseste Ahnung, in welcher Kiste sie suchen sollte.

»Bluadige Hennakepf«[30], fluchte sie.

Hier hielt sie es nicht länger aus, sie musste zurück in ihr Viertel. Wenigstens für einen kurzen Besuch. Auf einen Kaffee. Also runtergehen zur Gnesener Straße, mit der U-Bahn zum Rathaus, aussteigen, laufen.

Eine halbe Tagesreise!

Na ja, gefühlt wenigstens, an diesem Tag besonders. In Wahrheit war es nur eine gute halbe Stunde. Aber eine halbe Stunde, in der sie einen ganzen Kosmos widerstreitender Gefühle durchfuhr.

Und dann stand sie vor ihrem alten Haus und atmete tief durch. Dieser würzige Abgasduft! Dieser herrliche Lärm! Schon eigenartig, dachte sie, was man alles vermisst, wenn man es nicht mehr hat.

---

30 wörtlich: blutige Hühnerköpfe

Sie hatte sich klugerweise Nachschlüssel besorgt, schloss damit die Haustür auf und stapfte hoch in den vierten Stock. Früher war sie froh gewesen, wenn sie endlich oben angekommen war. Auch das würde ihr fehlen, dieser tägliche Treppensport, dieses beruhigende Schnaufen, das verriet, dass man noch am Leben war.

Links, da hatte sie gewohnt, vierzehn Jahre lang. Als ihr Willi in Rente ging und die Kinder längst aus dem Haus waren, hatten sie das Häusle in Botnang verkauft und waren in die Innenstadt gezogen.

Sie öffnete die Tür und lauschte dem eigenartigen Hall, als sie durch die leeren Zimmer ging, dachte daran, was die Wände alles gehört hatten im Laufe der Jahre, und überlegte, ob sie ein klein wenig sentimental werden wollte.

Donderladdich, Emma, schalt sie sich, das Leben geht weiter. Jetzt erst recht.

Sie klingelte an der Wohnung gegenüber, dort wartete ihr Kaffee. Niemand öffnete. Sie klingelte erneut, zweimal jetzt, aber immer noch kam niemand. Schließlich griff sie zu ihrem eigenen Schlüssel und öffnete. Wie sie vermutet hatte, saß Friede in ihrem Sessel und döste vor sich hin. Sie tippte ihr auf die Schulter, und dann fielen sich Emma Öchsle und Friede Busch, die Nachbarinnen, aus denen Freundinnen geworden waren, in die Arme, als hätten sie sich Ewigkeiten nicht mehr gesehen.

»Ich habe schon gedacht, du hast mich vergessen«, sagte Friede.

»Jetzt bin ich gerade mal einen Tag weg!«, protestierte Emma.

»Eine lange Zeit in unserem Alter, da kann viel geschehen. Wenn mir was passiert, wer kriegt das schon mit? Ist ja kaum noch jemand da im Haus.«

»Du musst auch raus, Friede«, drängte Emma.

»Weißt du, was das Schlimme an dir ist, Emma Öchsle? Dass du verdammt noch mal recht hast. Warum hat dieser Trottel auch vor uns den Löffel abgeben müssen!«

Der Besitzer ihres Mietshauses in der Mittelstraße war überraschend gestorben, und weil er keine direkten Nachkommen hatte, war das Erbe an einen ganzen Pulk von entfernten Verwandten gefallen. In einem Anfall von seltener Einsicht hatten die festgestellt, dass sie sich nie einigen würden, was bei einer Erbengemeinschaft aber unabdingbar war, und das Haus schleunigst verkauft. Zugegriffen hatte eine Immobiliengesellschaft, die das Haus jetzt sanieren und in luxuriöse Eigentumswohnungen aufteilen wollte. Den alten Mietern wurde großzügig ein Vorkaufsrecht eingeräumt, wohl wissend, dass sich das niemand leisten konnte.

»So einfach können die mich nicht vor die Tür setzen!«, hatte sich Friede ereifert. »Ich bleibe! Es gibt ja schließlich Gesetze, und die geben mir eine Frist von drei Jahren.«

»Du gehst freiwillig, wenn erst mal die Presslufthämmer anrücken«, hatte Emma prophezeit.

»Na und? Dann schalte ich eben mein Hörgerät ab.«

Emma Öchsle hatte kein Hörgerät und keine Lust auf jahrelangen Ärger und sich deshalb pragmatisch gesagt, dass im Leben manchmal der Klügere doch nachgeben muss. Und überhaupt: Veränderungen hatten auch ihre guten Seiten, sie rissen einen aus dem eingefahrenen Trott und zwangen, neu über das Leben nachzudenken. Nur mussten sie nicht unbedingt Alice Öchsle heißen.

»Ich bleibe jedenfalls hier«, verkündete Friede, »mich müssen sie schon heraustragen, so oder so, vielleicht auch mit den Füßen voran.«

»Du wirst damit nichts erreichen.«

»Ich bin zwar schon sechsundachtzig und kann kaum noch laufen, aber Alzheimer habe ich nicht. Das weiß ich selbst, dass ich nichts erreiche. Aber ich kann wenigstens auf den Putz hauen und sie ärgern. Apropos, wie geht es mit deiner Schwiegertochter?«

»Dui Motzgugg!«

»Bitte?«

An dieser Stelle muss einmal gesagt sein, dass, entgegen einer weitverbreiteten Legende, der Schwabe als solcher mühelos, sogar mitten im Satz, von seiner Muttersprache in verschiedene Fremdsprachen wechseln kann, je nach Situation fein abgestuft von einem nur leicht verschliffenen Dialekt über das fein ziselierte Honoratiorenschwäbisch bis hin zu etwas, das dem Schriftdeutsch gefährlich nahe kommt.

Wenn er will. Nur: Warum sollte er wollen? Es ist nicht sein Problem, wenn er von anderen wegen deren minderen Sprachkenntnissen nicht verstanden wird. Empfiehlt nicht jeder Reiseführer, sich im Ausland den dortigen Gepflogenheiten anzupassen?

Überdies ist dem Schwaben als solchem eine genetisch bedingte Bescheidenheit eigen. Er macht nicht viel Aufhebens von dem, was er kann oder was er hat. Darum auch die Schonbezüge über den Ledersitzen im Auto. Die dienen ja nur zum Wenigsten dazu, das Leder zu schonen.

Es war ohnehin beklagenswert, dachte Emma, dass in Schwaben die Schwaben gefühlt immer weniger wurden. Die konnten sich doch nicht alle in Luft aufgelöst haben? Wo waren sie denn bloß?[31] Das übrig gebliebene Häuflein verschwamm in einem Meer von lauter Ausländern, die nach Schwaben hineingeschwappt kamen. Aus aller Herren Länder, sogar aus Sachsen. Und keiner verstand die Einheimischen. Nur die Italiener machten eine Ausnahme, dafür konnten die dann nur Schwäbisch und sonst nichts. Grad

---

31 In Berlin natürlich, wie jeder weiß (vor allem die Berliner).

deshalb sollte man die Reingeschmeckten behutsam mit der Landessprache vertraut machen.

Aber für eine liebe alte Freundin wie Friede, die immer noch mit der Zunge an den s-pitzen S-tein stieß, konnte man ja mal eine Ausnahme machen.

»Eine Motzgugg ist eine Frau, die alleweil nur rumkeift«, übersetzte sie deshalb.

»Was ist eigentlich los mit euch beiden?«

»Ich bin die Schwiegermutter, sie ist die Schwiegertochter. So einfach ist das. Ich kann sie nicht leiden, sie kann mich nicht leiden. «

»Dass du das aushältst mit der!«

Ein versonnenes Lächeln umspielte Emma Öchsles blasslila geschminkte Lippen. »Die Frage ist eher, wie sie es mit mir aushält. Und ich glaube, wir werden noch eine Menge Spaß miteinander haben.«

Kannenstadt

Emma streifte durch die Cannstatter Altstadt, es war wie eine Zeitreise. In Bad Cannstatt war sie geboren und aufgewachsen. Auch nach ihrer Hochzeit waren Willi und sie zunächst in Cannstatt geblieben, in der Reichenbachstraße damals, bis sie sich das Häusle in Botnang leisten konnten. Zehn war Klaus seinerzeit gewesen, er hatte sich vehement dagegen gesträubt, weil er sich nicht von seinen Freunden trennen wollte. Vielleicht war er deshalb nach Cannstatt gezogen, zurück zu den Wurzeln.

Und sie war jetzt auch wieder hier gelandet, wenngleich unfreiwillig. So schloss sich der Kreis.

Nein, dieses Cannstatt gefiel ihr nicht mehr. Es war ihr fremd geworden. Und es erinnerte sie an Dinge, an die sie nicht mehr erinnert werden wollte. Wenigstens nicht an alle. Sie lief einer Vergangenheit hinterher, mit der sie nichts mehr zu tun hatte. Sie fand es verstörend, wenn alte Leute nur noch zurückblickten. Das Leben war doch jetzt.

Wo früher das Reformhaus war, befand sich heute ein Laden des Kabelfernsehens. Den Baitinger gab es nicht mehr, wie vieles anderes nicht, war ja auch klar.

Die Eisdiele. Früher war sie in der Bahnhofstraße gewesen, die erste italienische Eisdiele in Cannstatt, eine Sensation. Sie hatten ihr karges Taschengeld dorthin getragen, besonders die Jungs. Die Frau vom Chef war jung, eine aufgedonnerte Person, so empfanden sie es, die allein schon dadurch lasziv wirkte, weil sie die Kurven zeigte, die anständige Frauen damals verbargen. Sex-Appeal, was das war, wurde ihnen hier vorgeführt. Es waren wilde Gerüchte im Umlauf über sie, genährt von pubertären Fantasien, wahrscheinlich war keines davon wahr, nur Wunschvorstellungen.

Heute musste auch sie eine alte Frau sein, wie Emma. Viel älter als sie. War sie das, die dort vor dem Eissalon den Gehsteig kehrte? Emma hatte kein Bild mehr von ihr, sie wollte nicht fragen, aber setzte sich hin.

Nach einiger Zeit kam ein junger Mann herangeschlendert, der noch keine zwanzig war, wie sie schätzte. Er hatte nichts von einem feurigen Italiener an sich, er sah eindeutig nach angehendem türkischen Macho aus, mit nach oben gegelter Stachelfrisur, und sah sie nur fragend an, ohne ein Wort zu sagen.

Emma bestellte einen Cappuccino.

Damals. Als alle noch so verklemmt waren. Im Kurpark, beim Sommernachtsfest, wollte sie einer ihrer Unschuld berauben. Siebzehn war sie damals, und sie hatten sich die ganze Nacht wild zum Twist geschüttelt, der eben aufgekommen war und den Orthopäden ernsthafte Sorgen bereitete, weil sie Knieverletzungen und Wirbelsäulenschäden befürchteten. Was wussten die denn! Das war doch etwas anderes als diese langweiligen Walzer und Foxtrotts, mit denen man sich in der Tanzschule brav abgequält hatte.

Es blieb dann, hinter einem Gebüsch im nachtkalten Gras, beim ersten Zungenkuss, weil beide sich mehr nicht trauten. Wie hieß der Junge noch mal? Es fiel ihr nicht mehr ein, sie sah nur noch sein Gesicht vor sich mit den vor Aufregung roten Wangen.

Nun war sie also auch in die Vergangenheit gerutscht, und das ärgerte sie. In den Erinnerungen zu schwelgen war etwas für alte Weiber, die sich in der Gegenwart nicht mehr zurechtfanden.

»Jetzt leck me no am Arsch,[32] wenn des net di Emma isch!«, hörte sie eine Stimme. Eine Frau ihres Alters, unförmig dick, kam hinkend und schwer schnaufend auf sie zu.

»Kennsch mi nemme? I ben's, d' Lina Bermel. Volksschule, zwei Klassen iber dir, i ben dann ja aufs Gymnasium nach Schtuagart.«

Emma erinnerte sich an eine schlanke, hippelige Lina Bermel und konnte keine Verbindung herstellen mit der Person, die sich ächzend an ihrem Tisch niederließ.

»Ach ja, Emma, des Alter! 's goht halt älleweil nemme so. Woisch, mei Hüfte!«

Und dann erzählte sie ausführlich von ihrer Hüftoperation und sämtlichen Hüftoperationen in ihrem Umkreis und arbeitete sich weiter vor im Lexikon der Gebrechen. Ja, das Alter, dem kam man halt nicht aus!

Nein, zu trinken wolle sie nichts, ließ sie die Bedienung wissen, was Emma hoffnungsfroh als Indiz wertete, dass dieser Spuk bald vorüber sei.

---

32 Durchaus übliche Begrüßung, wenn zwei Schwaben sich unverhofft treffen.

Aber er begann erst richtig.

»Jetzet muass i dir abr von meine Kender verzähle ond de Enkele«, begann Lina Bermel. »Woisch, Emma, des war so. Als mei Guschtav, der wo mei Mo war …«

Wir blenden uns an dieser Stelle besser aus. Wie das auch Emma tat, die den Wortschwall plätschern ließ und nach der Lina suchte, die sie gekannt hatte und nicht mehr fand.

Endlich sagte Lina den erlösenden Satz: »So, jetzt muass i abr weiter!«

Sie wuchtete sich mühsam in die Höhe. »Des war jetzt aber schee, dass mir über die alte Zeite gschwätzt hen.«

Das fand Emma auch. Sie selbst hatte keinen Ton gesagt.

Sie sah Lina nach, wie sie davonwatschelte.

Manche Menschen hatten ein Mitteilungsbedürfnis wie Diarrhö. Mit keinem Wort hatte Lina Bermel gefragt, wie es denn Emma ergangen war, und sie war froh drum. Sie hatte keine Lust, ihr Leben zu erklären, schon gar nicht einer wildfremden Person. Es hätte ihr ja jede weismachen können, dass sie Lina Bermel sei. Ihr Geist weigerte sich, die Bilder von einst und jetzt in Deckung zu bringen.

Waren alle so, die sie seit ihrer Jugend nicht mehr gesehen hatte? War sie auf dem besten Weg, auch so zu werden? Oder war sie's schon?

Ja, das Alter! Es machte hellhörig.

Emma hatte das Heiligtum jeder Frau auf dem Stuhl neben sich abgestellt und kramte nach ihren Zigaretten. So nötig hatte sie selten eine gehabt.

Ungeduldig zerrte sie an dem unförmigen Ding, das sie ihre Handtasche nannte, das aber eher die Ausmaße eines kleinen Koffers hatte. Mit dem Erfolg, dass es umkippte und seinen Inhalt auf den Boden ergoss.

»Saggzementabrau«, schimpfte Emma.

Diensteifrig sprang der Gegelte herbei.

»Oma, bleib hocke, i mach des«, sagte er in astreinem Schwäbisch, bückte sich und begann, alles zurück in die Tasche zu stopfen.

Emma hatte es die Sprache verschlagen. Wie hatte der Rotzlöffel sie genannt? Oma? Donderladdich! Sie holte schon Luft, um dem Jungen gehörig den Kopf zu waschen, als er die Tasche wieder auf dem Stuhl platzierte und sie anstrahlte.

»Sodele«, sagte er. »Derf's no was sei?«

»Birschle«, antwortete Emma aus Rache, »jetzet breng'sch mir halt no an Eisbecher. Schwarzwälder Kirsch. Aber mit viel Kirschwasser.«

»Kommt sofort«, antwortete der Junge lachend, »mit ganz viel!«

Oma! Er hatte ja so recht. In den Augen junger Leute wie er war sie tatsächlich eine alte Frau. Und alte Frau war gleichbedeutend mit Oma und unbeweglich und hilfsbedürftig. Lina Bermel war das lebende Beispiel dafür. Na, ein halblebiges.

Emma löffelte das Eis gedankenverloren in sich hinein. Er hatte wirklich einen ordentlichen Schuss Kirschwasser darübergetan.

Sie beobachtete die älteren Leute, die die Marktstraße entlanggingen. Es waren viele. Die meisten. Fast alle älteren Frauen trugen einen Kurzhaarschnitt und flache Gesundheitsschuhe. Gekleidet waren sie durchweg schmuck- und farblos. Helle Tuchhosen mit Bügelfalten. Blusen mit Rüschen. Jacken ohne Kontur.

Als ob ein Gespür für Eleganz und Schönheit jenseits der sechzig sich davongeschlichen hätte. Langsam und unbemerkt. Ein allmählicher Verfall.

Lauter graue Mäuse, unscheinbar und unauffällig.

Wie sie selbst.

Eine künstliche Verarmung, zu der kein Anlass bestand.

Die Mienen waren ausdruckslos, im besten Fall mürrisch. Unzufrieden mit sich und der Welt. Als hätten sie längst abgeschlossen mit dem Leben und warteten nur noch auf das unwiderrufliche Ende.

Wie sie selbst.

Dass man alt wurde, merkte man immer bei den anderen.

Später sollte sie diesen Moment vor dem Erbsenbrünnele als ihre »Erweckung« bezeichnen. Fehlte noch, dass man an der Eisdiele eine Gedenktafel anbrachte.

Die rotzige Anrede des Jungen und die Begegnung mit einer alten Schulkameradin, die sie nicht mehr kannte, hatten etwas in Bewegung gebracht. Lina war wie ein Spiegel. Ein Zerrspiegel sicherlich, was umso schlimmer war, weil die unangenehmen Wahrheiten desto deutlicher zutage traten.

War sie tatsächlich so oder hatte sie nur Angst, so zu werden? Unbemerkt?

In ihr reifte eine Idee, die sie aber nicht an sich herankommen lassen wollte. Wenn tatsächlich alle so geworden waren wie Lina Bermel? Diesen Horror musste sie sich nun wahrlich nicht antun. Und trotzdem … Und gerade eben hatte sie noch für sich selbst festgestellt, wie ätzend es war, in der Vergangenheit herumzustochern. Und trotzdem …

Trotzdem hatte die Idee auch ihren Reiz. Und ab einem gewissen Alter sollte man nicht mehr das Für und Wider bedachtsam gegeneinander abwägen, sondern einfach losmarschieren. Alles andere war Verschwendung von Zeit, von der man nicht mehr viel hatte.

Ein versonnenes Lächeln umspielte Emma Öchsles pink geschminkte Lippen. Man konnte es ja wenigstens mal versuchen.

Emma 2.0

Emma Öchsle ging methodisch vor. Zuerst der Schmierstoff, das Lebenserhaltungssystem sozusagen: Kaffee oder Tee? Sie hatte sich für einen Riesling aus Untertürkheim entschieden, der belebte. Da man für schwere Arbeiten gut vorbereitet sein sollte, hatte sie sich beim Metzger einen Ochsenmaulsalat besorgt, der mit Zwiebelringen, Gürkle, Essig und Öl sauer angemacht war.

Jetzt konnte es losgehen.

Sie saß vor ihrem Kleiderschrank und überlegte, neben sich einen großen Müllsack.

Es war eine schwere Entscheidung. Wo anfangen?

Ganz unten am besten.

Diese Unterhosen waren zwar bequem, aber das war auch schon alles, was man guten Gewissens über sie sagen konnte. Sie stellte sich vor, wie ihre Familie den Schrank ausräumte, wenn sie einmal tot war, und diese ausgeleierten Fetzen in Händen hielt. Sie wären peinlich berührt, im besten Falle. Liebestöter. Nun ja, wenn keine Liebe mehr war …

Weg damit.

Da musste etwas anderes her, was mit Spitzen und Löchern und viel Firlefanz. Wenn es auch sonst keiner zu Gesicht bekam (außer ihren Erben): War sie denn niemand?

Diese Gerüste, die sich Büstenhalter nannten, monströs und plump. Sie war in eine Zeit hineingewachsen, als die Frauen diese Folterinstrumente dankbar ablegten, bis sie wieder in Mode kamen; eine Verschwörung der Miederindustrie gewiss. Was sprach eigentlich dagegen, dass sie da wieder anknüpfte?

Weg damit.

Ohne Ersatz.

Sie war zwar keine zwanzig mehr, aber was sie hatte, konnte sich sehen lassen. Und warum sollte es nicht jeder sehen dürfen? Und wenn sich jemand darüber mokierte, dann war das dessen Problem, das würde sie ihm schon unter die Nase reiben.

Allmählich kam sie in Schwung. Blusen und Pullover, Hosen und Röcke, Socken und Nachthemden landeten unterschiedslos und ohne lange Überlegung im Müllsack. Nur weg mit dem alten Sach.

Am Ende bestand ihre Garderobe aus wenig mehr als dem, was sie gerade am Leibe trug. Und mit dem war auch nicht viel Staat zu machen.

Runderneuerung, von Grund auf.

Emma Öchsle wurde von einem tiefen Gefühl der Erleichterung erfasst. Das eine Leben war vorbei, das andere konnte beginnen.

Emma pfiff fröhlich und etwas falsch vor sich hin.

Alltag

Im Haus Öchsle ging das Leben derweil seinen gewohnten Gang. Mit nur unerheblichen atmosphärischen Verwerfungen.

Wie zum Beispiel eines Tages, als Alice ihre Schwiegermutter streng anschaute.

»In meinem Haus gibt es gewisse Regeln, und ich erwarte, dass auch du dich an diese Regeln hältst.«

Emma nickte unterwürfig.

»Keine Waschmaschine nach zwanzig Uhr. Das hört man im ganzen Haus, und abends möchte ich meine Ruhe haben.«

Emma nickte.

»Der Müll wird getrennt und jeden Tag geleert, ich möchte kein Ungeziefer im Haus haben.«

Emma nickte.

»Geraucht wird natürlich nicht, aber das versteht sich von selbst, schließlich sind wir ja ein Vorbild für die Kinder.«

Emma nickte.

»Der Garten muss in Ordnung gehalten werden, und da du jetzt hier wohnst, wirst du dich auch beteiligen. Wir werden ganz bestimmt etwas finden, das dich nicht überfordert.«

Emma nickte.

Während Alice ihre Litanei fortsetzte, schaltete Emma auf Durchzug und schaute ihre Schwiegertochter an.

Es war ihr schon immer unbegreiflich gewesen, warum ihr Sohn ausgerechnet eine solche Person heiraten konnte. Dürr, nichts drauf auf den Knochen. Ein schmaler, verkniffener Mund. Kein Fünkchen Humor. Und dann noch aus Hamburg! Als ob es hier nicht auch Mädle geben tät! Und hübschere allemal. In der Hinsicht hatte sie als Mutter eindeutig versagt.

»Alles klar, Mutter?« Alice war anscheinend fertig.

»Zu Befehl, Chefin«, sagte Emma.

Alice funkelte sie wütend an. »Ich meine das ernst.«

»Ich auch«, erwiderte Emma. »Wie haltet ihr es übrigens mit der Kehrwoche?«

»Die paar Treppen zu deiner Wohnung machst du jeden Tag sauber, ich will nicht, dass dein Dreck in mein Haus getragen wird. Der Gehsteig wird jeden Samstag gekehrt. Das machen wir abwechselnd, ich werde einen Plan aufstellen.«

Emma nickte.

Es ist ja erfreulich, wenn sich die Immigranten den Eigenheiten der Eingeborenen anzupassen versuchen, aber manchmal gehen die Integrationsbemühungen entschieden zu weit.

»Domme Schell«[33], murmelte Emma.

Emma stand in ihrer Wohnung und fluchte vor sich hin. Warum konnte denn nie was auf Anhieb funktionieren?

»Simon?», schrie sie. »Dätsch[34] du mir gschwend helfa?«

Simon seufzte. Wahrscheinlich wollte die Oma wieder mal ihre Kommode verrücken, bisher hatte sie noch keinen Platz gefunden, der ihr gefiel. Als er Emmas Wohnung betrat, stand sie tatsächlich vor der Kommode und betrachtete das Bild von Willi Öchsle, ihrem verstorbenen Mann.

Simon trat näher. »Ich habe eigentlich gar keine richtige Erinnerung an den Opa.«

»Du warst auch erst neun, als er gestorben ist. Und davor war er lange krank.«

»Wie war er, der Opa?«

Emma freute sich darauf, ihre Enkel endlich einmal besser kennenzulernen, anders als bei den Pflichtterminen wie Geburtstagen, die immer etwas verkrampft gewesen waren.

Simon war ein netter Junge. Aufgeweckt und nicht auf den Mund gefallen. Ruppig, mit seinen Urteilen schnell bei der Hand. Unternehmungslustig, wild eigentlich, und neugierig auf das Leben. Im Gegensatz zu Madeleine, die auf sie etwas blaustrümpfig wirkte. Derzeit trug Simon seine Haare rot gefärbt. Emma gefiel das, so musste es sein in diesem Alter. Alles ausprobieren, was über den Weg lief, und wenn man sich dabei eine blutige Nase holte.

---

33 dummes Frauenzimmer

34 Tätest du … Was als freundliche Frage formuliert erscheint, ist in Wahrheit eine Aufforderung.

Leider hatte ihn Alice, diese daube Nuss[35], unbarmherzig aufs Hochdeutsche getrimmt, wenn auch Emmas geschultes Gehör so manche schwäbische Anlautung vernahm. Daran kann man arbeiten, dachte sie.

Und jetzt entdeckte sie auch seine sensible Seite.

Ja, wie war er gewesen, der Opa? Eine einfache Frage, und trotzdem, oder gerade deswegen, war sie überrumpelt. Eigenartig, dass sie auf Anhieb keine genauso einfache Antwort wusste, sie hatte nie ernsthaft darüber nachgedacht.

»Wie Männer halt so sind«, sinnierte sie. »Abgesehen davon war er schon in Ordnung. Er hatte viel Humor, aber er konnte auch sehr bestimmend und autoritär sein.« Keine hinreichende Beschreibung, gewiss nicht, aber Simon schien für den Augenblick zufrieden zu sein.

»Sollen wir die Kommode verrutschen, Oma?«

Emma schüttelte den Kopf.

»Nein. Ich komm nicht in euer WLAN. Ich muss dringend meine Mails checken.«

Erstaunt schaute er sie an. Die Oma und WLAN, das passte nicht in sein Weltbild.

»Guck net so komisch, Bua. Meine Generation hat diese Dinger erfunden.«

Sie zeigte auf ihren Laptop.

»Abfetzmäßig!«, staunte Simon.

»Spitzengerät«, sagte Emma stolz. »Siebzehn Zoll, ein i5, vier Giga Arbeitsspeicher, fünfhunderter Platte. Nur die Grafikkarte taugt nichts. Bei Counter-Strike ruckelt es immer.«

Simon verstand die Welt nicht mehr.

»Wollen wir eine Runde spielen?«, fragte Emma.

---

35 »Daub« ist natürlich taub, wird aber häufig als Schimpfwort gebraucht.

»Woher weißt du …«

Emma grinste. »Ich habe aus deinem Zimmer Geräusche gehört, die mir bekannt vorkamen.«

»Call of Duty ist auch gut.«

»Das kenne ich nicht. Bringst du's mir bei?«

»Das müsstest du erst kaufen.«

»Ich?«

»Na ja, wegen dem Alter und so.«

»Ich schau's mir mal an. Also, wollen wir?«

»Wenn das meine Mutter mitkriegt!«

»Von mir erfährt sie es ganz bestimmt nicht«, sagte Emma lachend. »Aber erst machst du deine Hausaufgaben und hilfst mir mit dem WLAN.«

»Bin gleich fertig, Oma«, versprach Simon.

Emma ging zur Kommode und schaute sinnierend auf das Foto ihres Mannes.

»Ja, Willi, wie warst du eigentlich? Habe ich dich wirklich gekannt? Und du mich?«

Willi blieb stumm.

Sie stellte einen Schokokuss vor den Bilderrahmen.

»Lass dir's schmecken, Willi. Die hast du doch immer so gern gemocht, besonders die dunklen. Negerkuss hen mir friaher no sage derfe. I han die babbiche[36] Denger jo no nia gmocht.«

Eine konzentrierte Stille hatte sich breitgemacht. Die Kinder saßen über ihren Hausaufgaben, Alice bügelte. Und Emma?

Plötzlich dröhnte ein bekannter Gitarrenriff durch das Haus, und eine helle Stimme sang ziemlich falsch: »Smoke on the water, a fire in the sky«. Madeleine verzog schmerz-

---

36 klebrig

lich das Gesicht. Wie ordinär! Seit wann stand ihr kleiner Bruder denn auf diesen Retro-Sound?

Auch Alice zuckte zusammen.

»Simon! Leiser!«, brüllte sie, aber nichts geschah. Kein Wunder, dachte sie, bei dem Lärm hört er ja nichts, und riss die Tür zu Simons Zimmer auf. Ihr Sohn saß mit Kopfhörern vor dem Computer, blickte überrascht auf, wurde rot und klickte hektisch ein Fenster weg, in dem eine üppig ausgestattete Dame sehr intime Einblicke bot.

Mann, konnte die nicht anklopfen! Wenn sie was gemerkt hatte, gab es tierischen Ärger, fuhr es Simon durch den Kopf.

Aber Alice stürmte schon die Treppe hinauf zu Emmas Wohnung.

Emma Öchsle stand in der Mitte ihres Wohnzimmers und spielte Luftgitarre. Sie riss den Gitarrenhals nach oben, ging in die Knie und war so in das kreischende Solo versunken, dass sie anscheinend gar nicht bemerkte, wie Alice zu der Stereoanlage stürzte und so lange herumsuchte, bis sie den Schalter zum Ausschalten fand. Die Stille war ohrenbetäubend.

Alice stemmte die Fäuste in die Hüfte und funkelte Emma an.

»Mutter, so geht das nicht! Du bist hier nicht im Altersheim. Wir sind nicht schwerhörig.«

»Meinst du etwa ich? I her emmer no a Mäusle drabbla.«

»Was?«

Jetzt war diese bleede Bix[37] schon zwanzig Jahre im Land und verstand die einfachsten Wörter nicht. Das eröffnete interessante Möglichkeiten der fruchtbaren Kommunikation.

---

37 Eine Bix ist eigentlich eine Büchse. In diesem Fall ist das eine nicht sehr schmeichelhafte Bezeichnung für ein weibliches Wesen.

»Ich höre eine Maus auftreten«, übersetzte sie.

Für einen Moment war Alice aus dem Konzept gebracht, brachte allerdings ihre Wut mühelos wieder zum Kochen.

»Du kannst hier nicht so laut Musik hören.«

»Warum? Gefallen dir Deep Purple etwa nicht?«

»Nein, sie gefallen mir nicht. Außerdem sind sie zu laut. LAUT! Verstehst du?«

»Worum schreisch denn so? I ben doch net schwerhörig. War's wirklich so laut?«

»Ja, das war es.«

»Ja so was! Het i net denkt.«

»Das hört man die ganze Straße runter!«

»Isch wohr? Na, dann hent dia andere Leit au ihr Freid. Und des für umme.«

»Für was?«

»Umeinsonst. Für nix.«

Alice holte tief Luft, schloss für einen Moment die Augen und versetzte sich in eine blühende Wiese. Sie war eine der Blumen, eine zarte Kornblume in leuchtendem Blau, umschmeichelt von einem lauen Sommerwind, der kitzelte, wenn er sich in ihrem Blütenkelch verfing.

Zu dieser Blitzmeditation hatte ihr Yogalehrer geraten, um alle Emotionen zu glätten und sich in den Zustand tiefer Harmonie zu versenken. Du bist eins mit dem Universum, du spürst, wie sich die Ruhe in dir ausbreitet, du bist die vollkommene Schönheit, unübertroffen in deiner Reinheit und Unschuld.

Die Kornblume verwandelte sich in eine Distel.

Mist! Das klappte doch sonst immer!

Mit kratziger Stimme sagte sie: »Mutter, du kannst deine Musik so laut hören wie du willst, aber BITTE MIT KOPFHÖRER! Du machst mich verrückt!«

»Hast du's mit den Nerven?«, fragte Emma mitfühlend.

»Das ist immer noch mein Haus!«

Ein versonnenes Lächeln umspielte Emma Öchsles rosa geschminkte Lippen, als Alice davonrauschte und dabei Töne von sich gab, die an eine Katze im Liebesrausch erinnerten.

Eine himmlische Ruhe lag über dem Haus. Man musste nur mal ordentlich auf den Tisch hauen, dachte Alice, dann regelte sich alles. Sie sortierte die Wäsche und stutzte, als sie plötzlich einen Stringtanga in den Händen hielt. Ihrer war das nicht. Von Madeleine vielleicht? Nein, dafür war er zu groß. Ansonsten aber gab es nur noch eine Frau im Haus …

Die Erkenntnis traf sie wie ein Schlag. Das konnte ja nur bedeuten, dass dieses Weib in ihrer Wäsche gewühlt hatte! In ihrer Wäsche! In ihrem intimsten Bereich!

Alice stürmte wutentbrannt in Emmas Wohnung, und dort wartete schon der nächste Schock, so dass sie sofort vergaß, weshalb sie eigentlich gekommen war.

Ihre Schwiegermutter saß entspannt im Sessel und rauchte eine Zigarette.

»Oklopfa kennt mr au, Alice.«

»Rauchst du etwa?«

»Wonach sieht's sonst aus?«

»Also so geht das nicht! Habe ich dir nicht gesagt, dass in meinem Haus nicht geraucht wird?«

»In deinem Haus vielleicht nicht, in meiner Wohnung schon.«

»Denkst du auch an die Vorhänge?«

»Die ko mr wasche.«

»Du bist ein schlechtes Vorbild für meine Kinder!«

»Dafür brauchet se mi net, des machsch du scho selber.«

»Der Tabak riecht aber komisch.«

»Spezialmischung«, erklärte Emma lakonisch. »Hosch was welle, Alice?«

Stimmt, sie hatte ja was wollen. Alice schleuderte Emma den Stringtanga entgegen.

»Das ist doch bestimmt deiner! Was macht der in meiner Wäsche?«

»Sche, gell? Sottsch dir au kaufe. Des macht die Männer spitz.«

Alice stürmte hinaus.

Auch Simon hatte etwas gerochen. Im Gegensatz zu seiner Mutter hatte er den Geruch sofort erkannt und erzählte am nächsten Tag seinen Freunden aufgeregt: »Stellt euch vor, meine Oma kifft!«

»Affenhart«, sagten die. »Kannst du nicht mal was abziehen? Merken die Alten doch nicht, die sind eh alle gaga.«

Als erfahrener Ehemann wusste Klaus, dass sich auch der größte Zorn irgendwann erschöpfte, wenn man nur lange genug wartete. Bisher ließ sich das Zusammenleben mit seiner Mutter doch ganz friedlich an, oder? Das Haus stand noch, niemand trug sichtbare Verletzungen. Es war also an der Zeit, die üblichen Gewohnheiten wieder aufzunehmen.

Er kam ins Schlafzimmer mit einem Apfel in der Hand. Für danach. Wie immer.

Alice sah es und schrillte los: »Habe ich das nicht deutlich genug gesagt? Da läuft nichts, solange deine Mutter im Haus ist!«

»Man muss ja nichts übertreiben.«

»Übertreiben? Wer übertreibt? Deine Mutter übertreibt!«

»Sie ist halt eine alte Frau, da muss man ein bisschen nachsichtig sein.«

»Sie raucht, und dazu noch ganz scheußliches Zeug, sie hört laute Musik, und was für eine. Benimmt sich so eine alte Frau?«

»Wir können froh sein, das Mutter noch so fit ist.«

»Fit? Eine Nervensäge ist sie! Sie macht grundsätzlich die Waschmaschine an, wenn ich auch waschen will. Sie lässt grundsätzlich ihre Wäsche hängen, auch wenn sie schon trocken ist, und ich habe keinen Platz.«

»So schlimm ist das ja auch wieder nicht.«

»Es ist so schlimm! Ich habe meinen Haushalt durchorganisiert, und deine Mutter wirft mir dauernd Knüppel zwischen die Beine. Du kriegst das ja nicht mit, du bist tagsüber nicht da.«

»Schrei doch nicht so, Alice! Jeder kann dich hören!«

»Das darf auch jeder hören! Und jetzt vergiftet sie auch noch unsere Kinder!«

Klaus sah sie erstaunt an.

Das war nämlich so: Seit die Kinder größer waren, arbeitete Alice drei Tage in der Woche wieder in ihrem angestammten Beruf als Arzthelferin. Wenn die Kinder aus der Schule kamen, fanden sie das Essen fertig vor und mussten es nur noch in die Mikrowelle schieben. Heute zum Beispiel einen Hirseauflauf mit Gemüse.

»Und was macht deine Mutter? Kocht selbst was und verführt meine Kinder. Diese Hexe!«

»Was hat sie denn gekocht?«

»Nieren mit Bratkartoffeln.«

Klaus schloss die Augen. Vor Entzücken lief ihm das Wasser im Mund zusammen. Saure Nierle mit Bratkartoffeln! Er schluckte.

»Was soll daran so schlimm sein?«

»Verstehst du denn nicht? Die fetten Bratkartoffeln! Das Cholesterin! Die Nieren, in denen sich alle Schadstoffe ansammeln, BSE, Antibiotika und was weiß ich. Das ist schädlich! Und dann dieser widerwärtige Geruch nach Urin!«

»Dia saichelet bloß, wenn mir se net richtig wässert«[38], murmelte Klaus.

38 Wenn Schweinenieren nicht gewässert werden, können sie einen Geruch nach Urin entfalten, dann »saichelet se« (saichen = pinkeln).

»Was?«

Laut sagte er: »Ich habe das auch überlebt.«

»Überlebt! Schau doch an, was aus dir geworden ist!«

Ja, was war aus ihm geworden? In Gedanken stellte er sich vor einen Spiegel und sah einen Mann von sechsundvierzig Jahren, im besten Alter also, in einem Alter, in dem man es nochmals wissen möchte. Einen Familienvater und Hausbesitzer. Einen Mann, der alles getan hatte, was ein Mann tun muss: einen Sohn gezeugt, einen Baum gepflanzt, ein Haus gebaut.

Ein Mann, in dessen Leibesmitte es sich unübersehbar zu wölben begann. Gut, dagegen konnte man ja was tun. Bei Gelegenheit.

Und immerhin war er ein promovierter Jurist und hoch geachteter Referatsleiter im Kultusministerium. Könnte er ohne Nierle schon Abteilungsleiter sein?

Und er hatte eine Frau, die sich ihm aus einem lächerlichen Anlass verweigerte und allmählich begann, auf eine ungesunde Weise hysterisch zu werden.

»Hörst du mir überhaupt zu?«, fragte Alice.

Wovon war noch mal gleich die Rede gewesen? Ach ja, köstliche Nierle!

»Und die Kinder haben das gegessen?«, fragte er schnell.

»Madeleine natürlich nicht, aber Simon. Der war sogar begeistert. Männer! Diese Frau treibt einen Keil in unsere Familie.«

»Wenn dir was nicht passt, dann rede mit ihr.«

»Was glaubst du denn, was ich den ganzen Tag mache? Aber deine Mutter ist so verbohrt, da dringt nichts durch. Jetzt weiß ich, woher du das hast. Ich mache das nicht länger mit, ich streike!«

»Das tust du doch schon.«

»Ich streike noch mehr, du wirst schon sehen!«

Und Alice hielt Wort. Klaus wühlte im Kleiderschrank und wurde nicht fündig.

»Wo sind meine Socken, Alice? Ich habe keine frischen Socken mehr!«

»Wenn du frische Socken willst, dann wasch sie dir. Oder vielleicht fragst du deine Mutter?«

So weit kam's noch! Sockenwaschen sollte für einen gestandenen Mann doch kein Problem sein.

Hilflos stand er vor der Waschmaschine. Wie zum Teufel bediente man denn so ein Hightech-Gerät? Neunzig Grad waren auf alle Fälle gut. Je heißer, umso sauberer.

So, das Problem war in neunzig Minuten gelöst, wie die Waschmaschine anzeigte. Ein anderes zeigte sich sogleich.

»Alice, ich habe keine gebügelten Hemden mehr!«

»Bügel sie selbst. Oder frag deine Mutter.«

Grollend stand Klaus vor dem Bügelbrett und machte sich Gedanken über die allmähliche Verfertigung von Falten beim Bügeln.

Emma ahnte nichts von den heroischen Bemühungen ihres Sohnes, als sie sinnend vor dem Foto ihres verstorbenen Mannes stand. Der Kleinkrieg mit ihrer Schwiegertochter war zwar irgendwie auch spaßig, aber ziemlich anstrengend. Und unnötig, wie sie fand. Aber bitte, wenn diese Hopfastang[39] das so wollte: Stur[40] konnte sie selbst auch sein.

»Ja, ja, Willi«, seufzte Emma, »du hosch's bestimmt au net leicht dort obe, gell?«

Plötzlich stutzte sie.

---

39 Hopfenstange: eine dürre Frau.

40 Generell wird ja den Schwaben eine gewisse Sturheit zugeschrieben. Meist allerdings wird hier Sturheit mit konsequentem Handeln verwechselt.

Der Schokokuss, den sie vor sein Bild gestellt hatte, war weg.

Sicher, der Willi war immer ganz wild auf diese Dinger gewesen und hatte sie sich hineingestopft, wo er einen finden konnte. Aber so aus dem Jenseits heraus?

Emma starrte den Willi misstrauisch an und schüttelte den Kopf. Seltsame Dinge gingen hier vor.

Dann stellte sie einen neuen Schokokuss hin. Einen schwarzen natürlich.

Mädelsabend

Donnerstags war Mädelsabend, und Klaus freute sich jede Woche darauf. Jetzt besonders. Wenigstens ein Abend in der Woche, an dem Alice nicht da war und er endlich die Filme anschauen konnte, die das intellektuelle Niveau der Frauen überstiegen. So was wie »Fast and furious« oder »Hangover« oder so zeitlose Meisterwerke wie »Vier Fäuste für ein Halleluja« oder der »Schulmädchenreport«.

Gab es ja alles auf DVD oder sogar kostenlos im Internet, wenn man die richtigen Adressen kannte. Aus pädagogischen Gründen ließ sich Klaus sogar gelegentlich dazu herab, den Computer seines Sohnes zu durchstöbern. Dummerweise waren die heißesten Streifen immer passwortgeschützt.

Während Klaus seinen geruhsamen Männerabend plante, versammelten sich die Mädels im *BodyCare*, wo es neuerdings einen Masseur mit vielen Muskeln und einem entzückend knackigen Hintern gab.

»Stockschwul«, behauptete Belinda.

»Woher willst du das wissen? Das sieht man denen doch nicht an«, erwiderte Marion.

»Kindchen, wer mir nicht an die Möpse geht, der *ist* schwul.«

Das war ein gewichtiges Argument. Belinda (offiziell seit Jahren »ungefähr 36«, Single, Werbefachfrau) verfügte über die Oberweite, nach der sich Alice immer gesehnt hatte. Wenn sie an sich hinabsah, sah sie: nichts. Wie wenn eine Maus eine Faust macht, hatte ein früherer Freund mal gewitzelt. Sie hatte ihn sofort aus dem Bett und sodann aus ihrer Wohnung geworfen. Über das Offensichtliche machte man keine Witze.

»Ein Masseur begrapscht dir doch nicht den Busen, das darf der doch gar nicht«, wandte Marion (39, verheiratet, Hausfrau, vier Kinder) ein.

»Bei dir vielleicht, Schätzchen, dazu bist du viel zu verklemmt. Bei mir immer«, sagte Belinda. In ihren Augen war Marion mitleiderregend bieder und farblos.

Marion schaute ihre Freundin bewundernd an und glaubte ihr aufs Wort. Belinda – attraktiv und mit einem Selbstbewusstsein so groß wie ihre Brüste – war Single aus Überzeugung.

»Heiraten? Ich? Jeden Tag denselben Mann im Bett? Kinder, wie haltet ihr das nur aus!«, empörte sie sich immer.

In einem poetischen Moment hatte sie sich einmal als ein Schmetterling beschrieben, der von Blüte zu Blüte flog und nur an den süßesten naschte.

»Ich werde das noch herausfinden, ob der schwul ist«, verkündete sie. »Und dann beschwere ich mich. Ich will doch hier meinen Spaß haben.«

Bis diese Sache geklärt war, gab sich die Damenwelt genussvoll den gänsehautauslösenden zarten Händen von Juan hin.

In der Sauna dann wandte man sich den Dingen zu, die die Welt bewegten.

»Was macht dein Lover, Belinda?«

»Welchen meinst du? Den vom Dienstag oder den vom Mittwoch?«

»Kannst du mir nicht einen abgeben?«, fragte Celia (40, geschieden, Journalistin), die ständig auf der Suche nach einer neuen Beziehung war. Sie glaubte trotz allem an die große Liebe. Wenn es dazu auch vielleicht mehrerer Anläufe bedurfte.

»Du hast doch selbst einen. Was ist mit dem?«, fragte Belinda.

»Totalausfall. Ein Straßenköter«, erwiderte Celia.

»Was ist ein Straßenköter?«, wollte Marion wissen.

»Hab ich mal gelesen. Ein wilder Typ mit einem zu wilden Leben.«

»Das klingt nach wildem Sex.«

»Schon.«

»Mein Gott, so einen lässt man doch nicht laufen! Gib mir seine Nummer!«, verlangte Belinda.

»Mit einem Straßenköter kann man nicht zusammenleben«, erklärte Celia.

»Wer will denn schon zusammenleben? Schätzchen, begrabe deine romantischen Vorstellungen«, sagte Belinda.

Marion bekam einen träumerischen Blick. »Wilder Sex! Ich bin seit zwölf Jahren verheiratet!«

»Da wir jetzt schon beim Thema sind«, sagte Belinda. »Was macht dein langweiliger Ehegattensex, Alice?«

»Nichts.«

»Ha!«, schrie Belinda auf. »Was ich immer sage: Die Ehe ist der Tod der Liebe.«

»Ich habe ihn auf Diät gesetzt. Genauer gesagt auf Nulldiät, bis seine Mutter wieder ausgezogen ist.«

»Verstehe ich dich richtig: kein Sex, bis Oma Leine zieht?«, fragte Celia.

Alice nickte.

»Das könnte klappen«, sinnierte Marion.

Belinda schüttelte energisch den Kopf. »Gut gemeint, Alice, aber falscher Ansatz. Was, wenn er seinen Appetit jetzt anderswo stillt?«

»Klaus doch nicht! An so etwas denkt der nicht einmal!«

»Kindchen, Männer denken dauernd an so etwas. Zu meinem Glück. Meine interessantesten Bekanntschaften sind Ehemänner, die mal ein bisschen Abwechslung brauchen«, sagte Belinda.

»Klaus doch nicht!«, wiederholte Alice. »Dazu ist er viel zu …«

»Bieder?«, spöttelte Belinda.

»Zu anständig«, sagte Alice.

»Bist du dir sicher?«, fragte Belinda. »Soll ich ihn mal auf die Probe stellen?«

»Das würde nicht funktionieren, du bist doch meine Freundin.«

Belinda lachte, und Celia stimmte ein, allerdings etwas gequält. »Schon vergessen, Alice? Ich habe meinen Ex mit meiner damals besten Freundin erwischt.«

Alice sah Belinda an. Nach Modelmaßstäben hatte sie einige Pfunde zu viel, aber gerade das machte ihren Reiz aus.

Und dann Celia. Muskulös, ein sportlich gestählter Körper, kein Gramm zu viel, aber auch kein Gramm zu wenig. Sie war intelligent, amüsant und hatte ein ansteckendes Lachen. Warum fand so jemand keinen Mann? Oder immer nur den falschen?

Und sie selbst? Hager wäre eine Übertreibung. Spindeldürr war sie, eckig und knochig, darunter hatte sie ihr ganzes Leben gelitten. Du hast es gut, Mädchen, du kannst essen, was du willst, und wirst trotzdem nicht dick – jahrzehntelang hatte sie sich das anhören müssen. Und trotzdem wölbte sich da ein kleines Bäuchlein. War das auch erotisch?

»Jetzt bekommt sie Zweifel«, meinte Marion.

»Was hast du eigentlich für Stress mit deiner Schwiegermutter?«, fragte Celia. »Sie hat doch eine eigene Wohnung bei euch.«

»Es ist ihre bloße Anwesenheit. Sie kann mich nicht leiden, ich kann sie nicht leiden.«

»Du beschreibst einen von der Natur so vorgesehenen Normalzustand, Alice«, konstatierte Marion.

»Aber ich kann ihr nicht ausweichen. Wir laufen uns jeden Tag über den Weg. Ich werd noch verrückt!«

»Mit den Kerlen heiratest du immer auch die Mutter«, sinnierte Celia. »Und bei Mama war immer alles besser. Das Essen sowieso. Und Socken aufräumen musste er auch nicht.«

»Und trotzdem sucht du wieder nach einem Mann, mit dem du zusammenleben willst?«, sagte Belinda. »Manchmal verstehe ich euch nicht. Lernt ihr denn nie was?«

»Und dann dieses fürchterliche Schwäbisch!«, ereiferte sich Alice.

Die anderen drei Frauen nickten wissend. Sie alle stammten nicht von hier, es waren die Schicksalsfälle des Lebens, die sie nach Stuttgart verschlagen hatten, worunter in der Regel ein Mann zu verstehen ist. Manchmal litten sie ganz saumäßig darunter.

»Klaus habe ich das ja ziemlich abgewöhnt«, fuhr Alice fort, »und den Kindern sowieso. Und jetzt ist dieses alte Weib im Haus und brabbelt so daher, dass ich das manchmal gar nicht verstehe. Die macht das absichtlich!«

»Aber deswegen Sexentzug finde ich schon etwas heftig«, sagte Celia. »Du schneidest dir ja ins eigene Fleisch.«

»Bei uns lief es sowieso nicht mehr so in letzter Zeit«, räumte Alice ein.

»Ehealltag«, stimmte Marion zu. »Kenn ich.«

»Du wirst deiner Schwiegermutter noch dankbar sein«, grinste Celia. »Sie sorgt für neuen Schwung in deinem Bett.«

»Kinder, Kinder«, schüttelte Belinda den Kopf, dass die Schweißtropfen flogen. »Was bin ich froh, dass ich eure Probleme nicht habe.«

Schweigen senkte sich über die Frauenrunde. Celia überlegte, ob Belinda womöglich doch recht hatte. Alice und Marion dachten über Schwiegermütter nach. Und alle drei fragten sich, ob sie Belinda vielleicht beneiden mussten, die unbeschwerte Belinda, die keine Sorgen kannte. Vor allem nicht mit Schwiegermüttern. Und mit Männern.

»Also, Mädels«, sagte Belinda, »wir haben da eine Reihe von Problemen. Alice muss ihre Schwiegermutter loswerden und wir müssen testen, wie anfällig ihr Klaus ist. Celia braucht einen neuen Kerl und Marion mal wieder richtig guten Sex. Womit fangen wir an? Mit Marion, das ist am einfachsten. Ich habe da ein paar Kandidaten, die gut zu dir passen.«

»Das geht doch nicht!«, empörte sich Marion. »Ich bin verheiratet! Und außerdem will ich keine abgelegten Liebhaber von dir.«

»Die sind nicht abgelegt, Schätzchen, die sind gut zugeritten.«

Stammtisch

Freitags war Stammtisch, und nach eingehenden Diskussionen mit ihren ehegestählten Freundinnen hatte Alice beschlossen, dass nichts dagegen einzuwenden sei. »Lass ihn!«, hatte Marion gesagt. »Dort können die Männer Dampf ablassen und über ihre Frauen schimpfen, danach sind sie wieder handzahm.«

So saßen also drei Männer wie jeden Freitag beim *Zaiß*, hatten ihren Trollinger vom Fass vor sich und unterhielten sich über die Themen, die die Welt bewegten. Zum Beispiel darüber, dass der Trainer vom VfB ein ausgemachter Hornochse war.

»4–4–2! Damit hast du doch gegen die Mannschaft keine Chance!«, ereiferte sich Frieder (46, verheiratet, Bauunternehmer).

»Die Meisterschaft können wir vergessen«, bestätigte Klaus.

»Ich sag nur: Schalke!«, sagte Karsten (41, geschieden, Steuerberater).

»Wenn mr aus Gelsekircha kommt, ko mr halt nix derfier«, lästerte Frieder.

»Wenigstens verstoht 'r mittlerweile a bissele Schwäbisch«, sagte Klaus.

»Und ich trinke sogar diesen abscheulichen Trollinger.«

»Aber hallo!«

»Ich habe mir übrigens ein neues Auto bestellt«, sagte Karsten.

»Wer sich's leisten kann.«

»Dia oine miasset Steure zahle, dia andere verdienat dra«, seufzte Frieder. »Ond ich muss meine alte Karre weiterfahren.«

»Das musst gerade du sagen! Ich kenne deine Zahlen, dir geht es doch blendend.«

»Muass jo net jeder merka.«

»Was hast denn für einen? Die neue S-Klasse?«, wollte Klaus wissen.

»Einen BMW diesmal.«

»Oh verheb's! So a Bayernglomb? Bisch nemme recht bache?«

»Zur Strafe geht die nächste Runde auf dich.«

»Wo bleibt eigentlich der Holger heute?«

»Hod koin Ausgang kriagt. Muss seiner Lina was nabäschdle[41].«

Die Männer nickten wissend.

»Übrigens, wie geht's mit der Mama unter einem Dach?«

»Bestens. Keine Probleme«, sagte Klaus.

»Und Alice? Die kann doch deine Mutter nicht verputzen.«

»Das geht schon, die habe ich voll im Griff«, sagte Klaus.

Nach dieser ausgiebigen Abschweifung ins Private wandten sie sich wieder den wichtigen Themen zu.

»Hend ihr dia nei Verkäufere beim Bäcker scho gsäh? Die Yvonne? Solche Denger[42]!«

»Isch wohr? Sot mr sich di etwa agucka?«

»Glotz liaber hälenga[43]. Sie wär a Graddzbirschd[44], saget se.«

»Gucken wird man doch noch dürfen.«

Eine Zeitlang stierten die drei Männer schweigend in ihren Trollinger.

»Solche Denger?«, fragte Klaus.

Frieder nickte.

Klaus seufzte.

»Do hosch au wieder recht«, sagte Frieder.

---

41 Wörtlich: hinbasteln – der Holger muss also ein Regal oder eine Vorhangstange oder Ähnliches anbringen.

42 Das bezieht sich hier zweifelsfrei auf den sicherlich beachtlichen Vorbau der jungen Dame. In anderem Zusammenhang können auch Personen oder Sachen gemeint sein.

43 heimlich

44 Kratzbürste

Bräzle, Briegel ond Säla

Samstagmorgens fanden sich die Männer des Viertels beim Bäcker ein und warteten ungeduldig in der Schlange, bis sie mit ihrer Frühstücksbrötchenbestellung an der Reihe waren. Wer sich kannte, nickte sich zu, murmelte vielleicht noch ein knappes »Grüß Gott«, ansonsten wurde nicht viel geredet. Die Männer dösten vor sich hin und verfluchten das Schicksal, also ihre Ehefrauen, das sie dazu zwang, sich an einem freien Tag zu so nachtschlafener Zeit auf die Socken machen zu müssen.

An dieser Stelle muss angemerkt werden, dass der Schwabe als solcher entgegen einer landläufigen Legende keineswegs maulfaul ist. Er pflegt nur einen äußerst ökonomischen Umgang mit der Sprache, wobei dies allerdings gemeinhin lediglich auf den männlichen Teil der Bevölkerung zutrifft (Politiker und Pfarrer ausgenommen). Warum beispielsweise sollte man auf das Offensichtliche viel Gerede, mithin Zeit und Energie, verschwenden? Von nix kommt nix, weiß man schließlich. »Sell isch wohr«, sagt der Schwabe nur und nickt bedächtig.

Auch über die Schicksalsfälle des Lebens lohnt kein langes Lamentieren. Mit einem »So isch's na au wieder« ist alles gesagt. Bei seinem verbalen Engagement wägt der Schwabe bedächtig ab, ob Aufwand und Ergebnis in einem erträglichen Verhältnis zueinander stehen. Also zum Beispiel nicht bei ehelichen Auseinandersetzungen.

An diesem Samstagmorgen machte sich Klaus ohne sein rituelles Gemurre auf den Weg, was Alice als ersten Erfolg ihrer erzieherischen Maßnahmen betrachtete.

Er war früh dran, und trotzdem war die Schlange lang. Und keiner beschwerte sich. Im Gegenteil, die Schlange konnte gar nicht lang genug sein. So hatte man wenigstens

Gelegenheit, dieses Wunderwerk der Natur in aller Ausführlichkeit und Offenheit zu bestaunen.

Die Männer warteten geduldig und gar nicht maulfaul.

»Heidablitz, wo isch denn dui backe wora?«

»Solche Herzer[45] siehsch au net äll Tag.«

»Wer koi Herz auße hot, hot au koi Herz inne.«

»Do dät i me gern noschneckla[46].«

»Do kansch dr abr gscheit d'Gosch verbrenna.«

»So a Lompedogg[47]!«

Unüberhörbar waren hier Fachleute unter sich.

Die Jungs vom Stammtisch hatten nicht zu viel versprochen. An der jungen Dame war was dran. Und von wegen kratzbürstig! Für jeden Kunden hatte sie ein strahlendes Lächeln, und als sie einmal aufschaute und die Schlange betrachtete, schien es Klaus, als bliebe ihr Blick ausgerechnet bei ihm hängen. Ihr Lächeln wurde noch strahlender. Er lächelte glückselig zurück.

Ob sie wohl von hier war? Bestimmt nicht, sonst wäre sie ihm schon längst aufgefallen. War sicherlich von auswärts und saß jetzt abends einsam und allein in einer kalten Wohnung und heulte sich die Augen aus dem Kopf vor lauter Heimweh. Jemand musste sich um sie kümmern und sie trösten. Ein erfahrener Mann, dem man vertrauen konnte.

Einer wie er.

Ein unsanfter Stoß in seinem Rücken riss ihn aus seinem Tagtraum.

»Net triala[48]!«, brummte eine Stimme. »'s goht weiter.«

---

45 Liebevolle Umschreibung der weiblichen Brust.

46 anschmiegen

47 ein adrettes Mädchen

48 trödeln; auch: kleckern

Noch ein Kunde trennte ihn von Yvonne. Seine Hände wurden feucht. Verdammt, warum hatte er sich noch nicht die Zähne geputzt? Er tastete in der Tasche seiner Adidas-Trainingshose. Kein Pfefferminz, kein Kaugummi. Wenigstens war er gekämmt. Na ja, er war sich mit den Fingern durch die Haare gefahren.

»Zwoi Bräzla, an Laugaweck, vier Briegel«, bestellte der Mann vor Klaus. Auch er war in der uniformen Wochenend-Männerkluft, der Plastiktrainingshose. Allerdings hatte die Hose noch kein wirkliches Training mitgemacht, ein dicker Bauch quoll über den Bund.

Yvonne richtete zwei Brezeln und ein Laugenweckle her und sah den Mann dann fragend an. »Was war das andere?«

»Vier Briegel«, wiederholte er.

Yvonne schaute hilflos. »Was bitte?«

»Kennet Sie koi Deutsch, Frallein?«

»Der moint Säla«, kam es von hinten.

»Des send doch im Läba koine Säla, des send Briegel«, mischte sich ein anderer ein.

»Des send koine Briegel und koine Säle, des isch gar nix. I muass es wisse, i komm aus Aalen«, kam es von einem Dritten.

»An Aalemer! A Ostalbseggel! Ja freile, dia hent d' Weisheit mit de Löffel gfresse!«

»Dibbl«![49]

»Kriag i jetzt meine Briegel oder solle se selber backe?«, murrte der Dicke vor Klaus.

Die süße Yvonne war nun völlig verwirrt und schaute ratlos von einem zum andern. Sie verstand offenbar kein Wort.

---

49 Dummkopf

Gelegenheit für Klaus, Punkte zu sammeln. Er räusperte sich und deutete mit dem Zeigefinger. »Diese länglichen Brötchen da, die mit Kümmel und Salz bestreut sind.«

Der erleichterte Blick, den Yvonne ihm zuwarf, verhieß ewige Dankbarkeit.

Weiter hinten in der Schlange waren immer noch erregte Diskussionen im Gange, was nun einen Briegel ausmache und was eine Seele, wobei sich herauszuschälen begann, dass in dieser Frage keine Einigkeit zu erzielen war.

Yvonne packte schnell die Bötchen in die Tüte und reichte sie dem Dicken.

»Warum net glei so«, brummte der und ging.

Jetzt war Klaus an der Reihe. Er atmete tief durch und zog den Bauch ein.

»Es gibt schon arg unhöfliche Leut«, sagte er. Yvonne sagte nichts, sondern lächelte ihn nur an. Logisch. Sie konnte nicht in aller Öffentlichkeit über ihre Kunden herziehen.

»Sie sind nicht von hier, gell?«, fragte er.

Stumm lächelnd schüttelte Yvonne den Kopf. Klaus bemerkte ein entzückendes Grübchen auf ihrer linken Wange. Offenbar war sie von den Kommunikationsschwierigkeiten etwas mitgenommen. Ihr Busen wogte.

»Die schwäbische Volksseele ist für den Fremden nicht so einfach zu durchschauen«, meinte Klaus. »Aber mit etwas fachkundiger Anleitung haben Sie das schnell.« Er zwinkerte ihr zu.

Yvonne sagte immer noch nichts, aber er war sich sicher, dass sie verstanden hatte.

»Schwätz net so gschwolle daher und mach nare[50], andere Leit hent au Hunger!«, tönte es hinter ihm.

---

50 Aussprachemäßig die Klippe, an der jeder Sprachschüler scheitert. Heißt soviel wie »mach weiter«.

»Was darf's denn sein?«, erkundigte sich jetzt auch Yvonne.

»Drei Brezeln, zwei Milchbrötchen, zwei Laugenweckchen«, artikulierte er so deutlich, wie er nur konnte. Man durfte das arme Kind nicht noch mehr verunsichern.

Yvonne nickte dankbar (Wie sonst war ihr Gesichtsausdruck zu deuten?) und suchte schnell das Gewünschte zusammen.

Er nahm seine Brötchentüte entgegen.

»Übrigens, ich bin der Klaus. Wir sehen uns!«

Er zwinkerte Yvonne zu. Yvonne lächelte.

»Mach des Mädle net schalu[51]«, sagte sein Hintermann und zwinkerte ihm zu.

»Guten Appetit, Herr Doktor!«, rief ihm im Hinausgehen einer zu. Oh verhebs, der Kurt Mähringer, ein Nachbar drei Häuser weiter! Wenn der ins Reden kam, hörte er nicht mehr auf. Klaus winkte ihm zu und lief eilig weiter. Er wollte sich von niemandem in seinen Träumen stören lassen.

In der Briegel-Seelen-Diskussion hatte man sich inzwischen darauf geeinigt, dass sowieso nichts mehr war wie früher. 's war halt nemme dees. Und das Thema war erledigt.

Der Bäcker schaute aus seiner Backstube hinaus in den Laden und beglückwünschte sich dazu, dass er gegen alle Widerstände seiner Frau diese Neue eingestellt hatte. Taktisch geschickt hatte sie die schlechten Noten von Yvonne hervorgehoben, insbesondere in Mathe. Sie hatte ihm drastisch geschildert, was das für sie bedeuten würde, wenn Yvonne sich oft verrechnete. Aber der Bäcker hatte sich durchgesetzt. Wer so hübsch anzusehen ist, darf sich ruhig auch mal verrechnen.

Sein Umsatz hatte sich seitdem mindestens verdoppelt.

---

51 verrückt machen, durcheinanderbringen

Besuch

Nach dem Frühstück hatte Alice Gartenarbeit angesetzt. Eigentlich hätte Klaus Rasen mähen müssen, aber er simulierte eindrucksvoll einen Hexenschuss. Kein Sex, kein gemähtes Wiesle, sagte er sich.

Der Spätsommer strengte sich noch einmal richtig an, es war schon am Vormittag heiß, und Klaus hatte es sich mit Achselshirt und kurzer Sporthose bequem gemacht. Er überlegte, ob er sich demonstrativ und mit leidender Miene auf die Liege im Garten begeben und dabei zuschauen sollte, wie seine Gattin Unkraut jätete.

Dann hatte er eine bessere Idee. Er verzog sich in sein Arbeitszimmer, fuhr das Notebook hoch und widmete sich intensiv den Playmates des Monats.

Er war eindeutig auf Entzug und begann zu träumen.

Es klingelte.

Wer immer das war, Klaus würde sich in seiner Samstagsruhe nicht stören lassen. Er war beschäftigt. Sollten sich andere darum kümmern.

Es klingelte erneut.

»Klaus, mach auf!«, ertönte eine Stimme aus dem Garten. Klaus kannte diese Tonlage. Besser, er schaute nach, umso schneller hatte er wieder seine Ruhe.

Klaus öffnete die Haustür und sah sich einer jungen Frau gegenüber. Ungefähr zwanzig, schätzte er. Gertenschlank war sie, ihre Haut hatte einen olivfarbenen Ton, ihr Haar war schwarz und lang und straff zu einem Pferdeschwanz gebunden, was ihr feingeschnittenes Gesicht mit den hohen Wangenknochen betonte. Sein Blick wurde leicht glasig. Das war eine Erscheinung aus einer anderen Welt.

»Bist du der Klaus Öchsle?«, fragte das Wesen.

»Äh … ja«, sagte Klaus Öchsle automatisch.

»Supi!«, rief das Mädchen aus, schlang beide Arme um seinen Hals und schmatzte ihm links und rechts auf die Wange.

Klaus war noch so in seinen Tagträumen gefangen, dass er unwillkürlich seinen Arm um sie legte und sie fest an sich presste. Im letzten Moment fiel ihm etwas auf und er schob eilig seinen Unterleib nach hinten, um allzu engen Körperkontakt zu vermeiden.

In diesem Augenblick kam Alice um die Ecke. Mit einem lauten Poltern schlug ihr Eimer mit den Gartenabfällen auf dem Weg auf.

»Also da hört sich doch alles auf!«, rief sie empört.

Das Mädchen ließ von Klaus ab und wandte sich Alice zu. »Und wer bist du?«, fragte sie mit einem strahlenden Lächeln.

»Seine Ehefrau, wenn es Ihnen nichts ausmacht. Und lassen Sie gefälligst Ihre Finger von meinem Mann.«

»Supi!«, rief das Mädchen erneut. »Ich bin die Pilar. Eigentlich Maria Pilar. Klaus, ich bin deine Schwester.«

Klaus starrte sie mit offenem Mund an.

»Genauer gesagt, deine Halbschwester. Dein Vater und meine Mutter … du weißt schon.«

»Das … das kann nicht sein«, stammelte Klaus.

»Hab ich mir gedacht, dass ihr etwas überrascht seid. Deshalb habe ich meine Geburtsurkunde mitgebracht. Schau!«

Und da stand es schwarz auf weiß. Maria Pilar Fernández, Vater: Willi Öchsle, wohnhaft in Stuttgart.

Klaus und Alice schauten sich an.

»Mutter!«, brüllten sie wie aus einem Mund.

Emma Öchsle kam aus ihrer Wohnung. Manchmal schaut mein Sohn schon selten dämlich drein, dachte sie.

»Wo brennt's denn?«, fragte sie.

Wortlos reichte Klaus ihr ein Stück Papier. Es dauerte einige Zeit, bis Emma realisiert hatte, was sie da las. Und wer vor ihr stand. Seltsamerweise war sie nicht einmal übermäßig erstaunt. A Heggakendle[52] also, dachte sie.

Emma Öchsle betrachtete den Familienzuwachs. Von ihrem Willi hatte das Mädchen nichts, weder die schiefe Nase noch das eckige Kinn, also musste das mütterliche Erbe voll durchgeschlagen haben.

Geschmack hat er wenigstens gehabt, der Saubeutel.

Klaus hatte sich wieder im Griff und fragte frostig: »Und was wollen Sie? Geld?«

»Ach was!«, lachte Pilar. »Ich wollte nur mal meine andere Familie kennenlernen. Das ist ja jetzt geschehen. Tschüssikowski dann!«

Mittlerweile hatte sich auch der Rest der Familie eingefunden. Simon starrte das Mädchen genauso ungläubig an, wie das sein Vater getan hatte.

»Dann bist du also sozusagen meine Tante«, stellte er fest.

»Klar.«

Cool! Simon war entzückt. Das war wenigstens eine Tante, die man vorzeigen konnte, im Gegensatz zu den alten Weibern, die sich sonst seine Tanten nannten.

Madeleine erfasste sofort eine abgrundtiefe Abneigung gegen diese neue Tante. Es gehörte sich einfach nicht, dass Tanten besser aussahen als ihre Nichten. Das stellte die Welt auf den Kopf. Giftig schaute sie das Mädchen an.

Pilar war mittlerweile klar geworden, dass ihr Erscheinen nicht auf ungetrübte Freude stieß. Geordneter Rückzug, befahl sie sich.

---

52 Ein uneheliches Kind, das vielfach hinter einer Hecke (Hegga) gezeugt worden ist.

»Sorry«, sagte sie, »ich hätte nicht so hereinplatzen dürfen. Nichts für ungut. Ich will nichts von euch, und ihr seht mich nie mehr wieder. War eine blöde Idee.«

»Ganz richtig«, sagte Klaus.

Das Mädchen wandte sich zum Gehen.

»No nix Narrets!«, ertönte die Stimme von Emma Öchsle. »Zeig noch mal her.«

Pilar reichte ihr die Geburtsurkunde.

»Geboren am 3. Juli in Bremen«, murmelte sie. »Dann bist du also jetzt zwanzig, und gezeugt worden bist du …«

»… am 10. Oktober«, ergänzte Pilar. »In Bremen. Hat meine Mutter gesagt.«

In Bremen. Willi Öchsle war Ingenieur in der Entwicklungsabteilung beim Daimler gewesen und war deshalb auch immer wieder in den anderen Werken unterwegs. Auch in Bremen.

»Ich erinnere mich«, sagte Emma. »Vor seiner Abreise hatten wir einen riesigen Krach. Es ging … ach, das ist ja jetzt egal.«

Und dann hat er sich also dort getröstet, war allen klar.

Auch Klaus war beruflich hin und wieder auswärts. Sein letzter Termin hatte ihn zu einer Konferenz nach Hamburg geführt, und vor seiner Abreise hatten er und Alice …

Alice stemmte die Hände in die Hüften und sah Klaus böse an.

Klaus wurde bleich.

Der Blick von Alice war mörderisch. Sie hatte doch schon immer gedacht, dass Klaus sehr auf seinen Vater hinauskam. Diese Nase, dieses Kinn … Alice schloss die Augen und suchte ihre imaginäre Wiese.

Irgendwer musste sie umgegraben haben.

Madeleine und Simon schauten sich an, ausnahmsweise einmal einig in der Beurteilung der Lage. Da braute sich schwer was zusammen.

Pilar stand einigermaßen verloren da. Hatte sie womöglich an ein düsteres Familiengeheimnis gerührt? Besser, sie machte sich vom Acker.

»Komm mal her, Mädle!« Emmas Stimme war laut und bestimmend. Und sie drückte Pilar an ihre Brust.

»Willkommen bei deiner Familie! Und jetzt trinken wir erst mal einen Kaffee. Bloß wir beide. Mutter und Tochter.«

Klaus stand stocksteif und verstört da. Ihn hatte eben jäh die erschütternde Entdeckung überfallen, dass auch Eltern über ein Sexualleben verfügten. Und das in dem Alter! Sein Vater musste ja immerhin – er rechnete nach – schon neunundfünfzig gewesen sein, als er Pilar gezeugt hatte.

Abgründe taten sich da auf.

Familie

Pilar wirkte zerknirscht, als sie Emma Öchsle in die Küche folgte. Während Emma ihre Kaffeemaschine in Gang setzte, sagte Pilar. »Ich neige manchmal zu spontanen Ideen. Ich hab gedacht, wenn ich schon hier bin, schau ich mal vorbei. War blöd. Entschuldigen Sie.«

»Da gibt's nichts zum Entschuldigen.«

»Ja, ich weiß.«

»Doch net so, Mädle. Ich meine, du brauchst dich für gar nichts entschuldigen, du kannst ja nichts dafür. Und net Sie. Du. Sag Emma. Mutter wär ja a bissele arg gschbässig.«

»Gsch… was? Sorry, mit dem hiesigen Dialekt komme ich noch nicht zurecht.«

»Gschbässig. So viel wie komisch.«

»Ich habe Sie … dich jetzt schockiert, nicht wahr?«

»Zuerst schon. Und auch wieder nicht. Weißt du, dein … Erzeuger hat nie den Hosenladen zuhalten können. Es musste ja mal so kommen.«

»Das tut mir leid.«

»Man arrangiert sich damit. Hat er sich wenigstens gekümmert um dich?«

»Er hat von mir gar nichts gewusst.«

Erstaunt sah Emma das Mädchen an.

»Meine Mutter wollte das nicht. Es war ja nur eine kurze Affäre mit ungeplanten Folgen. Sie wusste, dass er verheiratet war. Sie wollte seine Familie nicht zerstören.«

»Nobel. Vor allem, wenn man bedenkt, dass sie dich allein aufziehen musste.«

»Ach, das war kein Problem, dafür hat man ja die Familie.«

Emma durchzuckte es schmerzlich. Es gibt also auch Familien, dachte sie, die zusammenhalten und sich unterstützen, wenn es nottut. Und wir zerfleischen uns. Aus irgendeinem obskuren Anlass. So darf das nicht weitergehen. Und wer macht den Anfang?

»Erzähl mir von deiner Mutter«, sagte Emma. »Ist sie genauso hübsch wie du?«

»Bin ich hübsch?«

Emma musste über die Koketterie ihrer neuen Stieftochter schmunzeln. Das Mädchen war nicht nur ausnehmend hübsch, sie hatte es auch faustdick hinter den Ohren, dafür hatte sie ein Gespür. Das konnte noch lustig werden.

Pilars Mutter, so erzählte sie, stammte aus Sevilla, daher kam ihre strenge Schönheit. Sie arbeitete seinerzeit an der Rezeption des Hotels, in dem Willi Öchsle abgestiegen war. Geheiratet hatte sie nie, sie war eine stolze Frau, die sich von niemand abhängig machen wollte, schon gar nicht von einem Mann.

»War das nicht schwer für dich, ohne Vater aufzuwachsen?«, fragte Emma.

»Früher ja. Was habe ich die Mädchen beneidet, die im Kindergarten von ihren Vätern abgeholt wurden! Später dann haben mir meine Freundinnen erzählt, wie es bei ihnen zu Hause zuging, und da war ich dann eigentlich ganz froh über unsere Situation. War dein Mann ein guter Vater?«

»Er hat sich auf alle Fälle bemüht.«

»Ich hatte im Laufe der Zeit einige Väter. Aber die blieben alle nicht lange, und das war auch gut so.«

»Ich würde deine Mutter gerne mal kennenlernen. Ich glaube, die würde mir gefallen.«

»Dann müssen wir eine kleine Reise machen. Sie lebt jetzt auf Lanzarote.«

»Und warum bist du in Stuttgart? Nur um die Familie deines Erzeugers zu sehen?«

Plötzlich begann Pilar zu strahlen. »Ich gehe auf die John Cranko Schule, also eigentlich auf die Ballettakademie.«

»Du willst Balletttänzerin werden?«

Pilar nickte. »Ich habe eine Ausnahmegenehmigung bekommen, eigentlich bin ich schon zu alt dafür. Ich bin gut, glaub mir!«

Emma glaubte das aufs Wort.

»Ich suche noch eine Wohnung. Weißt du irgendwas?«

Emma musste nur kurz überlegen. »Ich habe hier ein Zimmer, das ich nicht brauche.«

Pilar sah sie zweifelnd an. »Meinst du, das ist eine gute Idee?«

»Wir zwei werden schon miteinander auskommen.«

»Aber Klaus und seine Frau? Die scheinen ja nicht sehr erfreut zu sein über mich.«

»Nein, das sind sie nicht. Aber Alice muss sich noch an ganz andere Sachen gewöhnen. Meinst du, du hältst das aus? Mit meiner Hilfe?«

Pilar schaute Emma an und grinste. »Aber klar doch! Ich freue mich!«

»Dann hol mal deine Sachen, Mädle!«

»Supi, Emma!«, jubelte Pilar.

Als Pilar weg war, ging Emma zu der Kommode, auf der ein Foto ihres verstorbenen Mannes stand, und schüttelte den Kopf. Aber nicht, weil der Schokokuss schon wieder verschwunden war.

»Willi, Willi«, seufzte sie. »Warum hosch du nia deine Finger von dene junge Denger lasse kenne!«

Willi fläzte sich auf dem Sofa. Trotz seiner schiefen Nase und dem eckigen Kinn war er zeitlebens ein attraktiver Mann gewesen, im Alter vielleicht sogar noch mehr als früher. Und seinen Charme hatte er nie verloren.

»Ein Mann hat eben seine Bedürfnisse, Emma«, sagte er.

»Läddagschwädz[53]! Eine Frau etwa nicht?«

»Vielleicht leben die Frauen sie nicht aus.«

»Bist du dir da so sicher, Willi?«

»Ach! Sollte mir etwas entgangen sein?«

»Wer weiß? Du warst oft weg und ich allein zu Hause, und ich wusste immer, dass du keine einsamen Nächte im Hotelzimmer verbracht hast.«

»Dabei habe ich mir so Mühe gegeben, das zu verheimlichen.«

»Was dir nie gelungen ist. Wir Frauen haben unsere Antennen dafür.«

»Das war ja nie was Ernstes. Nur Spaß.«

»Mit Folgen.«

»Maria Pilar, meine Tochter! Das ich das nicht mehr erleben durfte! Du musst zugeben, diese Überraschung ist mir gelungen. Scheint ein nettes Mädchen zu sein.«

---

53 Wenn jemand saublöd daherredet.

»Ein Wunder bei diesem Vater.«

»Jetzt aber!«

»Weißt du, Willi, ich habe in meinem Leben viele Fehler gemacht. Der größte war, dass ich immer zu brav gewesen bin.«

Ein versonnenes Lächeln umspielte Emma Öchsles zinnoberrot geschminkte Lippen. »Aber es ist ja nie zu spät, auch wenn man das im fortgeschrittenen Alter manchmal denkt. Danke, Willi, du und dein Nebennaus-Kindle, ihr habt mir endgültig die Augen geöffnet.«

»Was hast du vor? Emma, du beunruhigst mich. Sag schon, was hast du vor?«

Aber da war Emma schon längst aus der Wohnung in den Garten gegangen, wo sie auf Klaus traf.

»Endlich ist sie weg«, sagte er.

»Sie holt nur ihre Sachen.«

»Was soll das heißen?«

»Sie wohnt erst mal bei mir.«

Klaus schnappte nach Luft.

»Aber das geht doch nicht! Sie ist die uneheliche Tochter meines Vaters! Ein … ein … ein Bastard!«

»Ihr Männer seid doch alle keine Heiligen. Du vielleicht?« Warum wird mein Sohn jetzt rot, fragte sie sich. Sie klopfte Klaus auf die Schulter und grinste. »Ist ja nur vorübergehend, bis wir für sie was gefunden haben.«

Wer hat Angst vorm Schwarzen Mann?

Emma suchte eine Ausrede und fand sie auf Anhieb. Sie konnte Friede doch nicht allein lassen in dem Haus, das immer leerer wurde und in dem schon die ersten Handwerker lärmten!

Die Wahrheit freilich war, dass sich Emma noch nicht so recht von ihrer alten Heimat lösen konnte. Im Heusteigviertel kannte sie halt alle, in Cannstatt begannen sich Kontakte erst allmählich zu entwickeln. Und wenn auch die Nachbarn so weit ganz in Ordnung waren, die meisten wenigstens, eines wusste sie ganz genau: In dieser Reihenhausatmosphäre konnte sie nie heimisch werden.

In ihr gab es nur einen Gedanken: Flucht. Also ab in den Stuttgarter Süden, wieder mal.

Wenn sie schon mal hier war, konnte sie sich auch auf einen kleinen Nostalgietrip begeben. Ziellos streifte sie durch die Straßen und sah sich staunend um, als sei sie zum ersten Mal hier. Oder zum letzten Mal. Sie hatte die Gründerzeit- und Jugendstilbauten schon immer gemocht mit ihrer Klinkerstruktur über dem Sandsteinsockel. Sie hatten so etwas Erhabenes, Grundsolides an sich und erlaubten sich gleichzeitig neckische Spielereien. Ganz besonders gefielen ihr die Erker, denen bisweilen ein steiler Giebel aufgesetzt war. Wie ein kecker Hut.

Immenhofer Straße, Filderstraße, Römerstraße. Sie umrundete den alten Fangelsbachfriedhof, auf dem Friedrich Schillers ältester Sohn Karl begraben lag, und bog in die Heusteigstraße ab, die dem Viertel den Namen gegeben hatte. Der Vorhang aus Knöterich, der sich gegenüber der Heusteigschule über die Straße schob, schien seit ihrem Auszug auf das Doppelte gewachsen zu sein.

Emma Öchsle seufzte. Das war für lange Zeit ihre Welt gewesen. Hier hatte sie sich wohlgefühlt. Die Bewohner des Viertels kannten sich, feierten gemeinsam, kämpften für Verkehrsberuhigung und Spielplätze und stritten sich auch manchmal. Aus einem Erker winkte ihr die immer fröhliche Suse mit ihren Rastalocken und dem Ring in der Nase zu.

Beim letzten Straßenfest waren die beiden noch lange zusammengehockt, als die meisten schon gegangen waren, und hatten ordentlich gebechert. Ab einem bestimmten Alkohollevel wurde Suse immer gesprächig und hatte Details aus ihrem turbulenten Liebesleben preisgegeben, von denen sie am nächsten Tag lieber nichts mehr wissen wollte.

Aber ihre Geheimnisse waren bei Emma gut aufgehoben. Wenn es sein musste, konnte sie schweigen wie ein Grab auf dem Fangelsbachfriedhof. Sie schmunzelte. Solche Eskapaden hätte sie dem Mädchen gar nicht zugetraut. Was hatte dagegen sie schon zu bieten? Ein Rentnerinnenleben, bei dem man die Tage irgendwie hinter sich brachte.

Weiter. Vorbei am Alten Landtag. Schönes Haus. Bei dem Nobelitaliener, der sich hier eingenistet hatte, war sie nie gewesen, der war ihr zu teuer.

Über die Bopserstraße ging sie hoch zum Mozartplatz.

Beim Anblick des *Vetter* überkam sie ein Glüschta[54] auf ein zartes Wiener Schnitzel, ein echtes vom Kalb mit Kartoffelsalat, aber der Hamballe[55] machte ja immer erst abends auf. Eigentlich hätte er heute eine Ausnahme machen müssen, wenn Emma schon mal zurückgekehrt war aus dem Exil ins Leben.

Stattdessen setzte sich vors *Mozart* in die Sonne und bestellte sich einen Kaffee. Sie wurde begrüßt wie eine Verlorengegangene, die unvermutet wieder aufgetaucht war. War ja auch irgendwie so.

Auf dem Spielplatz mit den großen Bäumen schaukelte eine junge Mutter mit Hingabe ihr kleines Kind.

»Send dia neu hier?«, fragte sie die Bedienung.

---

54 Gelüst

55 minderschweres Schimpfwort: Trottel

Die zuckte mit den Schultern. »Wahrscheinlich. Hab sie noch nie gesehen.«

»Und sonscht?«

Die Bedienung erzählte ein bisschen vom jüngsten Tratsch im Viertel.

Unglaublich! Ein paar Tage weg, und schon war alles anders.

Emma Öchsle seufzte abermals, sie kam heute aus dem Seufzen gar nicht heraus. Mit Wehmut schaute sie auf den ehemaligen Fabrikbau gegenüber, aus orangerotem Backstein geschichtet, die Fensterumrahmungen und die Ecken dunkelrot abgesetzt. Oben war in goldenen Lettern »Hof-Buchdruckerei« und »Verlags-Buchhandlg.« gemeißelt. Die Buchhandlung hatte man abkürzen müssen, damit sie genau über die drei Fenster passte.

Wie alt mochte der Bau sein? Hundert Jahre bestimmt oder auch mehr. Die hatten damals noch einen Sinn für das Schöne und haben sich das auch was kosten lassen, nicht so wie heute, wo sie in der City einen Quader neben den anderen klotzten. Dafür brauchst du keine Ideen, bloß ein Lineal.

»Woisch mr koi Wohnung?«, fragte sie die Bedienung.

»Grad net«, bekam sie zur Antwort.

Sapperment, irgendwas musste sie anstellen, damit sie wieder in ihre alte Heimat kam. In diesem Cannstatt hockte man ab und konnte sich selbst dabei beobachten, wie man senil wurde. Alice würde sich über ihren Auszug freuen, aber diese Freude machte sie ihr gerne, wenn auch sonst keine.

Eigentlich konnte sie ihrer alten Nachbarin Friede zum Trost etwas mitbringen, die würde sich freuen. Das war eine gute Gelegenheit, den kleinen Eckladen aufzusuchen, in dem sie immer eingekauft hatte, und sich auf ein ausgiebiges Schwätzle einzulassen.

»Ja, Heilandsack[56], Emma!«, schallte es ihr entgegen. »Was hen se denn mit dir gmacht in deim Cannstatt? Mr kennt di jo kaum meh.«

Ein versonnenes Lächeln umspielte Emma Öchsles burgunderrot geschminkte Lippen, die farblich auf ihre Schuhe abgestimmt waren. Die erste Phase ihrer Verwandlung schien von Erfolg gekrönt.

Emma hatte sich von ihren eintönigen Altweiberkleidern, wie sie das jetzt nannte, verabschiedet und sich ein neues Outfit zugelegt: einen quietschgelb gemusterten, weit schwingenden Rock, ein grellgrünes, enges Top mit großzügigem Ausschnitt, Pumps mit schwindelerregend hohen Absätzen. Wenn man nur auch laufen könnte in den Dingern!

»Eh, Emma, wie siehste aus! Siehste scharf aus«, sagte Ufuk Özil, der Besitzer, ein rundlicher Mann in den Fünfzigern. »In Cannstatt werde Weiber jung. Nimm meine Fatma mit, mache auch wieder jung.«

Fatma antwortete mit einem scharf geworfenen Apfel, der knapp an Ufuks Kopf vorbeiging, dafür einige Unordnung in der Kiste mit den Tomaten anrichtete.

Jawohl, Ufuk, dachte Emma, ich bin scharf. Scharf darauf, das Leben noch einmal neu zu entdecken, wenn es mich schon so hinterfotzig aus meinem gewohnten Trott gerissen hat. Scharf auf Überraschungen, gleichgültig, welche es waren.

Wenn auch die ersten Schritte, technisch bedingt, noch etwas tapsig und unbeholfen waren. Vielleicht hatte es doch seinen Grund, dass man im Alter von manchem Abstand nahm, nicht des Alters wegen, sondern weil die Bequem-

---

56 Verdammt noch mal (oder so ähnlich). Das Schöne an schwäbischen Flüchen ist, dass sie nicht nur in der Wut geäußert werden, sondern auch als Zeichen der Anerkennung, der Überraschung dienen können.

lichkeit die Oberhand gewann, gepaart mit der in langen Jahren gereiften Einsicht, dass man nicht jeden Unsinn mitmachen musste, den andere für einen ersonnen hatten.

Einerlei, da musste sie jetzt durch, egal, wie weh die Füße taten von diesen hohen Absätzen.

Auch an ihrem Outfit musste sie noch arbeiten. In den Modegeschäften und Kaufhäusern gab es zwar alles, aber nicht unbedingt auch das, was sie wollte, nur das derzeit modische Einerlei. Da legen wir so viel Wert auf Individualität, aber wenn es um Kleider geht, unterwerfen wir uns klaglos der Diktatur der Modemonopole.

Egal, sie würde schon das Richtige für sich finden und auch die Kleider, die sie sich vorstellte. Sie war ja erst am Anfang eines Weges, von dem sie noch nicht wusste, wohin er sie führte. Sie erinnerte sich an einen Spruch, über den sie im Kino gelacht hatte: Am Ende wird alles gut, und wenn es nicht gut ist, dann ist es noch nicht das Ende.[57]

Solcher Art gingen die Gedanken von Emma, während um sie herum die Alltagssorgen des Viertels erörtert wurden.

Ihres Viertels.

Sie ertappte sich dabei, dass sie nur mit halbem Ohr zuhörte.

Diese Sorgen waren nicht mehr die ihren.

Nicht länger mehr.

Sie hatte sich mit dem störrischen Nachbarn Kienle herumzuplagen, der ihr aus dem Weg ging, dieser Siach[58], und mit einer störrischen Schwiegertochter, die nicht mit ihr reden wollte, diese Schell[59], und mit dem redseligen

---

57 Aus: The Best Exotic Marigold Hotel.

58 Wenig schmeichelhafte Bezeichnung eines männlichen Wesens.

59 Wenig schmeichelhafte Bezeichnung eines weiblichen Wesens.

Nachbarn Brändle, der bei jeder zufälligen Begegnung betonte, was für ein durstiges Wetter doch heute sei und wortkarg abzog, wenn sie keine Flasche köpfte, diese Babbelgosch[60], und mit einem Waschlappen von Sohn, der die Missstimmung in seinem Haus an sich abperlen ließ, als würde er sie gar nicht wahrnehmen, dieser Arschnahänger[61], und mit … ach Gottchen, es gab Probleme genug auf der Welt, egal, wo man war. Von diesen Absätzen ganz zu schweigen, Hurahondsvotzaglomp verreggds[62].

Aber jetzt erst Friede, deretwegen war sie ja schließlich hier.

Emma nahm drei Flaschen Dornfelder mit, Friede mochte den so gern. Wegen der Farbe. Für sich selbst kaufte sie ein paar Dosen Thunfisch im eigenen Saft, den sie pfundweise verputzen könnte, wer weiß, ob man so etwas in Cannstatt auch bekam. Ach ja, und noch mehr Schokoküsse für den Willi, weil die ja rätselhafterweise immer verschwanden.

Sie war schon halb zur Tür hinaus, als ihr Özil hinterher rief: »Eh, Emma, bleibe brav, ja? Pfeife bestimmt junge Kerle nach dir, so scharf wie siehste aus.«

Emma drehte sich zu ihm um. »Wer tät von mir schon was wollen!«

Der Chef steckte zwei Finger in den Mund und pfiff laut. »Emma, ich dich schon nehmen.«

»Ach, Ufuk«, sagte Emma mit verschmitztem Grinsen, »wenn du noch ein bisschen jünger wärst, könnten wir schon darüber reden.«

---

60 Vielschwätzer

61 Schlappschwanz

62 Sehr, sehr wüster Fluch, der aus Gründen des Jugendschutzes unerklärt bleiben muss.

»Schade«, kommentierte Ufuks Frau trocken, die ebenso rundlich war wie ihr Mann. »Ich hab mich schon gefreut, dass ich ihn endlich los bin.«

Emma winkte den beiden zu und trat rückwärts zum Laden hinaus. In ihrem Rücken spürte sie einen Stoß, sie schwankte bedenklich auf ihren hohen Absätzen, verlor das Gleichgewicht und fiel auf ihr Fiedle[63].

»Heilandsdonndrwettr!«, fluchte Emma.

»Scheiße!«, sagte eine Stimme hinter ihr. »Haben Sie sich wehgetan?«

Emma blickte hoch.

Dondrladdich!

Hinter ihr stand ein junger Mann, und sie blickte in ein Gesicht, das wahrhaft kohlrabenschwarz war. Kurze Locken standen ihm wie unter Strom vom Kopf ab. Er wirkte erschrocken.

»Nichts passiert«, erwiderte sie. »Selber schuld, wenn man hinten keine Augen im Kopf hat. Aber sag mol, du bisch au et vo do, gell?«

Der junge Mann lachte mit breitem Mund. Wie gemalt, dachte Emma, diese weißen Zähne im pechschwarzen Gesicht.

»Ha scho, gradwegs aus Sindelfingen«, sagte er. »Aber meine Eltern kommen aus Nigeria. Gestatten, Ajamu N'Dongo, zur Welt gekommen und aufgewachsen in Sindelfingen. Gebürtiger Schwabe also, wenn auch nicht ganz reinrassig.«

Er half ihr auf die Beine.

Zwei Ordnungshüter näherten sich. Der eine war um die fünfzig und ziemlich dick und machte einen gutmütigen Eindruck.

---

63 Nettere Bezeichnung für den Allerwertesten.

»Ist was passiert?«, fragte er.

Der andere war jünger, hatte einen arroganten Gesichtsausdruck und stoppelkurzes, gegeltes Haar.

»Ja, was haben wir denn da?«, sagte er. »Nicht bloß, dass die hier herumschmarotzen, jetzt vergreift sich der Bimbo auch noch an den alten Leuten. Der wollte Sie ausrauben, was, Oma?«

Fordernd streckte er eine Hand aus.

»Du da! Zeigen Papiere! Passoporto! Du verstehen?«

Seinem Akzent nach kam er irgendwo aus dem Ruhrpott.

Ajamu rollte mit den Augen, bis nur noch das Weiße zu sehen war, riss den Mund weit auf und knurrte wie eine Bulldogge. Erschrocken zog der Hüter der Ordnung seine Hand zurück.

»Du nix deutsch, hä? Warumme rede so komisch du?«, zischte Ajamu ihn an.

Der Dicke mischte sich ein. »Das haben wir gern, Bürschle, auch noch frech werden! Papiere, aber dalli! Du verstehen?«

Emma hängte sich an Ajamus Arm.

»Jetzt machet mal koin so Aufstand, ihr zwoi, do kriagt a alte Frau jo de Herzkaschper. Mir hent doch bloß a bissele knutscht. Des isch nämlich dr Ajamu, mei Freind, woisch.«

»Ihr Freund? Der?«

»Ja und? Darf eine Frau in meinem Alter keinen Freund haben? Soll ich dir mal was über Sex im Alter erzählen?«

»Bloß nicht!«, wehrte der Jüngere erschrocken ab.

Der Dicke zeigte sich unbeeindruckt. »Papiere!«

Während Ajamu seinen Ausweis hervorkramte, ließ sich Emma mit einer theatralischen Geste gegen den Dicken fallen, holte gleichzeitig mit ihrer Einkaufstasche weit aus und knallte sie dem Polizisten gegen das Schienbein.

Sie griff sich an die Brust.

»Mein Herz!«, jammerte sie. »Mein Herz! Die Aufregung!«

»Aua!«, schrie der Dicke und wollte sich ans Schienbein greifen, was dazu führte, dass Emma auf den Boden fiel. Der Polizist stolperte und stürzte auf Emma.

Mit Emma fiel auch ihre Einkaufstasche. Eine Flasche zerbarst, und ein Dreiviertelliter dunkelroter Dornfelder machte sich auf dem Gehweg breit.

»Hilfe, Polizei! Ein Überfall!«, schrie Ajamu.

»Aber ich bin doch die Polizei«, stammelte der jüngere Ordnungshüter und wusste nicht, was er machen sollte.

»Jetzt helfen Sie doch, die Frau verblutet«, herrschte Ajamu ihn an.

»Ich rufe einen Krankenwagen.« Dem Gegelten stand der Schweiß auf der Stirn.

»Nicht nötig«, sagte Emma und rappelte sich auf. »Geht schon wieder.«

Auch der Dicke war wieder auf den Füßen und rieb sich das Schienbein. »Das ist ein tätlicher Angriff auf die Staatsgewalt!«

Unvermeidlicherweise waren die vier mittlerweile von einem Ring an Gaffern umgeben, die das Geschehen genüsslich kommentierten.

»Von wegen Angriff! Gestoßen hat er sie!«

»Jawohl, das habe ich genau gesehen.«

»Mit einer alten Frau kann man's ja machen.«

»Am Hauptbahnhof war's auch nicht anders.«[64]

»Ja klar! Der Jonge do! Des Arschbaggegsichd[65] kenn i doch! Der war au am Bahnhof dabei.«

---

64 Wir haben es hier also mit wackeren schwäbischen Wutbürgern zu tun, die bei den Protesten gegen Stuttgart 21 dabei waren.

65 Wenn das Gesicht mit jemandes Hintern verglichen wird, verheißt das nichts Gutes.

»Jetzt wo du's sagsch! Schmalzdaggl!«

»Wenn der so lang wär wia domm, kennt 'r a Giraff am Arsch lecke.«

Der Dicke war mittlerweile rot angelaufen. »So, Herrschaften, jetzt reicht's aber! Ihre Personalien bitte!«

Lautes Gelächter erscholl ringsum.

»Horch amol: Isch der Dicke net an Dodderdabber?«

»Dodderdabber? Was ist das?«, fragte der Junge verwirrt.

»Eine Beamtenbeleidigung[66]«, antwortete der Dicke und zog sein Notizbuch hervor.

»Ich versteh zwar kein Wort«, sagte der Junge mit seinem rheinischen Akzent, »aber jetzt ist Schluss mit lustig. Jetzt wird durchgegriffen!«

»Ach, Tünnes, lass den Dom doch in Kölle«, ertönte es.

Die Menschenmenge hatte sich weiter vergrößert, es schien, als sei das ganze Heusteigviertel zusammengekommen, um sich genussvoll an den beiden Polizisten abzuarbeiten. Vor allem an dem Gegelten. Allerlei Ausdrücke prasselten auf ihn herein, die er allesamt nicht verstand, die ihm aber durch die Bank nicht freundlich schienen. Jetzt musste wirklich durchgegriffen werden.

»Sie da!«, herrschte er den Nächstbesten an. »Ausweis!«

»Arsch lecka!«

Das verstand sogar ein Junge aus dem Ruhrpott, und er war nicht amüsiert. Drohend baute er sich vor dem Mann auf.

»Was glauben Sie eigentlich, wen Sie vor sich haben?«

---

66 Dodderdabber ist eine sehr despektierliche Bezeichnung für die Gelbfiaßler, was eine sehr despektierliche Bezeichnung für die Badener ist. Der Legende nach soll einst ein Landsmann in seinem Korb die Eier mit den Füßen zerdrückt haben, um Platz zu sparen.

»A grommbohrts Arschloch!«[67]

Der Junge schaute hilfesuchend zu seinem Kollegen. »Ist das auch eine Beamtenbeleidigung?«

Der Dicke warf einen taxierenden Blick auf den Jungen. »In deinem Fall nicht.«

Dann schaute er sich um, und seine Gedanken wirbelten. Diese wüsten Beschimpfungen von Amtspersonen mussten natürlich geahndet werden, keine Frage. Andererseits … Alleine schafften sie das nicht, sie müssten Verstärkung holen … Und dann würden sie den Rest des Tages dasitzen und Vernehmungen durchführen und Protokolle schreiben und das Ergebnis wäre gleich Null, weil es natürlich keiner gewesen war und weil keiner was wusste und weil sie sich eben genau das gegenseitig mit Freuden bestätigten … Und bis die Verstärkung endlich eintreffen würde, hätten sie hier einen verdammt schweren Stand, denn seit dem Kampf um Stuttgart 21 waren die hiesigen Bürger bekanntermaßen leicht erregbar, und wie es aussah, begann die Volksseele sich allmählich warmzulaufen …

Die schiere Vernunft also[68], gepaart mit der Weisheit des Alters, auf keinen Fall natürlich Bequemlichkeit (die Protokolle!), ließen ihn seinen jungen Kollegen am Ärmel zupfen.

»Lass gut sein, Olaf«, sagte er. »Wir gehen.«

Der aber schüttelte die Kollegenhand unwirsch ab, weil er in eine heftige Diskussion mit einem älteren Herrn (weißer Vollbart, weißes Haar) verwickelt war, in der es um die Staatsgewalt oder etwas Ähnliches ging, und er war argumentativ schwer ins Hintertreffen geraten.

---

67 Man muss sich das bildlich vorstellen: ein krummgebohrtes … Freundlich klingt auch das nicht.

68 Wie man sieht, haben die Badener in der Zwangsehe mit den Schwaben von jenen gelernt und die Dialektik des Alltags ganz gut im Griff.

»Ich war in Wyhl dabei, ich war in Mutlangen dabei, ich war in Gorleben dabei, ich war bei Stuttgart 21 dabei«, sagte der ältere Herr höchst erregt, und jedes Mal stach er mit dem Zeigefinger auf die Brust des jungen Polizisten, »ich weiß, wie sich die Staatsgewalt anfühlt. Das kann nämlich verdammt wehtun. Du hast ja keine Ahnung, du Hosenscheißer.« Und immer noch stach der Zeigefinger zu.

Dem Dicken wurde allmählich mulmig. Die Situation entwickelte sich gar nicht gut, er kannte das.

»Olaf, wir gehen«, sagte die Stimme aus Baden erneut, und erneut ohne Erfolg.

Von Emma und Ajamu hatte schon lange keiner mehr Notiz genommen. Emma huschte ins Geschäft von Ufuk Özil.

»Ufuk«, fragte sie, »hast du nicht ein paar schöne, ganz arg reife Tomaten?«

Ufuk schaltete schnell und grinste. »Aber Emma, du wolle doch nicht …«

»Woisch, Ufuk«, sagte sie in aller Unschuld, »daraus mach i a scheene Supp für meine Enkel, wenn mir dia Tomate net vorher aus Versehe drvohurglet.«[69]

Wieder auf der Straße, hielt Emma Ausschau nach verlässlichen Bekannten an richtiger Position und entdeckte Suse mit den Rastalocken und dem Ring in der Nase. Emma stand hinter dem jungen Polizisten, Suse vor ihm.

»Juhu, Suse!«, schrie Emma.

»Juhu, Emma«, schrie Suse zurück.

»Suse, guck, schöne reife Tomaten. Fang!«

Und es kam eine Tomate geflogen. Aber es war ein ungeschickter Wurf, zu kurz gezielt, kann ja mal passieren.

---

69 davonrollen

Die Tomate eierte über den Kopf des jungen Polizisten und platschte dann zu seinen Füßen auf den Boden. Was nicht ohne Auswirkungen auf seine Uniformhose blieb.

Der Junge sprang reflexartig zurück und schrie: »Wer war das?«

»Ich«, kam es aus aller Munde: tiefe Stimmen und hohe Stimmen, alte und junge, brummige und helle.

Der Dicke seufzte. Das war es, genau das! Entweder war's keiner oder es waren alle.

Abermals kam so ein Fehlwurf angeflattert und platschte. Heidenei, mochte man sich denken, da waren heute aber ein schlechter Werfer und ein schlechter Fänger am Werk.

Die nächste Tomate. Die Einschläge kamen näher, und nun war es endgültig Zeit zu handeln. Der Junge zerrte an seinem Schlagstock, der Dicke am Jungen.

»Los, nichts wie weg!«, zischte der Dicke.

»Aber …«, protestierte der Junge.

»Nichts aber! Rückzug!«

Jetzt kam Ajamu. Er stellte sich den beiden Polizisten in den Weg und wedelte breit grinsend mit seinem Ausweis.

»So, Herr Polizeidirektor, jetzt hab ich ihn endlich gefunden, meinen Ausweis. Den wollten Sie doch sehen, nicht?«

»Aus dem Weg!«, knirschte der Dicke.

Ajamu sprang tatsächlich zur Seite, aber nur, um einer Tomate auszuweichen, die haarscharf den Kopf des Jungen verfehlte. Dann war er wieder zur Stelle.

»Hier, schauen Sie nach, hat alles seine Ordnung«, sagte er.

»Hat sich erledigt«, knurrte der Dicke.

Ajamu stemmte die Arme in die Hüfte und funkelte die beiden mit weit aufgerissenen Augen im schwarzen Gesicht an.

»Hat sich erledigt?«, herrschte er sie an. »Was soll dann die ganze Aktion? Reine Schikane, oder was? Mit einem Schwarzen kann man's ja machen!«

»Rassisten«, ertönte es von irgendwoher.

Das fand jetzt der Uniformierte aus dem Ruhrpott himmelschreiend ungerecht. Er ein Rassist! Er aß sogar hin und wieder Döner, aus purer Solidarität mit den ausländischen Mitbürgern. Und weil der Döner billiger war als die Pizzaschnitte beim Italiener, und bei denen wusste man ja auch nicht genau, was die alles reinrührten, Mafia und so. Und gegen die Schwarzen hatte er auch nichts, überhaupt nicht, sofern sie dort blieben, wo sie hingehörten. Und dieser Schwarze gehörte eindeutig nicht hierher, wenn er sie an ihrem geordneten Rückzug hinderte. Aber er würde sich nicht die Finger schmutzig machen, er nicht.

Mit seinem Schlagstock versuchte er, Ajamu auf die Seite zu schieben. Und in diesem Moment blitzten dutzende von Handykameras.

»Scheiße!«, fluchte der Dicke. Er hatte die nicht unberechtigte Ahnung, dass dieses Foto binnen Kurzem in vielen Facebook-Profilen auftauchen und entsprechend kommentiert werden würde. Das gab Ärger mit dem Chef, aber hundertpro!

Er packte seinen Kollegen hart am Arm und verfiel in eine beschleunigte Gangart. Bereitwillig machte man den beiden Platz.

»Ja, Buale, spring[70]!«, rief ihnen einer hinterher.

Die Volksseele schaute sich an und grinste.

»Herrgottsdonderblitz[71]! Das war ein Spaß.«

---

70 Schwäbische Fortbewegungsarten sind gewöhnungsbedürftig. Wer geht, der läuft, wer läuft, der springt, wer springt, der hopft. Alles klar?

71 Auch so ein Wort (unübersetzbar), das gleichermaßen als Fluch wie als Ausdruck der Freude, der Überraschung dienen kann.

Dann zerstreuten sich alle. Der ältere Mann, der schon überall dabei gewesen war, klopfte Ajamu auf die Schulter.

»So isch's recht, Bua! No nix gfalla lasse!«

Er zog vor Emma seinen Hut, zwinkerte ihr zu und trollte sich ebenfalls.

Emma und Ajamu sahen sich an und lachten schallend.

»Das war eine tolle Vorstellung, Frau …«

»I ben d' Emma!«

»Danke, Emma!« Und er drückte ihr einen Kuss auf die Wange.

Ein Negerkuss!

»Auf den Schreck lade ich Sie zu einem Kaffee ein«, sagte er.

»A Viertele wär mir lieber. Und wenn du noch einmal Sie sagst, kriagsch oine en d'Anka[72] nei!«

Ajamu zwinkerte ihr zu. »Zu dir oder zu mir? Ich wohne gleich um die Ecke hier. In der Liststraße droben.«

»Ja so was! Und wir sind uns nie begegnet! I glaub, du wärsch mir scho aufgfalle!«

Ajamu lachte. Diese Direktheit, das mochte er an den Schwaben.

»Das ist ja auch schon das Lehenviertel«, sagte er. »Also quasi Ausland.«

Ajamus Wohnung bestand aus drei Zimmern und war, wie Emma anerkennend feststellte, für einen Mann erstaunlich aufgeräumt. Überall standen Musikinstrumente herum, ein Keyboard, mehrere Gitarren, Bongos und Congas.

»Du machst Musik?«, fragte Emma.

»Eigentlich bin ich Maschinenbau-Ingenieur, noch einer mit einem guten, alten Diplom. Aber bevor mich der

---

72 Nacken, Genick

Ernst des Lebens mit voller Wucht überfällt, möchte ich meinen Träumen folgen.«

»Spiel etwas für mich.«

Ajamu griff sich eine der Gitarren, stimmte sie und begann zu singen. Er hatte eine volle, weiche Stimme. Das Lied war auf Englisch und klang melancholisch. Soweit sie verstand, ging es um eine Frau, die der Sänger anhimmelte, und mehrmals meinte sie, ihren Namen zu hören, aber das war sicher nur Einbildung.

»Schön«, sagte sie. »Hast du das selber geschrieben?«

Er nickte. »Ein schönes Lied für eine schöne Frau.«

Der Junge hat ein so strahlendes Lächeln, dachte Emma, dem müssen die Frauen scharenweise zu Füßen liegen.

»Wo spielst du?«, fragte sie.

»In den Fußgängerzonen. Manchmal ergattere ich auch einen Auftritt in einem Club, solo oder mit ein paar Kumpels.«

»Und davon kann man leben?«

»Kommt darauf an, was du meinst, unbedingt zum Leben zu brauchen. Mir reicht's.«

Er sprang auf. »Aber jetzt kriegst du endlich dein Viertele. Und ich auch. Irgendwo habe ich sogar einen Korkenzieher.«

Zwei Flaschen Dornfelder immerhin waren heil geblieben. Na ja, Dornfelder! Aber wenn er schon mal da war … Bekanntermaßen lässt der Schwabe als solcher nichts verkommen, zur Not zwingt er sich's halt rein.

Und sie tranken und redeten und aßen Thunfisch aus der Dose und lachten, und Nachbarin Friede war längst vergessen.

Irgendwann einmal sagt Ajamu: »Und jetzt müssen wir das nachholen, was du den Polizisten gesagt hast.«

»Was meinst du damit?«

Statt einer Antwort nahm Ajamu sie in den Arm. Noch ein Negerkuss, aber ein richtiger diesmal.

Als sie wieder zu Atem kam, sagte sie: »Also, Ajamu, was willst du denn mit einer alten Schachtel wie mir?«

»Wie wär's, wenn wir erst mal den Deckel der Schachtel lupfen? Mal sehen, was Erfreuliches drunter hervorkommt.«

»Ajamu, wie alt bist du?«

»Zweiunddreißig.«

»Und ich bin …«

»Pst!«, machte Ajamu und legte ihr einen Finger auf die Lippen.

Ihr klang was im Ohr. Du warst immer zu brav, Emma. Das hatte sie selbst festgestellt. Ein versonnenes Lächeln umspielte Emma Öchsles burgunderrot geschminkte, nunmehr etwas verschmierte Lippen. Zeit, das endlich zu ändern. Du wirst dich noch wundern, Willi!

Emma Öchsle kicherte und ließ Ajamu gewähren.

Als Emma am nächsten Morgen die Tür zu dem Haus in Cannstatt aufschloss, kam gerade Alice die Treppe herunter.

Verwundert fragte sie: »Wo kommst du denn um diese Zeit her?«

»Wo wird eine Frau wohl gewesen sein, wenn sie frühmorgens heimkommt? Rompoussiera[73] halt.«

Manchmal kann man unbesorgt die Wahrheit sagen, weil sie doch keiner glaubt.

---

73 Flirten – und vielleicht auch ein bisschen mehr: Das Wort soll sich aus dem Französischen *pousser* (stoßen) ableiten.

Schlangenmensch

Der Einzug des jungen Mädchens bei den Öchsles war selbstredend nicht unbemerkt geblieben, und auch der Grund dafür hatte in der Nachbarschaft schnell die Runde gemacht. Pilar war eine Bereicherung für die Straße, befand man einstimmig. Genauer gesagt, die Männer befanden das. Zumal sich Pilar angewöhnt hatte, ihre täglichen Dehn- und Streckübungen bei gutem Wetter im Garten auszuführen. Und es war gutes Wetter, immer noch.

Den besten Einblick in den Garten der Öchsles vom Haus gegenüber hatte man vom Schlafzimmer aus. Besonders, wenn man durch ein Fernglas schaute.

Erwin Brändle schaute.

Ging seine Uhr nach? Sonst kam sie doch immer pünktlich um zehn, und jetzt war es schon viertel nach.

Erwin Brändle wartete.

Nicht, dass ihm das Warten etwas ausgemacht hätte. Er hatte alle Zeit der Welt, seit er vor drei Jahren in Frührente gegangen war. Er wartete auf das Mittagessen, er wartete auf das Vesper, er wartete auf seinen Feierabend. Wartete eben, bis der Tag vorüberging. Wartete, bis er seinen letzten Schnabber tat.

»Was gibt's denn do zum glotze?«, rief Helga Brändle von unten.

»Nix. Bloß Vögel.«

»Seit wann interessiersch du dich für Vögel?«

»Seit jetzt. I brauch a Hobby.«

»Wenn dr's langweilig isch, na schneidesch d' Hecka!«

»Später.«

»Vögel! Du hosch an Vogel! Was für Vögel denn?«

Oje! Was für Vögel gab es denn?

»Spatzen.«

»Was isch an Spatzen so interessant?«

»So halt.«

Helga Brändle kam ins Zimmer. »Lass mol gucka!«

Sie griff sich das Fernglas. »I seh nix!«

»Wirsch se verscheicht han.«

Ihm kam ein wüster Gedanke. Vielleicht könnte man die Helga als Vogelscheuche vermieten, Erfolg garantiert? Dann wäre sie wenigstens eine Zeitlang außer Haus.

Die Frührente war ein Fehler gewesen. Jetzt war er seiner Frau hilflos ausgeliefert. Erwin hier, Erwin da. Als ob er sonst nichts zu tun hätte. Dauernd musste er springen.

»Wenn koine Vögel me da sen, brauchsch au nemme glotza. D'Garage miasst mol wieder aufgräumt werde.«

»Wenn du Vögel beobachten willst, brauchst du Geduld«, sagte Erwin in belehrendem Ton.

»Für so ebbes han i koi Zeit. I muass erscht zur Wäsch und dann en d' Kich.«

»Was gibt's denn heit?«

»Sauerbraten.«

»Mit Spätzle?«

»Was denn sonscht?«

»Handgschabte?«

»Aus dr Press natürlich. Wenn d' handgschabte willsch, muasch se selber mache. Hosch du sonscht nix zum schaffa? Was isch jetzt mit dr Garage?«

»Jetzt muass i erscht nach meine Vögel gucke.«

»Männer!«

»Du, Helga.«

»Was isch?«

»Mir solltet auch amol ins Ballett. Wenn mir scho in Schtuagert so a berühmtes habet.«

»Ballett? Wie kommsch jetzt au da drauf? So was brauchet mir net. Des hot di doch no nia net interessiert.«

»Jetzt aber.«

»Was willsch überhaupt im Ballett?«

»Gucke halt.«

»Wenn d' gucke willsch, no gucksch en Fernseher, des koscht nix.«

Kopfschüttelnd ging Helga Brändle nach unten. Eine Sekunde zu früh.

Maria Pilar Fernández, zwanzig Jahre jung, betrat mit selbstsicherem Schritt ihre Bühne, reckte sich und warf einen Blick auf die Runde ihrer unsichtbaren Verehrer.

Erwin Brändle packte sein Fernglas fester.

Das war ja eine ganz Dünne, aber das war wohl so bei diesen Ballettratten. Dünn war sie, aber nicht dürr. In achtfacher Vergrößerung zeichnete sich jeder Muskel unter Pilars hautengem Trikot scharf ab.

Pilar ließ sich in einen Spagat hinabsinken, mühelos, und legte dann ihren Oberkörper auf ein Bein.

Dass so etwas überhaupt möglich war!

Pilar stützte die Hände auf den Boden, stemmte sich in einen Handstand hoch, mühelos, und behielt dabei den Spagat bei. Mühelos.

Kraft hatte sie auch noch. Dachte man gar nicht bei einem so dünnen Ding.

Sie kam wieder auf die Beine und bog den Oberkörper nach hinten, bis ihre Hände den Boden berührte. Ja verreck! Als ob sie Gummi im Rücken hätte und keine Knochen. Da sollte sich seine Helga mal ein Beispiel dran nehmen!

Bisher hatte ihn dieses Rumgehopse ja nicht interessiert, aber seit Neuestem war Erwin Brändle ein glühender Verehrer des Balletts.

Zufällig warf Helga Brändle einen Blick hinüber zur anderen Häuserzeile und erstarrte. Das also waren dem Erwin seine Vögel! Ein Vögele! Das musste wohl die neue Öchsle-Tochter sein, von der sie schon gehört hatte. Was die sich biegen konnte! Wie ein Schlangenmensch im Zirkus. Dass es so was auch in echt gab.

Und ihr Erwin stand oben und schaute zu. Du Saukerle, sagte sie sich, dir werd i jetzt aber glei granatemäßig da Roscht ronderdo![74]

Dann hielt sie inne. Ihr war ein anderer Gedanke gekommen. Ein Gedanke, der ihr ausnehmend gut gefiel.

Aufregung

Man traf sich beim Einkaufen und am Gartenzaun, und im Viertel gab es ein neues Thema.

Die Männer waren begeistert.

»Hent ihr eich des vorstelle kenne?«, fragte Erwin Brändle und schaute erwartungsvoll in die Männerrunde.

»Nie im Leben.«

»Do bisch echt sprachlos.«

»Und du hascht des mit eigene Auge gesähen, Erwin?«

»Wennes sag!«

»Sapperlot!«

»Ond des beim Öchsle, dem Sesselfurzer!«

»Wer hätt au des denkt.«

»Ja woisch, der Öchsle …«, sagte Erwin.

»Was isch mit dem Öchsle?«

»I sag nix. I sag bloß: Stille Wasser sind trüb.«

»Der kann ja auch nichts dafür, dass da plötzlich eine Schwester auftaucht.«

»Viel dran isch jo net an der.«

»Älles, was netig ist.«

---

74 Für den armen Erwin bahnt sich ein gehöriges Donnerwetter an.

»Wie man sich so verrenken kann.«

»Dui könnt sich selber en Arsch beiße, wenn se wellt.«

»Wenn des siehsch, wirsch auf oin Schlag wieder jung.«

»Du moinsch …«

»Wennes sag!«

»Sapperlot!«

»Ond i seh von meim Haus aus wieder nix. Morge komm i zu dir, Erwin.«

»Das ist sowieso eine gute Idee. Wir kommen alle. Vom Erwin seinem Haus hat man die beste Sicht.«

»Von mir aus, kommet halt. Aber was saget mr de Fraue?«

»Wir schauen deine Briefmarken an.«

»Mit'm Fernglas? Des glaubt dir dei Lina glei!«

»Da hast du recht, so geht's nicht.«

»I sag immer, i guck Vögel a. Mei Helga glaubt's.«

»Stimmt ja auch. Ein ganz besonderes Vögelchen.«

»So mache mr's. Also, bis morge bei mir. 's geit au a Bier.«

»Kann einer von euch im Internet was über Vögel nachlese? Falls d' Fraue goschat[75].«

Die Frauen hingegen waren empört.

»Das die sich nicht geniert! So in aller Öffentlichkeit!«

»Die reinste Unzucht.«

»Gelenkig ist sie schon, alles was recht ist.«

»Des duat ja scho vom Nagucke weh.«

»Wenn du dich so verbiegen könntest, hättest du auch wieder Chancen bei deinem Hugo.«

»Do sott mr was unternehme, dia Männer werdet jo scho ganz zappelig.«

»Hoffentlich regnet es bald, dann ist Ruhe.«

---

75 Meckern; die »Gosch« ist der Mund, ein »Goschahobel« die Mundharmonika.

»I verstand dia Männer net. Da machet se sich schier en d' Hos, wenn se an große Buse sehn, und na glotzet se dem dünne Ding nach. Do isch doch nix dran an dere!«

»Das brauchst gerade du sagen! Dein Erwin hängt doch auch dauernd am Fenster!«

»Und wenn scho? Appetit derf'r sich hole, wo er will, aber gegessen wird dahoim.«

Eine nachdenkliche Stille wuchs heran und machte sich breit. Die Frauen sahen erst sich an und dann Helga.

»Du meinst ...?«

»Freile.«

»Und das klappt?«

Helga Brändle nickte.

»Selbst in euerm Alter?«

»Grad!«

Schweigen. Die Frauen des Viertels überdachten die neuen Perspektiven, die sich durch Pilars Freiübungen ergaben.

»Ond nachher isch 'r dann ganz handlich«, ergänzte Helga. »Er denkt, i tät nix mitkriage von dere Glotzerei und hot a bissele a schlechts G'wissa. Ond na ko i ihn für älles anstelle.«

Schweigen. Den Frauen des Viertels eröffnete sich eine interessante Möglichkeit, wie sie ihre Männer zu all den Arbeiten bewegen konnten, vor denen sie sich immer drückten.

»Sag mal, Helga, das wäre doch eine nette Idee, wenn sich die Männer morgens bei euch zum Frühschoppen treffen würden.«

»Worom grad bei uns?«

»Von euch aus hat man den besten Blick.«

»Probiere kennt mr's ja mol. Wenn's net klappt, koschtet's au nix. Glotze den se oineweg.«

»Du musst sie nur rechtzeitig wieder nach Hause schicken, bevor die Luft raus ist.«

»Aber net vor elfe, da mach i immer mei Wäsch.«

»Das ist ungerecht! Was ist mit mir? Meiner ist um diese Zeit bei der Arbeit, der ist noch nicht in Rente.«

»Wirsch's scho verhebe[76] kenne. Samstags turnt sie ja auch im Garten.«

Es sah so aus, als könnte sich Pilar zu einem echten Gewinn für das Viertel entwickeln.

Nur Gertrud Gaggel überlegte krampfhaft, wie sie ihren Mann dieser Runde fernhalten konnte. Sie hatte gedacht, sie hätte das alles schon hinter sich. Und das war ihr eigentlich ganz recht so.

Spätzle mit Soß

Als Simon von der Schule kam, fand er seine Oma in der Küche vor. »Hungrig, Simon?«

Er nickte.

»Ich auch, deshalb habe ich auf dich gewartet. Was gibt's bei dir heute?«

Es war Alices Arbeitstag, und das vorbereitete Essen wartete bereits darauf, in der Mikrowelle aufgewärmt zu werden.

Simon schaute in den Kühlschrank. »Grünkernplätzchen. Schon wieder!«

»Das ist gesund, sagt man.«

Simon verzog das Gesicht.

»Was hätsch denn gern?«

Mit verklärtem Gesicht sagte Simon: »Rouladen mit Spätzle und Kartoffelsalat.«

---

76 unterdrücken, zurückhalten

»Rouladen haben wir keine, Kartoffelsalat dauert, Spätzle sind kein Problem. Aber Spätzle allein sind zu trocken, wir könnten höchstens Kässpätzle machen mit Röstzwiebele, aber dafür haben wir keinen gescheiten Käs. Wo kriegen wir denn jetzt bloß eine Soß her?«

»Ich kann ja schnell rüber in den Laden gehen«, bot sich Simon an.

»Päcklessoß? Willst du uns vergiften?«

»Das gibt's bei uns immer.«

»Armes Kind! Halt, jetzt fällt's mir ein, dass ich da nicht gleich draufgekommen bin! Ich hab doch neulich die restliche Soß vom Braten eingefroren. Die reicht für uns zwei. So, und jetzt hilfst du mir beim Spätzlesteig, damit du mal was fürs Leben lernst.«

Und Emma kommandierte: vier Eier aufschlagen, nein, nimm fünf, du hast ja einen rechten Hunger, ein Teelöffel Salz, etwas Hartweizengrieß, dann kriegen die Spätzle mehr Biss, ach, das haben wir nicht?, macht nichts, es geht auch ohne, und jetzt grad so viel Mehl, dass ein dickflüssiger Teig entsteht, und merk dir, Simon, kein Wasser, auf keinen Fall, sonst werden das keine Spätzle, sondern Wasserleichen, und jetzt schlagen, Simon, bis der Teig Blasen schlägt, und wir nehmen natürlich keinen Mixer, wir machen das mit dem Rührlöffel, sonst wird das nichts Gscheits. Sodele. Eigentlich müsste der Teig noch etwas ruhen, aber das Wasser kocht gleich – nicht vergessen, das Wasser zu salzen, Simon.

»Ich glaube, wir haben sogar eine Spätzlespresse«, sagte Simon. »Die hat Papa mal gekauft.«

»Spätzlespresse? Willst du Spätzle oder Regenwürmer? Ich hab mal in einem Krimi gelesen, dass jemand mit der Spätzlespresse erschlagen wurde. Merk dir, Simon: Das ist die einzig sinnvolle Verwendung für die Spätzlespresse. Bei mir gibt's nur handgschabte Spätzle!«

»Handgeschabte Spätzle?«

»Sag mal, mit was wirst du denn hier abgefüttert? Mit Knäckebrot?«

»Auch.«

»Kein Wunder, dass du so verhungert aussiehst. Also, jetzt wird geschabt.«

Und Emma kommandierte: den Teig dünn auf das Spätzlesbrett streichen, mich wundert ja, dass ihr überhaupt ein Spätzlesbrett im Haus habt, aber einen richtigen Spätzlesschaber habt ihr natürlich nicht, dann nehmen wir halt diesen neumodischen Teigschaber, das ist für einen Anfänger immer noch besser als mit dem Messer, so, und jetzt dünne Streifen abschaben und den Schaber zwischendurch immer wieder ins Wasser tauchen und den Teig nach vorne streichen, so, hast du's gesehen? Und jetzt du. Ja freilich, am Anfang geht das noch langsam und das sind auch mehr Spatzen als Spätzle, aber mit ein bisschen Übung kriegst du das besser hin, siehst du, das klappt doch. Und jetzt die Spätzle mit dem Schaumlöffel herausfischen, kurz mit heißem Wasser abschwenken, fertig, und dann gleich die nächste Portion. Super, Simon, du bist der geborene Spätzlesschaber, bisch halt mei Enkel.

Simon, das Gesicht noch gerötet vom heißen Wasserdampf, stopfte die Spätzle mit Soß in sich hinein, als hätte er seit Tagen nichts mehr gegessen. Emma sah es mit Wohlgefallen.

»Puh!«, sagte Simon. »Jetzt kann ich wirklich nicht mehr. War spitze, Oma!«

»Das freut mich. Und aus dem Rest gibt's morgen Gaisburger Marsch.«

Simon sah seine Oma fragend an.

»Kartoffelschnitz und Spätzle, in einer schönen Fleischbrühe mit a bissele Fleisch und Gemüse.«

»Auf das Gemüse kann ich verzichten.«

»Das muss sein, wegen dem Geschmack. Was magst du denn sonst noch an so ungesunden Sachen?« Sie zwinkerte ihm zu.

Simon überlegte. »Rouladen natürlich. Und die sauren Nierle kannst du auch wieder mal machen. Und mal so ein richtiges Schnitzel!«

»Kriegst du, Simon, kriegst du! So was gibt's bei euch nicht oft, gell?«

»Überhaupt nicht! Die Mama will das nicht, und der Papa kann nicht kochen.«

»Bei deinen Eltern ist gerade ziemlich dicke Luft, gell?«

Simon verdrehte bloß die Augen.

»Warum denn, Simon? Weißt du was?«

Simon druckste herum.

»Du kannst es ruhig sagen, Simon, ich kann's mir sowieso denken.«

»Es ist wegen dir. Mama will nicht, dass du hier wohnst.«

Emma nickte. »Das kann man ihr nicht übel nehmen. Mir würde es an ihrer Stelle wahrscheinlich auch so gehen.«

»Warum könnt ihr euch nicht vertragen, du und Mama?«

Emma seufzte. »Tja, warum nicht? Weißt du, das mit Schwiegermüttern und Schwiegertöchtern ist immer schwierig. Und bei uns ist es halt ganz besonders schwierig.«

»Aber warum?«

»Bua, wenn mr des so genau wüsst! Das ist wie eine Art Naturgesetz. Ich war auch froh, wenn ich meine Schwiegermutter möglichst wenig gesehen habe.«

»Aber das ist doch blöd!«

»Irgendwie schon.«

»Dann musst du das ändern, Oma!«

»Ich?«

»Wenn ich mit meiner Schwester Streit habe, sagt Papa immer zu Madeleine: Du bist die Ältere, du bist die Vernünftige.«

Emma verstrubbelte ihm die Haare. »Du bist mir vielleicht ein Schlawiner!«

»Also, machst du's? Ich möchte, dass bei uns wieder gelacht wird.«

Emma seufzte. »Wenn das so einfach wäre! Aber recht hast du, Simon. Ich lass mir was einfallen.«

Ein versonnenes Lächeln umspielte Emma Öchsles sienabraun geschminkte Lippen.

»Aber vielleicht erledigt sich das auch von selber. Ich bin sowieso bald wieder weg, ich werd schon eine Wohnung finden.«

»Das ist auch blöd. Dann gibt's keine Spätzle mehr.«

Emma lachte. »Die kannst du dir ja mittlerweile selber machen.«

Grad richtig

Emma Öchsle war ja nicht sonderlich groß, geschätzte ein Meter fünfundsechzig, und etwas rundlich. Erstaunlich wenig rundlich eigentlich, wenn man ihre Vorliebe für deftige schwäbische Küche bedachte. Und trotzdem …

»Bin ich zu dick, Ajamu?«

»Aber nein, Emma«, sagte Ajamu. »Grad richtig.«

Seit sie ihr Haar offen trug, wuschelte es sich fast bis auf die Schultern.

»Findest du das zu lang für eine Frau in meinem Alter, Ajamu?«

»Aber nein, Emma«, sagte Ajamu.

Zeit ihres Lebens hatte sie ihre Naturlocken mit viel Mühe gebändigt und hinten zusammengebunden, aber jetzt hatte sie den Kampf aufgegeben, und die Locken umrahmten ihren Kopf wie einen Helm.

»Glatt wäre vielleicht doch besser. In meinem Alter!«

»Aber nein, Emma«, sagte Ajamu.

»Ob ich meine Haare färben soll, Ajamu?«

»Aber nein, Emma«, sagte Ajamu. »Grau ist sexy.«

»Moinsch?«

»Noch ein Beweis gefällig?«

»Noch mal? In meinem Alter? Ha, warum net?«

Emma musste schon immer eine schöne Frau gewesen sein, die Jahre hatten ihre Züge nur ausdrucksvoller gemacht. Doch, Emma Öchsle war eine attraktive Frau mit ausdrucksvoller, reifer und würdevoller Ausstrahlung.

Fand jedenfalls Ajamu, als er sie betrachtete, wie sie neben ihm lag und leise schnarchte.

Plötzlich schlug sie die Augen auf und sah Ajamus Gesicht über dem ihren.

»Zählst du meine Falten, Ajamu?«

»Ja. Bis sechs bin ich gekommen, und jetzt finde ich keine mehr.«

»Dann hast du drei übersehen.«

In ihrem Gesicht waren tatsächlich kaum Falten zu bemerken, lediglich um ihre Augen kräuselte es sich ein wenig, man hätte das auch als Lachfalten interpretieren können. Besonders, wenn ihre Augen schelmisch blitzten.

»Für dein Alter hast du dich blendend gehalten, Emma.«

»Für mein Alter! Ist das die afrikanische Art, Komplimente zu machen?«

»Komplimente hast du doch nicht nötig.«

Emma streichelte Ajamus Haut, die wie weicher, schwarzer Samt wirkte.

»Ach, Ajamu, das hat doch keine Zukunft mit uns!«

»Muss denn alles eine Zukunft haben? Es ist doch viel wichtiger, in der Gegenwart zu leben. Wer weiß denn schon, was die Zukunft bringt? Aber wir wissen, was wir jetzt haben, in diesem Augenblick, und das sollten wir genießen.«

Emma seufzte. Wenn das so einfach wäre![77] Aber der Mensch ist ja lernfähig, selbst in fortgeschrittenem Alter.

»Dann genießen wir mal, was ich gekocht habe«, sagte sie. »Auf in den Kampf!« Und flink sprang sie aus dem Bett.

Ein versonnenes Lächeln umspielte ihre Lippen, die sie sich gerade kadmiumrot schminkte.

Familienanschluss

Die gesamte Familie hatte sich erwartungsvoll am Tisch versammelt. Emmas eindringlich geäußerter Wunsch war mehr ein Befehl: Alle hatten zu erscheinen, weil sie ihnen etwas Wichtiges mitzuteilen habe.

Emmas Ankündigung löste unterschiedliche Stimmungen aus.

Sie verkündet ihren Auszug, dachte Alice siegessicher, und war zum ersten Mal seit langem wieder richtig guter Laune. Sie klopfte sich auf die Schulter. Gegen hanseatische Hartnäckigkeit kämpften selbst sture Schwäbinnen vergeblich, man musste nur durchhalten.

Simon war alles egal. Wenn die Oma kochte, war er sofort dabei, besonders, wenn es die lange versprochenen Rindsrouladen mit Spätzle und Kartoffelsalat gab.

---

77 Emma seufzt zu Recht. Genießen ist dem Schwaben wesensfremd, dafür hat eine lange pietistische Tradition gesorgt. Und wenn schon genießen, dann heimlich.

Madeleine grauste es vor einem Abendessen in gespannter Atmosphäre. Zuerst würden sich alle anschweigen, dann kam die erste Stichelei, woraufhin sich alle angifteten, was dann überging in allseitiges Geschrei und Türenschlagen – sie wusste doch, wie kindisch sich die Erwachsenen immer benahmen. Und dann gab es auch noch einen Topf voll Fleisch. Tiere essen, wie widerlich war das denn! Ihr war unbegreiflich, wie Mama so ruhig bleiben und sogar noch lachen konnte. Sie setzte die abweisendste Miene auf, derer sie fähig war, und hatte demonstrativ »Das andere Geschlecht« an den Esstisch mitgenommen.

Klaus schwamm in einem Wechselbad der Gefühle. Einerseits zogen betörende Düfte durchs Haus, wie früher in seiner Kindheit, und erinnerten an Köstlichkeiten, die ihm lange versagt geblieben waren. Andererseits stand ihm der ständige Kleinkrieg zwischen seiner Mutter und seiner Frau bis oben. Warum konnten Frauen nicht wie normale Menschen miteinander umgehen? Lag das an den Hormonen? Er beschloss, vorsichtshalber gereizt zu sein und bei passender Gelegenheit auf den Tisch zu hauen. Wer war denn hier der Herr im Haus?

Pilar war einfach nur neugierig darauf, was Emma diesmal ausgeheckt hatte. Und irgendwas war im Busch, das verrieten Emmas rote Wangen.

Geschäftig wuselte Emma in der Küche hin und her und traf die letzten Vorbereitungen. Immer wieder schaute sie auf die Uhr. Etwas nervös war sie schon, das musste sie sich eingestehen.

»Wann gibt's denn endlich Essen, Oma?«, fragte Simon.

»Simon!«, rief ihn Alice zur Ordnung.

»Bald, Simon, wir warten noch auf jemanden«, sagte Emma.

Verwundert schauten sich Klaus und Alice an. Noch ein Gast?

Punkt sechs klingelte es. Emma eilte die Treppe hinunter, rätselhafterweise mit einer Einkaufstüte in der Hand, öffnete die Haustür, und da stand er, wie sie das besprochen hatten. Emma holte ein Kleidungsstück aus der Tüte, warf es über, hängte sich bei ihm ein und führte ihn strahlend ins Esszimmer zur wartenden Familie.

Ajamu trug die traditionelle Kleidung der nigerianischen Yoruba: ein knielanges, kunstvoll besticktes wallendes Gewand, die Agbada, in leuchtendem Blau über der Sokoto genannten Hose. Emma in einem schreiend bunten, lang fallenden Kleid, das die Hippie-Zeit in einem Secondhand-Laden überdauert hatte, bot einen kräftigen Kontrast.

»Ist jetzt Fasching oder was?«, murmelte Alice, laut genug, dass jeder es verstehen konnte.

»Das ist Ajamu. Er kommt aus Nigeria«, stellte Emma ihren Begleiter vor.

Ajamu gab jedem artig die Hand, ohne ein Wort zu sagen.

»Kümmerst du dich seit neuestem um Asylanten?«, fragte Klaus patzig.

»Ich hab ja sonst nichts zu tun.«

»Du könntest nach einem Platz im Altersheim schauen«, sagte Alice.

»Koi Zeit, Alice, koi Zeit. Wegem Ajamu, woisch.«

Als er seinen Namen hörte, schaute Ajamu strahlend von einem zum andern. In seinem schwarzen Gesicht blitzten die weißen Zähne.

»So, jetzt hockt euch hin, das Essen kommt gleich«, sagte Emma.

»Ich helfe dir«, sagte Pilar und kam mit.

»Der ist ja goldig!«, sagte sie in der Küche. »Wo hast du den denn aufgelesen?«

»Auf der Straße«, sagte Emma wahrheitsgemäß.

»Ich weiß zwar nicht, was du vorhast, aber mir scheint, die Familie ist etwas irritiert.«

Emma grinste.

Gemeinsam stellten sie die dampfenden Platten auf den Tisch.

»Wolltest du uns nicht etwas sagen, Mutter?«, fragte Alice.

»Später. Erst wird gegessen. Langet zu!«

Simon ließ sich das nicht zweimal sagen und häufte sich Kartoffelsalat auf den Teller. Er wollte gleich nochmals zuschlagen, als Alice scharf bemerkte: »Das reicht, Simon! Zu viel ist ungesund.« Murrend legte Simon den Löffel zurück, holte sich dafür gleich zwei Rouladen und einen Riesenberg Spätzle, bevor seine Mutter protestieren konnte.

Madeleine hielt sich an den vegetarischen Teil und nahm sich nur Spätzle und Kartoffelsalat, wobei Spätzle ohne Soß, wie sie zugeben musste, eine ziemlich trockene Angelegenheit sind. Aber sie war nicht gewillt, sich von ihren Vorsätzen abbringen zu lassen[78].

Auch Alice kämpfte mit sich. Aus Prinzip wollte sie Fleisch nicht mögen wollen, und diese überaus köstlich duftenden Rouladen waren ein hinterhältiger Anschlag Emmas auf ihre Selbstdisziplin. Aber wenn die Mutter jetzt schon dabei war, ihren Auszug zu verkünden, wollte sie die Stimmung nicht trüben, womöglich empfand Emma das als Kritik an ihrer Kochkunst und blies alles wieder ab, nur um sie zu ärgern. Nur Emma jetzt nicht aufregen! Also schnitt sie ein mikroskopisch kleines Stück Roulade ab, steckte es in den Mund und wappnete sich gegen den Brechreiz, der unweigerlich kommen musste.

---

78 Was Madeleine nicht weiß: An einen richtigen schwäbischen Kartoffelsalat, wie Emma ihn natürlich bereitet, gehört Fleischbrühe. Aber bitte nicht weitersagen!

Es schmeckte gemein gut.

Ein missbilligender Blick ihrer Tochter verfolgte sie.

Am Tisch breitete sich Schweigen aus. Emma schien nicht gewillt, Konversation zu machen, und die anderen wussten nicht, was sie sagen sollten.

Na bitte, sagte sich Madeleine, wie ich mir's gedacht habe. So fängt's an. Erst das Schweigen. Und wer beginnt jetzt mit den Sticheleien?

Alle beobachteten Ajamu, der sich anscheinend völlig ungerührt dem Essen widmete und verzückt mit den Augen rollte.

»Kann der auch Deutsch?«, fragte Klaus.

»Schon«, sagte Emma mampfend.

»Warum sagt er dann nichts?«

»Vielleicht traut er sich nicht, wenn er dein verkniffenes Gesicht sieht.«

Jetzt geht's los, dachte Madeleine, und gleich ist hier großes Tohuwabohu. Mit Todesverachtung würgte sie trockene Spätzle hinunter und half mit schlonzichem[79] Kartoffelsalat nach, solange es noch ruhig war.

Es blieb ruhig. Vorerst. Als habe die Anwesenheit des fremdartigen Gastes und sein ungeklärter Status sie paralysiert. Nur Klaus' Gesicht war noch verkniffener geworden.

Es war nicht zu erkennen, ob Ajamu von dem Wortwechsel etwas verstanden hatte. Seelenruhig aß er weiter und offensichtlich mit großem Vergnügen.

Das Schweigen lastete bleischwer.

Alice hielt es nicht mehr aus, allen guten Vorsätzen zum Trotz.

---

79 »Schlonzich« ist mit »schmierig, schleimig« nur unzureichend übersetzt. Ein Kartoffelsalat ist dann schlonzich, also vollkommen, wenn er genau das richtige Maß an Feuchtigkeit hat. Das kann man nicht beschreiben, das muss man gegessen haben.

»Wenigstens kann er mit Messer und Gabel essen und sabbert nicht«, giftete sie.

Ajamu sah auf und strahlte sie an. Und was das für ein Strahlen war! Alice ging es durch Mark und Bein.

Pilar knuffte Alice in die Seite und flüsterte: »Ist der nicht süß?«

Das schien auch Madeleine zu denken, die neben Ajamu saß. Immer wieder schielte sie auf Ajamus schwarze Hände mit den schlanken Fingern und den rosa Innenflächen.

Als Ajamu seine Hand auf ihren Arm legte, schreckte sie hoch und wurde rot.

»Mädle, gell, des isch sauguat!«, sagte Ajamu in seinem breitesten Schwäbisch. »Älles was recht isch, so guat wie onser Emma kocht koine. Abr jetzt ko i nemme, mei Ranza spannt.«

Schockstarre am Tisch. Alice wurde so rot wie ihre Tochter. Verdammt, hatte der etwa alles verstanden? In welche peinliche Situation hatte diese widerliche alte Frau sie da wieder hineingeritten?

»Ach ja«, sagte Emma, »was ich euch sagen wollte. Ajamu und ich, wir sind zusammen.«

»Wie zusammen?«, fragte Klaus.

»Wie wohl? Dieser junge Mann hier ist mein Lover. So sagt man doch heutzutage, gell?«

»Ganz recht!«, sagte Pilar grinsend.

Alice blieb die Spucke weg. Das war doch … Aber am Horizont war ein ganz schwacher Hoffnungsschimmer zu sehen.

»Ziehst du jetzt zu ihm?«, fragte sie.

Emma schüttelte den Kopf. »Geht nicht. Seine Wohnung ist zu klein.«

Bei Klaus war endlich der Groschen gefallen. Er stotterte: »Du und dieser …«

»Neger«, half Ajamu freundlich lächelnd aus.

»Was dagegen?«, fragte Emma.

»Allerdings!«, brauste Klaus auf. Wenn man das im Ministerium erfuhr! Und die Nachbarn erst! Seine Mutter machte ihn zum Gespött der Leute!

»Dummerweise geht dich das gar nichts an, mein Sohn. Das ist allein meine Sache.«

»Es hat mich gefreut, auch alle mal kennenzulernen«, sagte Ajamu. »Wo wir doch jetzt quasi eine Familie sind.«

Und er umarmte Alice, drückte sie fest an sich und gab ihr links und rechts einen Schmatz auf die Backe. Stocksteif stand sie da und wehrte sich gegen den erneuten wohligen Schauer, der sie durchlief. Vergebens.

Klaus guckte, als sei er Zeuge eines Schwerverbrechens.

Madeleine zerfloss fast, als sie in den Armen Ajamus war. Wie gut der roch! Zaghaft küsste sie ihn wenigstens auf eine Wange. Sie war verwirrt. Fühlten sich so Männer an? Richtige Männer?

Zum Abschluss war Pilar an der Reihe, die lachend seine Umarmungen und Küsschen erwiderte.

Dann ging Ajamu auf Klaus zu, der einen Schritt zurückwich. Der wird doch mich nicht auch …

Klaus bekam ein Schulterklopfen, ein Grinsen und ein Augenzwinkern, so von Mann zu Mann.

»So», sagte Emma, »und jetzt ganget mir ins Bett.«

»Übernachtet der etwa bei dir?«, fragte Klaus fassungslos.

»Stell dir vor, sogar in meinem Bett«, erwiderte Emma. »Und das wird er in Zukunft noch öfter tun. Vielleicht heiraten wir auch irgendwann, wer weiß.«

Pilar prustete los, als sie bemerkte, wie Emma ihr zuzwinkerte. Madeleine schaute betreten von einem zum andern. Simon verstand die Aufregung nicht. Oma hatte einen Lover, na und? Das hatte immerhin den Vorteil, dass sich im Moment niemand um ihn kümmerte und er sich den letzten Rest Kartoffelsalat nehmen konnte.

Emma tätschelte Klaus die Wange. »Du musst aber nicht Papa zu ihm sagen, Klaus.«

Dann ging sie Arm in Arm mit Ajamu die Treppe hoch zu ihrer Wohnung.

Klaus und Alice starrten dem ungleichen Paar mit offenem Mund hinterher.

Alice fand als Erste die Sprache wieder.

»Glaubst du mir jetzt endlich, dass deine Mutter vollkommen verrückt ist?«, fauchte sie Klaus an.

»Unfassbar!«

»Ein junger Liebhaber in ihrem Alter! Das allein ist ja schon …«

»Unanständig. Peinlich. Ein Skandal! Und dann noch ein … ein …«

»Neger«, sagte Alice.

»Ein Farbiger«, sagte Madeleine. »Man sagt Farbiger heutzutage. Neger ist …«

»Halt du dich da raus!«, schrien Alice und Klaus wie aus einem Mund.

Madeleine schwieg beleidigt. Sie fand das ja auch etwas eigenartig, aber deswegen durfte man Ajamu doch nicht diskriminieren.

Außerdem hatte er soooo sanfte Hände. Die sie immer noch spürte, auf ihrem Arm, ihrem Rücken. Wie er sie an sich gedrückt hatte! Ein eigenartiges, noch nicht gekanntes, aber köstliches Gefühl rieselte durch ihren Körper. Vielleicht waren ja doch nicht alle Männer so Idioten wie René, der jetzt mit Denise ging, oder wie Mario oder wie Lukas oder wie … ihr Vater. Vielleicht waren die Schwarzen … äh … Farbigen eine Ausnahme. Vielleicht wusste das die Oma auch und hatte deshalb …

»Der hat sie verhext«, sagte Klaus. »Mit Voodoo oder so. Das machen die Neger so.«

»Altersheim. Endgültig jetzt«, sagte Alice. »Du musst ihr das klarmachen.«

»Ich? Wieso ich?«

»Ist das deine Mutter oder meine?«

»Und du lässt dich auch noch von ihm abknutschen!«

»Hätte ich mich etwa dagegen wehren sollen?«

»Ja, das hättest du!«

Klaus war stinksauer. Ihm dämmerte, dass seine Mutter derzeit mehr Sex hatte als er selbst, und das stellte die Welt auf den Kopf. Dagegen musste in der Tat etwas unternommen werden.

Simon ging aufgewühlt in sein Zimmer. Die Oma ins Altersheim? Also das war ja wohl das Letzte! Woher bekam er dann Spätzle und Kartoffelsalat und Rouladen? Das konnte er nicht zulassen. Bloß, wie sollte er das anstellen?

Was Willi dazu sagte, ist nicht bekannt. Emma hatte sein Bild vorsorglich umgedreht.

Die Linde

Heidelinde Kruschnick hatte die Nase schon immer etwas höher getragen und genau gewusst, was sie vom Leben wollte. Als sich Lothar Eberle für die zwar durchaus ansehnliche, aber nicht übermäßig hübsche Heidelinde zu interessieren begann, schaute sie in den Kalender, wartete einen günstigen Zeitpunkt ab und verführte ihn dann umstandslos, nachdem er selbst keinerlei Anstalten machte, den entscheidenden Schritt zu tun. Überrascht musste sich Lothar Eberle hinterher sagen lassen, dass er soeben ein unschuldiges Mädchen entjungfert hatte. Er war ein wenig gerührt, dass gerade ihm diese Ehre widerfahren war, und auch erleichtert. Dann war seine Unbeholfenheit offenbar nicht aufgefallen.

Prompt wurde sie schwanger, wie sie das auch beabsichtigt hatte.

Es war ein riskantes Manöver, aber Heidelinde hatte ihn richtig eingeschätzt. Lothar Eberle war ein Ehrenmann und hielt sofort um ihre Hand an. Eilig wurde geheiratet.

Die Hochzeit war allerdings kein rauschendes Fest auf Schloss Solitude, wie Heidelinde sich das vorgestellt hatte, sondern fand im engsten Familienkreis statt, im Nebenzimmer eines nicht sonderlich edlen Gasthauses. Ihren Eltern war das Ganze sowieso peinlich, und Lothar fand, Flädlessuppe und Rostbraten seien teuer genug, denn selbstredend bekannte er sich zum Verursacherprinzip und übernahm sämtliche Kosten.

Die, sagen wir's deutlich: klägliche Hochzeitsfeier hätte Heidelinde zu denken geben sollen, aber dafür war es jetzt zu spät.

Lothar Eberle war, höflich ausgedrückt, nicht gerade ein Adonis, dreißig Jahre älter als seine neue Frau, von etwas verschrobenem Charakter und kränklich obendrein; wer ihn sah, gab ihm nur noch wenige Jahre. Das und die Tatsache, dass er das sagenhafte Eberle-Vermögen geerbt hatte, waren für Heidelinde ausschlaggebend gewesen. Frau Lothar Eberle: Das verhieß ein Leben im Luxus und ohne Geldsorgen. Und ohne Arbeit.

Lothar war stolz, dass ihn doch noch eine Frau erhört hatte, und dazu noch eine so junge, und Heidelinde, gerade eben achtzehn Jahre alt geworden, streichelte liebevoll ihren nicht mehr zu übersehenden Bauch und kümmerte sich nicht um das Geschwätz der anderen.

So zog sie denn in die geräumige Familienvilla auf der Karlshöhe ein und fühlte sich wie eine Schlossherrin. Stuttgart lag ihr zu Füßen, und ihr Ehemann auch.

Insoweit war Heidelinde Eberles Plan aufgegangen. Eines allerdings hatte sie nicht hinreichend bedacht: Lothar war Schwabe durch und durch.

An dieser Stelle muss gesagt sein, dass dem Schwaben als solcher der Ruf vorauseilt, einen geradezu unanständigen Hang zur Sparsamkeit zu haben. Die Wahrheit ist: Es stimmt. Wobei der Grad der Sparsamkeit in direkter Korrelation zur Größe des Vermögens steht. Nicht umsonst sagt man, von den Reichen könne man das Sparen lernen. Heidelinde Kruschnick, frisch verehelichte Eberle, bekam das zu spüren.

Denn aus dem Leben, wie sie es sich erträumt hatte, wurde nichts. Alle ihre Wünsche, sofern sie Geld kosteten, zerplatzten stets an einem kategorischen »Des brauchet mir net«, wahlweise auch »Für so was hen mir koi Geld«. Die Sprüche waren wenigstens nicht neu für sie, die hatte sie zu Hause auch immer gehört. Ohnmächtig blieb ihr nur eines übrig: abzuwarten.

Wie sich herausstellen sollte, hatte sich Heidelinde noch in einem weiteren Punkt getäuscht. Der kränkliche Lothar Eberle blühte nach der Geburt seiner Tochter auf, und es waren ihm noch viele freudvolle Jahre beschieden, während derer er einen gesunden sexuellen Appetit entwickelte und drei weitere Kinder zeugte, denen er ein liebevoller Papa wurde. Mit dreiundneunzig Jahren schlief er friedlich ein. Bis zuletzt war er bei bester Gesundheit, fit wie ein Sechzigjähriger und vermögender denn je. Seine Finanzstrategie überstand alle Krisen unbeschadet und beruhte auf einer schlichten Weisheit: Was man nicht ausgibt, kann auch nicht verloren gehen.

Als ihr Mann starb, war Heidelinde dreiundsechzig Jahre alt. Allzu lange hatte sie auf diesen Moment warten müssen. Jetzt, da ihr Leben endlich anfangen könnte, dachte sie, war es eigentlich schon vorbei.

Sie gönnte sich eine Reise nach Paris, wo sie trotzig im *Ritz* logierte, ohne vorher nach dem Zimmerpreis zu fragen, und erstand einige teure Kleider und Schuhe. In einem Anflug kühner Verworfenheit überlegte sie sogar, sich an der Bar einen Mann aufzureißen, vielleicht sogar mit Hilfe einiger diskret überreichten Geldscheine, musste sich aber nach einem raschen Rundblick eingestehen, dass die Idee etwas abwegig war angesichts der vorhandenen Konkurrenz. Eigentlich war sie sogar erleichtert. Im entscheidenden Moment hätte sie sicherlich der Mut verlassen.

Zurück im heimischen Stuttgart, zog sie die nüchterne Bilanz ihres glamourösen Ausflugs: Er war zwar ganz nett gewesen, doch sonderlich Spaß hatte es nicht gemacht. Selbst nicht der Gedanke an einen jugendlichen Liebhaber. Im Grunde war es nur Geldverschwendung.

Bei allem, was sie tat, hatte sie die Stimme von Lothar im Ohr: »Muss denn das sein?« Und seltsamerweise fand sie das sogar vernünftig. Es war ihr längst in Fleisch und Blut übergegangen, dass man sein Sach zusammenhalten musste. Gerade, wenn man viel Sach hatte.

So gingen die Jahre dahin, und jetzt war Heidelinde Eberle fast siebzig, marschierte durch die einsamen sechshundertsechzig Quadratmeter ihrer Villa, langweilte sich tierisch und bemitleidete sich. Die Kinder waren längst aus dem Haus und hatten sich ihre Wege gesucht. Und was hatte sie aus ihrem Leben gemacht?

Sie schaute aus dem Fenster hinunter auf die Stadt, ließ ihren Blick zu den Hügeln auf der anderen Seite des Talkessels schweifen und kam zu der betrüblichen Einsicht, dass es ihr nicht gelungen war, über ihren Schatten zu springen. Auch dann nicht, als niemand mehr auf sie aufpasste.

Und das sollte es gewesen sein?

Dann straffte sie sich und fasste einen Beschluss. Es war an der Zeit, das zu ändern. Bekanntlich war es nie zu spät. Zu nichts.

Heidablitz!

Im Nachbarhaus gegenüber stand Erwin Brändle am Fenster und war fassungslos.

»Was treibsch denn, Erwin?«, rief Helga von unten.

»Des muasch gsäh han.«

»Was denn?«

»D' Emma.«

»Di han i scho oft gsäh.«

»So no net.«

»Macht di jetzt au Gymnaschtik?«

»Was anders.«

»Was denn?«

»Komm halt!«

»Lohnt sich's?«

»Wennes sag!«

Helga Brändle erhob sich seufzend aus ihrem Sessel und stieg die Treppe nach oben.

»Jetzt guck!«, forderte Erwin sie auf.

»Heidablitz!«, staunte Helga.

»Han i recht?«

»A Neger. A richtig schwarzer Neger.«

»Dia send doch emmer schwarz.«

»Manche weniger.«

»Der net.«

»Wo kommt jetzt au der her?«, überlegte Helga Brändle. »Nomal a Kendle von ihrm Mo wird 'r jo net sei.«

»Moinsch?«

»Des sieht mr doch!«

»Ond woisch was?«, fragte Erwin Brändle.

»Was?«

»Geküsst hot se ihn. D' Emma den Kerle.«

»Warum au net? Des macht mr heutzutag so, sogar im Fernseher. Jeder knutscht jeden ab.«

»Di au?«

»Freile.«

»Ja, wer denn bloß?«

»Dr Gaggel.«

»Wann denn?«

»Emmer, wenn en seh. Mir send doch jetzt älle guate Freind mitanander, seit d' Emma do isch.«

»So oiner! Dem wird i was verzähle!«

»Nix wirsch. Sonscht verzähl i ihm, dass du sei Gertrud en da Hentre zwicksch.«

»Des war oimol, und do war i bsoffa.«

»Zwoimol. I han's gsäh. Ond beim zwoite Mol warsch net bsoffa.«

Schuldbewusst schwieg Erwin. Aber die Gertrud Gaggel hatte gar nicht protestiert, nur gelacht, der hatte das anscheinend gefallen.

»Aber des mit dr Emma isch anders«, sagte er. »Des war an anderer Kuss. A richtiger. A langer.«

»Noi!«

»Wennes sag!«

»Ganz richtig?«

»I han's gsäh.«

Helga Brändle seufzte. »Des isch aber au a sauberer Kerle! Von dem dät i mi au abknutsche lasse.«

»Des isch doch no a ganz jungs Bürschle.«

»Grad!«

Erwin Brändle schaute seine Frau misstrauisch von der Seite an. Schwang da so etwas wie Sehnsucht in ihrer Stimme?

»Die Emma! Die traut sich was!«, seufzte Helga Brändle.

»Guck!«, sagte Erwin Brändle, »jetzt ganget se wieder nei.«

»Arm in Arm.«

»Guck! Dr Gaggel glotzt au!«

»Der sieht aber net so guat wie mir.«

»Gang halt nieber ond verzähls em. Kannsch de jo glei abknutsche lasse.«

»Kommsch mit? Von mir aus derfsch au d' Gertrud en da Arsch zwicke.«

Erwin Brändle starrte hinüber auf den nunmehr menschenleeren Garten der Öchsles. Er musste sich eingestehen, dass er etwas verunsichert war.

Wenn das der Lothar wüsste

Emma Öchsle stieg am Marienplatz aus, ging die Tübinger Straße vor, bog nach links in die Römerstraße ein und sah die Willy-Reichert-Staffel vor sich. Die Stuttgarter Stäffele! Andernorts mussten sie Wolkenkratzer hinaufrennen, um zu beweisen, wie fit sie waren, die Stuttgarter brauchten das nicht, die waren ständig im Training.

Sie holte tief Luft und machte sich entschlossen an den Aufstieg. Und kam bald gehörig ins Schnaufen, was sie ärgerte. Dondrladdich, Emma, du wirst doch nicht alt werden wollen? Nein, daran lag es nicht, sie war nur aus der Übung. Und der junge Mann, der sie überholte und ihr freundlich zunickte, schnaufte auch. Also!

Sie blieb stehen und schaute sich um. Es ging schon arg steil hinauf, wirklich! Links und rechts sah sie lauschige Gärten, alte Bäume überspannten die Stäffele und spendeten wohltuenden Schatten. Durch die Blätter malten einzelne Sonnenstrahlen bizarre Muster auf den Boden. Von der B14, die wenige hundert Meter tiefer durchs Tal brauste, war wenig zu hören.

Sie schlenderte die Hohenzollernstraße entlang.

Schon ganz nett hier, dachte Emma, aber doch a bissele hochnäsig. In den meisten alten Häusern, an denen sie vorbeikam, residierten Firmen, wer konnte sich das auch sonst leisten?

Von der Seite war sie noch nie hochgegangen. Schon seltsam, überlegte sie, da verbringt man sein ganzes Leben in dieser Stadt und kennt doch nur wenige Ausschnitte. Wie auch sonst, was hat man schon verloren in einem anderen Viertel als dem seinen?

Überhaupt war sie nur einmal in ihrem Leben auf der Karlshöhe gewesen, als eine Cousine vom Willi zu Besuch war. Sie waren von der anderen Seite her gekommen, vom Westen, und hatten oben im Biergarten gevespert. Sie wollten noch ins Lapidarium, von dem Emma nur wusste, dass dort alte Steine herumstanden, aber natürlich war es an diesem Tag geschlossen gewesen.

Erinnerungen. Keine schönen obendrein. Die Cousine war eine eingebildete Zicke, mit der sie sich überhaupt nicht verstanden hatte. Abgehakt, vorbei.

Heidelinde Eberle hatte ihr die Hausnummer gesagt, nicht weit von der Oscar-Heiler-Staffel.

So residierte man also auf der Karlshöhe.

Über dem Erdgeschoss bog sich eine mächtige Terrasse zum Halbrund, groß genug, um darauf Tennis spielen zu können. Die Tür war keine Tür, sondern ein Portal, das sich fast zwei Meter ins Gemäuer fraß, von einem mit Stuck verzierten Bogen gekrönt.

Der Stuck bröckelte. Schau an, Heidelinde Eberle, da fehlt's wohl am Kleingeld, was? Vielleicht pflegte man auf der Karlshöhe aber auch eine besondere Art von morbidem Charme.

Fünf Stufen führten hinauf zu einer Glastür, die von zwei Säulen begrenzt und mit Vögeln und Blumen bemalt war.

Emma Öchsle schaute nach oben.

Über der Terrasse thronte die Villa in Gelb, an den Ecken und den Fenstern weiß abgesetzt. Drei hohe Stockwerke, die Gauben ganz oben auch mit Rundbögen. Ein halbrunder Erker, bei dem sich die Säulen des Eingangs wiederholten, mit einem kleinen Balkon darüber. Vom Garten sah man nicht viel, er musste hinterm Haus am steilen Hang liegen.

Schon was anderes als das Reihenhäusle ihres Sohnes. Leisten muss man sich's halt können. Aber ob man's dann auch wollte? Hier? Die Gegend sah nicht so aus, als ob man sich eben mal auf ein Viertele mit dem Nachbarn treffen würde. Nichts für dich, Emma, entschied sie, das ist eine andere Klasse.

Wie sich das wohl auf Heidelinde ausgewirkt hatte, die ihr ganzes Leben hier verbracht hatte?

Sie drehte sich um und sah hinunter auf große Gärten, gepflegte alte Häuser und den Höhenzug des Hasenbergs. Zugegeben, diese Aussicht war zum Niederknien, und allein dieser Aussicht wegen könnte man sich überlegen, ob es hier nicht doch … Quatsch, Emma, du mit deiner Rente!

Sie drückte auf die Klingel. Nichts war zu hören, keine Glocke, keine Schritte. War sie überhaupt richtig? Man war so diskret vornehm, dass sich an der Tür nicht einmal ein Namensschild fand.

Sie versuchte es erneut. Zweimal gleich.

»Juhu, Emma!«, ertönte es über ihr. Heidelinde Eberle stand auf der Terrasse und winkte ihr zu. »Ich komme!«

Und schon stürmte sie aus dem Eingangsportal.

Spontan fielen sich die alten Schulkameradinnen in die Arme.

»Glaub's mir oder glaub's mir nicht«, sagte Emma, »du bist mir mit deinem Anruf zuvorgekommen. Ich hatte den gleichen Gedanken.«

»Wenn das nichts zu besagen hat! Dabei standen wir uns früher nicht besonders nahe.«

»Nettes Häusle«, sagte Emma, um abzulenken.

»Man gewöhnt sich daran«, erwiderte Heidelinde lässig. »Komm rein!«

»Krieg ich eine Schlossführung?«, fragte Emma.

»Klar. Wenn du noch gut bei Fuß bist.«

»Ja verreck! Hier kann man's aushalten«, sagte Emma und schaute sich bewundernd in den Räumen um.

»Aber was das alles kostet!«, erwiderte Heidelinde Eberle. Die alte Heidelinde Eberle. Schnell fügte sie hinzu: »Aber was soll's! Ich hab's ja. Mehr als genug. Und Geld ist zum Ausgeben da.«

Jetzt erschrak sie aber fast vor sich selbst. Was hatte sie da eben gesagt? Geld sei zum Ausgeben da? Das war ein Satz, den die Villa auf der Karlshöhe noch nie gehört hatte. Die schweren Samtvorhänge bewegten sich sachte wie im Wind und flüsterten: Heidelinde, du machst dich, aus dir kann doch noch etwas werden!

Heidelinde war stolz auf sich und öffnete zur Feier des Tages eine Flasche echten Champagner. Veuve Cliquot. Sie prostete Emma zu.

»Ich bin ja so froh, dass wir uns wiedergefunden haben, Emma. Wie lange haben wir uns nicht gesehen?«

»Seit deiner Hochzeit. Also seit unserer Schulzeit.«

»Wir hätten uns öfter treffen sollen.«

»Du warst eine feine Dame geworden, Heidelinde. Du hattest ein Kind und einen reichen Mann. Das war eine andere Welt.«

»Feine Dame! Scheiß auf die feine Dame! Ich war einsam und habe wie in einem Gefängnis gelebt.«

Erstaunt sah Emma sich um. Das musste aber ein komfortables Gefängnis gewesen sein. Sie erblickte riesige Räume mit dicken Teppichen und alten Möbeln, die kostbar wirkten. Wie die Hausherrin selbst. Heidelinde Eberle war eine hochgewachsene, immer noch schlanke, sehr elegante ältere Frau, das schlohweiße Haar zu einem Dutt geschlungen, dezent geschminkt und in ein schlichtes, aber edles Kleid gewandet. Als sie einen Schluck aus dem Champagnerglas nahm, spreizte sie geziert ihren kleinen Finger.

Doch feine Dame, entschied Emma, und leerte ihr Glas in einem Zug. Heidelinde schenkte sofort nach.

»War gar nicht so einfach für die Linde, dich ausfindig zu machen nach so langer Zeit«, sagte Heidelinde.

Emma schaute irritiert. Dann erinnerte sie sich. Heidelinde hatte schon früher die Angewohnheit gehabt, von sich bisweilen in der dritten Person zu reden. Sie hatte das seinerzeit schon als albern empfunden, und das war es noch immer. Dann zuckte sie mit den Schultern. Jeder durfte seine Macken pflegen.

»Karl hat mir deine Nummer gegeben. Der wohnt wenigstens noch in seinem Elternhaus, die anderen sind in alle Winde zerstreut oder schon gestorben.«

»Der Karle! Von dem habe ich auch ewig nichts mehr gehört. Woher hat der denn gewusst, dass ich zur Zeit bei meinem Sohn untergekrochen bin?«

»Keine Ahnung«, sagte Heidelinde.

»Der Karle! Der hat auch nie den Absprung geschafft.«

»Der war immer in dich verknallt, Emma.«

»Ach wo!«, wehrte Emma ab, obwohl sie genau wusste, dass es so war. Aber sie musste Heidelinde ja nicht alles auf die Nase binden.

Sie und Heidelinde waren in ihrer Jugend tatsächlich nicht gerade dicke Freundinnen gewesen. Um genau zu sein, hatten sie sich nicht ausstehen können, und deshalb war Emma erstaunt gewesen, dass sie beide gleichzeitig auf den Gedanken gekommen waren, sich zu treffen. Aber was wollte Heidelinde ausgerechnet von ihr? Gemeinsame Erinnerungen aufwärmen? Und wenn schon, allein der Champagner hatte den Weg hierherauf gelohnt.

Genau das taten sie dann auch: in der Vergangenheit stochern. Weißt du noch …? Erinnerst du dich an …? Und was hast du dann gemacht …?

Alte Waschweiber, dachte Emma, haben wir nichts anderes zu bereden? Aber amüsant war es irgendwie schon, wie ein ganzes Leben im Zeitraffer an einem vorüberzog, von einem Höhepunkt zum nächsten. Die weniger schönen Zeiten blieben ausgespart.

Sie hatten unterdessen die zweite Veuve Clicquot entkorkt, mit lautem Knall und viel Schaum, der auf den Teppich tropfte. Ein Perser oder so, er sah wenigstens teuer aus.

»Wenn das Lothar sehen würde!«, kicherte Heidelinde.

Sie schüttelte die Flasche etwas und verteilte noch mehr Champagner. Auch eine Art, den Teppich zu reinigen, dachte Emma.

»Manchmal kommt mir der Gedanke, das Leben ist ein ewiger Strom, der alles mitreißt. Nur um mich hat er einen großen Bogen gemacht hat«, sagte Heidelinde plötzlich. »Schau uns an, Emma. Wir haben unser Leben gehabt. Aber haben wir auch *gelebt*? Was sind wir? Zwei alte Weiber!«

»Du bist so alt, wie du dich fühlst.«

»Nicht diesen dummen Spruch!«

»Mit einem Kern Wahrheit.«

»Und wie alt fühlst du dich, Emma? Wie neunundsechzig? Oder erst wie achtundsechzig?«

»Ich habe keine Ahnung, wie man sich mit neunundsechzig zu fühlen hat. Ich weiß nur, dass für mich das Leben noch nicht abgeschlossen ist. Im Gegenteil. Es beginnt erst jetzt. Ein neues Leben, ein anderes.«

»Jawohl, Emma, darauf trinken wir noch einen!«, schrie Heidelinde. Sie verschliff die Silben schon etwas.

»Hast du nicht schon genug, Heidelinde?«

»Doch, aber scheiß drauf! Weißt du, dass die Linde noch nie richtig betrunken war? Das hat es bei Lothar nicht gegeben. Auf das neue Leben!«

Emma schmunzelte, holte ihre Utensilien hervor und begann, sich eine zu drehen.

»Seit wann rauchst du?«, fragte Heidelinde.

»Schon immer hin und wieder.«

»Und das hat dein Mann erlaubt?«

»Ich habe ihn nicht um Erlaubnis gefragt.«

»Ach, Emma, was musst du für ein glückliches Leben gehabt haben!«

Und wie, dachte Emma grimmig, mit einem Mann, der mir seine Tochter linker Hand als spätes Erbe hinterlassen hat. Sie zündete sich die Zigarette an, inhalierte tief und streckte sie Heidelinde hin.

»Ich habe noch nie Zigarette geraucht«, wehrte die ab.

»Immer die Brave, was? Erst die brave Tochter, dann die brave Ehefrau und jetzt die brave Witwe. Das ist keine Zigarette, Heidelinde, das ist ein Joint.«

»Um Himmels willen, Drogen in meinem Haus!«

»Medizin. Lindert die Schmerzen bei Arthrose.«

»Du hast Arthrose?«

»Nein. Aber das ist doch eine gute Entschuldigung in unserem Alter, nicht wahr?«

»Ein Joint! Ist das nicht illegal?«

»Und wenn schon! Wolltest du nicht ein neues Leben? Irgendwann musst du mal anfangen, Heidelinde. Warum nicht jetzt? Werd endlich erwachsen!«

»Gib her! Wie macht man das?«

»Tief inhalieren und möglichst lange drinnen lassen.«

Prompt bekam Heidelinde einen Hustenanfall. »Und jetzt packen wir noch eine Flasche«, keuchte sie.

Schwankend und kichernd kam sie zurück.

»Uhuuuu!«, schrie sie. »Sex and drugs and Rock 'n' Roll! Na ja«, murmelte sie undeutlich, »Sex nicht mehr in unserem Alter, aber alles andere.«

Wenn du wüsstest, meine Liebe, grinste Emma in sich hinein und erhob sich. Sie merkte, dass sie auch nicht mehr ganz sicher auf den Beinen war.

Sie steuerte auf die Schrankwand zu, wo sie eine Stereoanlage erspäht hatte, ein vorsintflutliches Gerät, aber noch mit einem richtigen Plattenspieler. Sie stöberte in den Alben, die im Regal standen. Einen besonders feinen Musikgeschmack schien man im Hause Eberle nicht gehabt zu haben. Volkslieder. Marschmusik. Wagner, auch das noch! Dann wurde sie doch fündig.

Aus den Lautsprechern kratzte und rauschte es, dann erklang leise »See you later alligator.«

»Lindes Lieblingsstück!«, sagte Heidelinde entzückt. »Mein Gott, das habe ich immer nur heimlich hören dürfen! Für Lothar war das Negermusik. Lauter!«

Emma drehte lauter.

»Noch lauter!«

Emma drehte auf, bis die Boxen klirrten. Grölend sangen die beiden Frauen mit, und dann begannen sie zu tanzen, langsam erst und ungeschickt und dann immer schneller und schneller. Mein Gott, dachte Emma noch, sind wir herrlich zugedröhnt. Dann sank sie auf den Boden.

Und dort befand sie sich immer noch, als sie am nächsten Morgen erwachte. Heidelinde lag auf dem Sofa und schnarchte mit offenem Mund vor sich hin.

Wenigstens haben wir's überlebt, dachte Emma. Sie spürte jeden Knochen und hatte einen fürchterlichen Kater.

Mühsam rappelte sie sich auf, und im gleichen Moment regte sich auch Heidelinde.

»Geht's mir schlecht!«, stöhnte Heidelinde.

»Vielleicht sind wir für manche Sachen doch zu alt«, stöhnte Emma.

»Nein, wir müssen nur mehr üben«, stöhnte Heidelinde.

»Aber erst brauche ich eine Aspirin oder auch drei«, stöhnte Emma. »Du siehst aus wie ausgespuckt, Heidelinde Eberle.«

»Und wenn du dich so fühlst, wie du aussiehst, möchte ich nicht in deiner Haut stecken, Emma Öchsle.«

»Wenn dich dein Lothar so sehen könnte! Der rotiert im Grab.«

»Soll er. Bewegung tut ihm gut.«

Die beiden Frauen sahen sich an und lachten.

»Wir haben es ganz schön krachen lassen, was?«

»Wenn zwei alte Weiber aufdrehen …«

»Frauen im besten Alter«, sagte Heidelinde mit so viel Würde, wie sie an diesem Morgen aufzubringen imstande war.

»Aber sag, was du willst, Linde, früher habe ich das besser weggesteckt.«

»Emma, ich hatte früher gar keine Gelegenheit, so etwas auszuprobieren. Bei uns ging es immer sehr, wie soll ich sagen …?«

»Gediegen?«, half Emma.

»… verklemmt zu. Komm, wir brauchen jetzt was zum Essen, das bringt uns wieder auf die Beine.«

»Bloß nix Fettigs!«, stöhnt Emma.

Sie verließen die Villa und wandten sich nach rechts, weiter den Berg hinauf. Emma ignorierte das Schild, das zur Karlshöhe wies, aber Heidelinde zog sie am Ärmel: »Hier hoch!«

»Dort oben willst du essen? Im Biergarten?«

»Nein, aber dir die Aussicht zeigen.«

»Kenn ich, Heidelinde, kenn ich!«

»Trotzdem, du musst mit hoch, ist ja nur ein kleiner Umweg. Bitte!«

Heidelindes Stimme hatte etwas Flehentliches, und Emma seufzte. »Meinetwegen.«

Ein schmaler Weg ging zwischen einer modernen Apartmentanlage und verwunschenen Gärten steil nach oben. Bald blieb Emma keuchend stehen.

»Heidelinde, an einem Tag wie diesem schafft mich das. Was tust du nur einer alten Frau an?«

»Hab dich nicht so! Ich bin fast ein Jahr älter als du. Los, weiter!«

Was war nur mit Heidelinde Eberle los? Sie war mindestens genauso verkatert wie sie, und trotzdem schritt sie leichtfüßig bergan.

Stille Wege, alte Bäume, ein Spielplatz in einem Krater, und dann traten sie hinaus auf die Ausssichtsplattform. Emma strebte sofort der Bank zu und ließ sich ächzend nieder.

Heidelinde warf die Arme in die Höhe, drehte sich um sich selbst und rief: »Juhu, ich bin die Königin von Stuttgart!«

Dann tanzte sie, mit fließenden Bewegungen, das weite Kleid schwang um ihre Beine. Und sie begann zu singen: »Let the sunshine in«. Sie hatte eine schöne Stimme, voll und leicht rauchig.

Ein junges Paar kam ihnen entgegen, die beiden sahen sich befremdet an und schüttelten im Gleichtakt die Köpfe. Total durchgeknallt, die Alte!

So ähnlich sah das Emma auch, bloß schüttelte sie nicht den Kopf. Das hätte nur die hämmernden Gesellen da drinnen in Aufruhr gebracht.

Sie hatte gar nicht mehr in Erinnerung, wie überwältigend die Aussicht von der Karlshöhe war. Weit ging der Blick über die Innenstadt und die Hügel, an denen sich die Häuser hochzogen. Zu ihren Füßen lag das Heusteigviertel, ihre alte Heimat. Wenn sie sich anstrengte, konnte sie sicher auch ihr ehemaliges Haus ausfindig machen. Wehmut kroch ihr ins Herz. In der Ferne, verschwommen im Dunst, sah sie Berge. Was war das? Schon der Welzheimer Wald vielleicht? Sie hatte keine Orientierung.

Lachend und schwer atmend ließ sich Heidelinde neben ihr auf die Bank fallen.

»Weißt du, Emma, die Linde wäre gern Sängerin geworden. Oder Tänzerin. Oder beides.«

»Was hat dich daran gehindert?«

»Erst meine Eltern, dann mein Mann. Und ich habe sie gehasst dafür. Beide. Tanzen? Lothar hat nicht getanzt, also durfte ich auch nicht. Ich wollte Gesangsunterricht nehmen, aber Lothar hat's mir verboten: Des braucht's net!«

Heidelinde war ernst geworden.

»Das hier oben war mein Rückzugsort. Immer, wenn ich es daheim nicht mehr ausgehalten habe, bin ich hier hochgewandert. Ich habe mich ausgeschimpft und mich dann vom Zauber dieses Parks wieder einfangen lassen. Und glaub mir, ich war oft hier oben.«

»Du hattest keine glückliche Ehe?«

»Nein, das hatte ich nicht. Selbst schuld! Ich habe es so gewollt. Nur ist es nicht so geworden, wie ich mir das gedacht habe.«

»Wenigstens war genug Geld da.«

»Manchmal ist viel Geld zu wenig. Außerdem durfte ich es doch nicht so ausgeben, wie ich wollte.«

»Du hättest ausbrechen können.«

»Ich habe mich nicht getraut. Wer war ich denn schon? Ein dummes, junges Mädchen mit Kind, das nicht einmal eine Ausbildung hatte. Lothar hätte mich finanziell ganz sicher nicht unterstützt, da war unser Ehevertrag eindeutig. Und wie sollte ich mich dann durchschlagen? Dann doch lieber im Käfig mit den goldenen Löffeln. Und ich war so erzogen worden, dass man die Zähne zusammenbeißt und das durchhält. Meine Mutter war das beste Vorbild. Heute ist mir klar, dass ich es trotzdem hätte tun sollen, aber damals war ich einfach zu feige. Ich hatte zu wenig Selbstvertrauen.«

»Dabei sind wir in eine Zeit hineingewachsen, in der das alles durcheinandergewirbelt wurde.«

Emma holte ihren Tabakbeutel hervor und drehte sich eine Zigarette.

»Auch eine?«, fragte sie Heidelinde.

Heidelinde wehrte ab. »Ich glaube, das Gras hat mir gestern den Rest gegeben. Woher hast du das Zeug überhaupt?«

»Glaubst du im Ernst, ich verrate dir meinen Dealer? Aber die hier ist ohne Zusatzstoffe. Ganz naturrein.«

»Dann gib her.«

Heidelinde zündete sich die Kippe an und begann prompt wieder zu husten. »Das muss man auch erst üben.«

Grinsend zeigte Emma ihr den Aufdruck auf dem Tabaksbeutel: »Rauchen macht sehr schnell abhängig: Fangen Sie gar nicht erst an!«

Heidelinde machte eine wegwerfende Handbewegung. »Was soll uns in unserem Alter schon passieren? Schlimmer wird's nimmer.«

Vorsichtig nahm sie einen weiteren Zug. Es klappte. Es schmeckte zwar schrecklich, aber wenigstens musste sie nicht mehr husten.

Versonnen und geübt paffte Emma vor sich hin.

Eine Zeitlang sagte keine etwas. Beide dachten über die verpatzten Gelegenheiten ihres Lebens nach.

Heidelinde warf ihre Kippe weg.

»Ausbrechen! Du weißt doch, wie das damals war, Emma. Das war eine andere Welt, vor allem für uns hier oben. Diese Langhaarigen, diese randalierenden Studenten, igitt! Wenn es nach Lothar gegangen wäre, hätte man diese Penner alle an die Wand gestellt.«

»Im glorreichen Jahr 68 war ich vierundzwanzig und keine Studentin. Ich war Mutter eines kleinen Jungen und deshalb zwangsläufig Hausfrau, obwohl ich viel lieber weitergearbeitet hätte, und ich hatte einen Mann, der das eigene Häusle fest im Blick hatte und jeden Pfennig umdrehte. Ich hatte andere Sorgen.«

»Das war unser Fehler, Emma. Wir haben nicht erkannt, dass es auch unsere Sorgen waren. Andere aus unserer Generation waren weiter. Wir waren nicht mutig genug. Zu brav. Zu spießig. War das bei dir anders?«

Emma dachte an ihre kleinen Ausbruchsversuche und wie kläglich sie gescheitert waren.

»Nicht wirklich«, sagte sie.

»Erinnerst du dich noch an Johnny B.?«

»Den Rocker?«

»Der hat was aus sich gemacht. Der hat gelebt und nicht bloß existiert wie wir. Und der war auch kein Student.«

»Dafür Musiker.«

Heidelinde sprang auf und schüttelte die Fäuste in der Luft. »Wo wir sind, spielt die Musik!«

Ein Mann ihres Alters kam mit seinem Hund vorbei und schaute sie konsterniert an.

»Glotz nicht so kariert!«, herrschte Heidelinde ihn an.

Erschrocken machte der Mann einen Schritt zurück. Der Hund begann zu kläffen.

»Grrrr!«, knurrte Heidelinde ihn an. »Fass das Herrchen, sonst beiß ich dich!«

Schnell zog der Mann seinen Hund weiter. Total plemplem, die Alte. Dass so was frei herumlaufen durfte! Vielleicht war sie unten aus dem Heim ausgebrochen und fand den Weg nicht mehr zurück? Ob man das melden sollte? Egal, das war nicht sein Problem.

»Du hast noch einen sitzen, Heidelinde.«

»Nein, ich bin nur euphorisch. Ich feiere meine Wiedergeburt. Um ehrlich zu sein, ich weiß nicht genau, was ich mir davon erwartet hatte, als ich dir ein Treffen vorgeschlagen habe. Ausgerechnet mit einer Frau, mit der ich mich noch nie gut verstanden habe und die ich seit fünfzig Jahren nicht mehr gesehen habe. Es war eher so eine unbestimmte Ahnung. Dass etwas passieren muss. Dass ich etwas ausprobieren muss, egal, was daraus wird.«

Emma nickte. So ähnlich war es ihr ja auch gegangen.

»Das kommt dir jetzt vielleicht komisch vor, Emma Öchsle, aber unsere Party gestern Abend hat in mir etwas verändert. Als hätte ich vom Baum der Erkenntnis genascht. Als sei etwas aufgebrochen, das tief drin in mir geschlummert hat. Und jetzt fletscht das Raubtier seine Zähne. Du bist schuld, Emma. Danke!«

Erstaunt sah Emma ihre alte Schulfreundin an. Ob das doch der Restalkohol war?

Heidelinde hatte den Blick bemerkt. »Jetzt guck nicht so, Emma. Ich habe zwar nichts zuwege gebracht, als vier Kinder großzuziehen, und auch das ist mir, wenn ich ehrlich bin, nicht besonders gut gelungen, ich habe keine Ausbildung, ich habe nie gearbeitet, ich bin nicht besonders helle, das weiß ich selbst, aber ganz blöd bin ich nicht. Ich mach mir auch meine Gedanken.«

Emma seufzte. »Ja, die Gedanken. Manchmal überlege ich, wie mein Leben verlaufen wäre, wenn ich zum Beispiel studiert hätte. Wenn ich das alles mitgemacht hätte. Die Demos. Die Hippie-Zeit. Den Summer of Love. Stattdessen habe ich Windeln gewaschen. Aber solche Fragen stellt man sich immer zu spät.«

»Es ist nie zu spät. Ja, ich weiß, das ist keine besonders intelligente Erkenntnis. Aber es stimmt doch! Jetzt holen wir alles nach, was wir in unserem vorigen Leben versäumt haben.«

»Alles?«, grinste Emma.

»Na ja, mit Einschränkungen. Im Rückblick ist es vielleicht ganz gut, dass man um manche Dummheiten mangels Gelegenheit herumgekommen ist. Dafür machen wir jetzt andere. Wie wär's denn mit einem Trip nach Poona in den Ashram? Zu Füßen eines Gurus liegen und die freie Liebe genießen.«

»Gibt's das noch, Poona?«

»Das sollten wir herausfinden, oder? Aber jetzt gehen wir erst einmal in die *Auszeit*, das ist näher.«

Sie gingen die verschlungenen Wege hinab und waren schnell in der Augustenstraße angelangt, wo Heidelinde einer unscheinbaren Eckkneipe zusteuerte. Sie holten sich das Tagesessen, Penne all' arrabbiata, und ließen sich außen auf dem Fenstersims mit den Sitzkissen nieder.

»Netter Laden«, sagte Emma. »Kommst du oft hierher?«

»Hin und wieder. Man kriegt was Gutes zu essen, und es kostet nicht die Welt.«

»Immer sparen, gell, Heidelinde?«

»Ich sag dir was, Emma: Damit ist jetzt Schluss. Jetzt hauen wir auf den Putz, wir dummen Weiber. Man ist nur einmal alt. Und das muss gefeiert werden. Wir brauchen jetzt ein Viertele.«

»Um Himmels willen!«

»Mike!«, brüllte Heidelinde. »Willst du eine alte Frau verdursten lassen?«

Und es hat plopp gemacht

Der Plan war einfach und von langer Hand vorbereitet. Pilar war ein paar Tage weg, Emma sowieso die meiste Zeit unterwegs, die Kinder wurden bei Freunden untergebracht, und Alice fuhr mit den Mädels übers Wochenende weg, ein bisschen Wellness und Beauty und so. Damit war der Weg frei für Belinda, die wie zufällig bei Klaus auftauchen würde.

»Da möchte ich ja gern Mäuschen spielen«, meinte Marion versonnen.

»Es gibt doch so Kameras, klein wie ein Knopf«, grübelte Celia.

»Celia, du spinnst!«, sagte Alice.

»Nein, wirklich, die kannst du überall kaufen. Die zeichnen dann alles auf oder übertragen es irgendwohin.«

Der Gedanke hatte für Alice etwas Grausiges und Faszinierendes zugleich. Live dabei zu sein, wenn ihr Klaus Belinda anbaggerte, das war pervers. Und andererseits reizvoll. Zu sehen, wie er säuselte und Komplimente machte, die sie schon lange nicht mehr zu hören bekam …

Wieso ging sie eigentlich davon aus, dass er den Reizen von Belinda erliegen würde?

Sie schwankte. Aber sie musste sich nicht entscheiden, Belinda winkte entschieden ab.

»Schätzchen, ich bin ja nun wirklich nicht prüde, aber beim Bumsen lasse ich mir ungern zuschauen.«

»So weit wird es ja wohl nicht kommen«, fuhr Alice auf, plötzlich misstrauisch.

»Wer weiß?«, lächelte Belinda. »Ich bin auch nur eine Frau.«

»Also ich sage dir, wenn du das wirklich bis zum Letzten durchziehen willst …« Die Stimme von Alice klang schrill.

»Willst du's nun wissen oder nicht?«, konterte Belinda.

Alice druckste herum. »Ja, schon.«

»Na dann. Ein gewisses Restrisiko bleibt immer.«

Zum Aufwärmen, wie sie das nannte, hatte sich Belinda ein paar Tage zuvor bei Alice und Klaus zum Essen eingeladen.

Als sie das Haus betrat, kam gerade Emma aus ihrer Wohnung, Arm in Arm mit Ajamu. Ajamu grüßte höflich, dann waren sie auch schon zur Tür hinaus.

Mit offenem Mund starrte Belinda ihm hinterher. Dass solche Männer frei herumlaufen durften! Unter seinem T-Shirt wölbte sich ein ausgeprägter Oberkörper, seine enge Jeans spannte sich über einem Hintern, für den erst noch ein Begriff erfunden werden musste. Knackig beschrieb ihn nicht einmal annähernd.

»Was ist denn das für ein Schnuckel?«, fragte sie Alice.

»Der Lover meiner Schwiegermutter. Sagt sie.«

»Los, ihm nach! Mach mich bekannt mit ihm. Schnell!«

»Willst du ihn meiner Schwiegermutter ausspannen?«

»Das dürfte mir nicht allzu schwerfallen.«

»Was willst du denn mit einem solchen Bürschchen?«

»Vernaschen natürlich! Gott, ist der süß! Und dann noch ein Schwarzer! Mal sehen, ob es stimmt, was man über diese Jungs so erzählt. Hach, mir wird schon ganz animalisch zumute!«

»Du hast eine schmutzige Fantasie, Belinda!«

»Natürlich, was sonst? Du musst zugegeben: Gegen dieses Kerlchen ist dein Klaus so anmutig wie eine alte Socke.«

»Was fällt dir ein? Wie redest du über meinen Mann?«

»Habe ich recht oder habe ich recht? Du musst ihn mir vorstellen, Alice! Versprochen?«

»Mal sehen.«

»Großes Freundinnenehrenwort?«

»Meinetwegen. Aber erst die Arbeit, dann das Vergnügen. Klaus wartet.«

Ach ja, Klaus!

Er begrüßte sie steif und reserviert. Männer hatten eine nicht ausrottbare Abneigung gegen die besten Freundinnen ihrer Frauen. Sie lebten in der Furcht, dass die Mädels die intimsten Details ihres Lebens durchhechelten. Was ja auch so war. Und dass die Männer dabei nicht sonderlich gut wegkamen. Was ja auch so war.

Klaus hatte sich etwas aufgebrezelt für den Abend. Nicht genug allerdings, um den sich beträchtlich wölbenden Bauch verdecken zu können. Wollte er wahrscheinlich auch gar nicht. Männer ab einem bestimmten Alter waren sogar noch stolz auf das, was sie sich angefressen hatten. Und wenn du verheiratet bist, musst du es mit diesem Kerl und seiner Kugel ein Leben lang aushalten.

Belinda schauderte es.

Strahlend sagte sie: »Wie schön, Klaus, dass wir drei mal so gemütlich zusammensitzen können.«

»Ja«, antwortete er.

Wie alt war er? Sechsundvierzig, soweit sie wusste. Manche Männer machte das Alter interessanter. Klaus Öchsle gehörte definitiv nicht dazu. Er war so, wie er wohl immer bleiben würde: farblos und langweilig. Und ein Meister des munteren Geplauders war er schon gar nicht.

Der Abend zog sich, meistens redeten die Frauen, Klaus gab nur einsilbige Kommentare von sich und mühte sich tapfer mit dem Essen ab, das Alice wie üblich misslungen war. Belinda hatte wenigstens eine Ausrede, wenn sie in dem zermatschten Gemüse nur herumstocherte, als Frau musste sie auf ihre Figur achten. Apropos. Toller Body, alle Achtung.

Er bemühte sich, nicht allzu auffällig in Belindas Ausschnitt zu starren, schielte zu Alice hinüber und stellte Vergleiche an. Er kam zu keinem schmeichelhaften Ergebnis.

Den beiden Frauen waren seine Blicke nicht entgangen.

Du bist eine leichte Beute, Bürschen, dachte Belinda.

Ich könnte ihn erwürgen, dachte Alice.

Belinda beugte sich vor, legte Klaus die Hand auf den Arm und fragte: »Und was machst du so in deinem Ministerium?«

Klaus begann einen umständlichen Exkurs, in dem es um das Konzept OES und das Projekt STEBS ging, um Selbstevaluation und fachliche Erstverantwortung und Beschulung. Oder so ähnlich. Belinda schaltete ganz schnell auf Durchzug und sagte Dinge wie »Das ist ja faszinierend« und »Sag bloß!« und »Tatsächlich?« und träumte von dem süßen Schwarzen. Den hatte sie sich als Belohnung redlich verdient.

Alice fand ihren Mann nur peinlich.

Und ihre Freundin auch. Es war so unecht, wie sie Klaus anschmalzte.

Als sich Belinda endlich verabschiedete – kurze Küsschen links und rechts für Alice, lange Küsschen links und rechts für Klaus –, atmete Klaus erleichtert auf.

»Netter Abend«, sagte Belinda.

»Ja«, sagte Klaus.

Was war das denn gewesen? Wenn es nicht Alices Freundin wäre, hätte man das glatt als Anmache werten können. Und wenn es nicht Alices Freundin wäre, wer weiß, zu was er sich hätte hinreißen lassen können. Bei dem Gedanken daran, wie Belinda ihm den Arm gestreichelt hatte, ergab er sich in wohlige Gefühle.

Seltsam, dass Alice das so kommentarlos hingenommen hatte. Alice, die sonst schon Zustände bekam, wenn er einer anderen Frau nur ganz unschuldig auf den Hintern guckte. Nicht mal giftig geschaut hatte sie. Eher amüsiert.

War er ihr so gleichgültig mittlerweile?

Rätselhaft.

Und dann kam das Wochenende.

Klaus hatte anstandshalber erst etwas herumgemosert, das wurde schließlich von einem alleingelassenen Ehemann erwartet. Er moserte etwas mehr, als unbedingt nötig gewesen war, damit Alice ja nicht auf Idee kam, er könnte sogar froh darüber sein. Ein Wochenende ganz allein! Und sturmfreie Bude!

Er hatte seine Vorbereitungen getroffen und konnte sich nun genussvoll der Vorfreude hingeben.

Autowaschen? Nicht an diesem Samstag, heute brauchte er keinen Fluchtpunkt. Rasenmähen? Aber schon gar nicht! Niemand da, der ihn antrieb.

Zufrieden grunzend öffnete er eine Flasche Tannenzäpfle-Bier, ging hinaus in den Garten und ließ sich in einen Liegestuhl fallen.

Super Wetter, wie bestellt. Die Sonne brannte heiß, aber nicht unangenehm. Wenn man die Augen schloss, konnte man sich vorstellen, man läge an einem Strand in Italien. Er sah sie vor sich, diese rassigen Italienerinnen in ihren knappen Bikinis. Die meisten natürlich oben ohne, wie sich das gehörte.

Es klingelte an der Tür.

Er rülpste ungeniert und kratzte sich zwischen den Beinen. Heute konnte er sich das alles erlauben. Niemand da, der ihn zurechtwies. Niemand da, der die Tür aufmachte. Er würde sich nicht aus seinem Stuhl erheben, er war beschäftigt.

Es klingelte Sturm.

Na und?

Und wenn das nun die Frauen waren, die etwas vergessen hatten? Oder Alice hatte beschlossen, doch nicht mitzufahren?

Erschreckt sprang er auf und ging öffnen.

»Belinda!«, sagte er überrascht. »Die Mädels sind schon weg.«

»Wirklich? Wollten die sich nicht um vier treffen?«

»Um drei.«

»So ein Mist! Dann habe ich das wohl verwechselt. Egal, ich wollte ihnen sowieso nur was mit auf den Weg geben.«

»Bist du nicht mit dabei?«, fragte Klaus erstaunt.

Belinda schob sich eine Strähne blonden Haares hinters Ohr und erwiderte kokett: »Habe ich das etwa nötig?«

Wenn das keine Aufforderung zu ausgiebiger Betrachtung war!

Klaus ließ seinen Blick schweifen. Er begann ganz unten. Ihre Füße mit den rot lackierten Zehennägeln steckten in Sandalen, deren hohe und dünne Absätze waffenscheinpflichtig waren. Klaus mochte Frauen mit High Heels. Die machten so schön muskulöse Beine, wenn eine Frau die entsprechenden Beine hatte. Und das war hier zweifelsfrei der Fall. Belinda hatte das linke Bein leicht angewinkelt. Standbein, Spielbein.

Immer weiter ging sein Blick hinauf, und da war immer noch Bein. Bis der letzte kleine Rest der Oberschenkel unter einem Nichts von Minirock verschwand. Der knallrote Rock musste ganz knapp unter dem Hintern enden, vermutete Klaus, aber er konnte Belinda nicht gut auffordern, sich umzudrehen. In dem engen Rock steckte eine ebenso enge weiße Bluse.

Klaus musste schlucken.

Diese Frau war umwerfend. Und sie lächelte ihn verheißungsvoll aus feuchten Lippen an, deren Farbton genau auf den Rock abgestimmt war.

Aus ihrer Handtasche zog sie eine Flasche Champagner und hielt sie Klaus vor die Nase.

»Ich wollte den Mädels einen kleinen Muntermacher mitgeben.«

»Tja«, sagte Klaus, »die hätten sich bestimmt darüber gefreut.«

»Weißt du was, Klaus? Dann köpfen wir zwei die eben jetzt. Ist schon kalt.«

Sie drängte sich an Klaus vorbei..

»Komm doch rein«, sagte Klaus automatisch und folgte ihr.

Tatsächlich, der Rock bedeckte den Hintern kaum.

Klaus sah an sich hinunter. Er trug ein schlappriges Achselshirt, für das er viel zu wenig Muskeln hatte, wie er selbst genau wusste, und eine kurze, verwaschene Sporthose, die mittlerweile um zwei Nummern zu klein war und deshalb arg knapp saß. Aber er liebte das alte Ding nun mal.

Definitiv nicht das passende Outfit, um mit einer Frau wie dieser Schampus zu schlürfen.

»Tja«, sagte Klaus, »dann werd ich mich mal umziehen.«

»Du willst dich ausziehen?«, gab Belinda zurück. »Gute Idee! Mir ist ja auch soooo heiß! Weißt du was? Wir legen uns in den Garten. So ein Sonnenbad ist gut für die Haut. Ich habe zwar keinen Badeanzug dabei, aber das stört dich doch nicht, oder? Ach, ich liebe Ganzkörperbräune!«

Stören? Wovon redete diese Frau denn?

Er stellte sich das vor. Belinda ohne alles in seinem Garten. Neben ihm. Nein, besser gegenüber, dann musste er nicht dauernd hinüberschielen. Jetzt, da sie es sagte, merkte er auch, dass ihm ganz heiß wurde.

Aber eine nackte Belinda in seinem Garten? Die Nachbarn würden am Zaun stehen, und die Frauen erzählten es dann brühwarm Alice. Gab es denn keine Ecke, die uneinsehbar war? Vielleicht, wenn er auf der Terrasse die Blumenkübel etwas verrutschte, und dann war doch noch so ein alter Paravent im Keller …

Klaus schluckte.

»Aber jetzt trinken wir erst mal einen Schluck«, zwitscherte Belinda. »Wo habt ihr denn eure Gläser?«

»Ich hole sie «, sagte Klaus hastig.

»Nein, nein, ich mach das schon. Setz dich aufs Sofa und lass dich von mir ein bisschen verwöhnen, du armer Strohwitwer!«

Verwöhnen? Das klang gut. Wann war er von Alice das letzte Mal verwöhnt worden?

»Ach, da sind ja die Gläser!« Sie klirrten erwartungsfroh, als Belinda sie auf den Couchtisch stellte.

Sie mühte sich mit dem Korken.

»Soll ich?«, erbot sich Klaus.

»Ach was, das krieg ich schon.«

Mit einem lauten Plopp entwischte der Korken in die Freiheit und begab sich auf einen kurzen Flug, der von einer Gondel aus Muranoglas gestoppt wurde, die auf der Anrichte stand.

Die Gondel wehrte sich heldenhaft, aber hatte dem Angriff letztlich nichts entgegenzusetzen und zerbarst.

Klaus bekam davon gar nichts mit.

Ein Schwall Champagner stieg aus der Flasche auf und landete punktgenau auf seiner Hose.

»Mist!«, sagte Belinda. »Aber das haben wir gleich.«

Wie das Kaninchen aus dem Zylinder zauberte sie ein Küchentuch hervor und begann, an seiner Hose zu rubbeln.

»Nicht!«, sagte Klaus entsetzt und stieß Belinda von sich.

Was Belinda gespürt hatte, war ausreichend. Der Kerl war überreif. Sorry, Alice, aber so spielt nun mal das Leben.

»Das tut mir ja so leid!«, sagte sie.

»Macht nichts«, wehrte Klaus ab. »Ich kann mich ja umziehen.«

Und ich helfe dir dabei, lag es Belinda auf der Zunge. Stattdessen sagte sie: »Aber erst müssen wir was trinken.«

Sie beugte sich weit vor und goss den Champagner in die Gläser. Ganz langsam. Täuschte sich Klaus oder stand die Bluse ein paar Knöpfe weiter offen als vorhin?

Klaus schluckte.

Belinda ließ sich neben ihn auf das Sofa gleiten und streckte ihm den Sektkelch entgegen. »Prösterchen!«

Die Gläser klirrten aneinander. Während Belinda nur nippte, stürzte Klaus den Champagner in einem Zug hinunter. Merkwürdig, er hatte einen so trockenen Hals.

Er räusperte sich.

Eine sorgfältig manikürte Hand legte sich auf sein Bein, die langen roten Fingernägel, farblich perfekt abgestimmt auf den Lippenstift, kratzten leicht an der Innenseite seiner Oberschenkel. Eine wohlbekannte Gänsehaut breitete sich aus.

»Schön, dass wir zwei mal allein sind«, sagte eine dunkle Stimme von irgendwo weit her. »Du hast's auch nicht leicht mit deiner Alice. Sag nichts, ich kenne sie gut genug.«

Die Fingernägel vollführten kreisende Bewegungen.

Belinda wollte es schnell hinter sich haben, aber sie durfte nichts übereilen. Die enge Sporthose machte deutlich klar, wie es in ihm arbeitete.

In Klaus arbeitete es in der Tat. Diese Belinda war schon eine Wucht. Verdammter Mist aber auch, warum musste sie gerade heute auftauchen! An jedem anderen Tag, nur nicht heute! Oder sollte er doch, so auf die Schnelle … Nein, das war zu riskant, rein zeitlich gesehen, und außerdem war er sich nicht sicher, wie sich das bei ihm auf den Rest des Abends auswirken würde, er war schließlich auch nicht mehr der Jüngste.

Ihm war ganz schwummerig. Er hatte auch das zweite Glas wie ein Verdurstender hinuntergekippt.

Er musste sehen, wie er sie elegant wieder loswurde, ohne sie vor den Kopf zu stoßen. Das war ja nun eindeutig eine Einladung, und wer weiß, vielleicht konnte er bei anderer Gelegenheit noch mal darauf zurückkommen.

Belinda stöhnte innerlich genervt. Was überlegte der Mistkerl noch lange? Das war ja fast eine Beleidigung für sie. Na gut, wenn's denn sein muss, zünden wir eben die nächste Stufe, der Herr braucht wohl eine Extraeinladung.

»Und jetzt ab in die Sonne!«, verkündete sie, sprang auf und begann an den Knöpfen ihrer Bluse zu nesteln.

Klaus sprang ebenfalls auf und stieß mit dem Knie gegen den Couchtisch, was die Sektkelche übelnahmen. Beleidigt fielen sie um. Belindas Glas war noch zur Hälfte gefüllt. Der Champagner schwappte über den Couchtisch und tropfte langsam hinab auf den Teppich.

Klaus ignorierte den Schmerz in seinem Knie. Das war nichts gegen das Pochen an anderer Stelle.

»Nicht, Belinda!«, rief er.

Belinda achtete nicht auf ihn, drehte ihm den Rücken zu, ließ in einer eleganten Bewegung die Bluse von den Schultern gleiten und stöckelte hinaus auf die Terrasse.

Im ersten Stock des Hauses gegenüber kramte Erwin Brändle in einer Schublade und war nicht eben bester Laune. Seine Frau hatte ihn gebeten, ach was: hatte ihm befohlen, ihr eine Nagelschere zu bringen.

Warum machte sie das nicht selbst? Der war nur das Treppensteigen zu anstrengend.

Aus den Augenwinkeln nahm er in Nachbars Garten eine Bewegung wahr, drehte automatisch den Kopf und hatte eine Erscheinung.

Auf Öchsles Terrasse stand eine Frau mit nacktem Oberkörper, streckte beide Arme in die Höhe, drehte sich um sich selbst, wobei sie einen prachtvollen Busen präsentierte, und rief: »Ist das nicht herrlich, die Sonne auf der Haut?«

Erwin Brändle war sprachlos. Er hatte die Öchsle wegfahren sehen, und kaum war die Gattin aus dem Haus, ließ der Herr Doktor die Puppen tanzen. Und was für eine Puppe! Das hätte er diesem Kerl im Leben nicht zugetraut, der wirkte immer so trocken und leicht abwesend.

»Wo bleibsch denn, Erwin?«, rief Helga Brändle von unten.

Das Busenwunder war wieder in der Wohnung verschwunden.

»Erwin, wo bleibsch denn, i wart!«, erschallte die Stimme von unten.

Bestimmt kam sie gleich wieder, womöglich mit noch weniger an.

»I kann die Scher net finde, Helga«, rief er nach unten.

Belinda stand vor Klaus im Wohnzimmer und wartete. Glotz nur ausgiebig, dachte sie, so was kriegst du zu Hause nicht geboten.

Was Klaus sah, raubte ihm den Atem. Und sein Entschluss geriet gefährlich ins Wanken. Du musst stark sein, Klaus, ermahnte er sich, da musst du jetzt durch. So ist das Leben, man kann nicht alles gleichzeitig haben.

Belinda griff nach hinten und öffnete den Reißverschluss ihres Rockes.

»Nicht, Belinda!«, rief Klaus wieder, beinahe flehentlich nun.

»Was ist denn los mit dir? Genierst du dich etwa? Komm, das ist wie in der Sauna.«

So langsam machte es sogar richtig Spaß, den unschuldigen Klaus auf Trab zu bringen. Ganz langsam zog sie den Rock nach unten.

Es war tatsächlich wie Sauna. Klaus schwitzte aus allen Poren. Abwehrend streckte er ihr beide Arme entgegen.

»Nein, nicht! Äh, weißt du, es ist so, ich bin jetzt … äh … gleich verabredet. Ja, verabredet.«

»Verabredet?«

»Mit den Kumpels.«

»Mit den Kumpels.«

»Ja.«

»Na und? Ich lege mich einfach in den Garten und ihr macht eure Kumpelsachen.«

»Nicht hier. Bei Frieder. Ja, bei Frieder sind wir verabredet.«

»Und das kannst du nicht absagen?«

»Nein, wirklich nicht. Männerabend.«

»Tja, da kann man wohl nichts machen. Schade.«

Sie schlüpfte in ihre Bluse und knöpfte sie betont langsam wieder zu.

»Wirklich schade. Na, die Sonne scheint noch öfter für uns«, gurrte sie und strich ihm sachte über die Wange. Klaus erschauerte und starrte einem provozierend wippenden Hintern hinterher, der sich langsam entfernte und durch die Haustür verschwand.

Belinda stieß erleichtert die Luft aus. Dieser Kelch war glücklicherweise an ihr vorübergegangen. Klaus war nun wahrlich einer, mit dem man freiwillig nur dann ein Verhältnis einging, wenn die Not auf dem Höchststand war. Trotzdem wurde sie nicht schlau aus ihm. Das mit seinen Kumpels war doch nur die Notbremse gewesen. War er wirklich so standhaft? Oder hatte er nur Schiss? Sie wollte ja nicht wissen, wie das Eheleben von Alice und Klaus in streikfreien Zeiten aussah. Falsch. Das wollte sie jetzt genau wissen.

Einerlei, Alice konnte jedenfalls beruhigt sein. Sie zog ihr Handy hervor und tippte eine SMS: »Er ist standhaft, in jeder Beziehung.« Sollte Alice ruhig was zum Grübeln haben.

Dann wischte sie sich durch ihr Adressbuch. Die kleine Show hatte ihr Appetit gemacht. Appetit auf ein wenig Feinkost.

Sie fand, wonach sie gesucht hatte.

»Hallo Süßer! Wehe dir, wenn du nicht sofort Zeit für mich hast!«

Als sie in ihr Auto stieg, ging ein junges Mädchen an ihr vorüber. Sie trug ein sommerbuntes leichtes Neckholder-Kleid. Diesen Gesichtsausdruck zwischen Vorfreude und Entschlossenheit kannte sie. Sie musste grinsen. Da würde bald ein junger Bursche sehr, sehr glücklich werden und etwas bekommen, worauf er schon nicht mehr zu hoffen gewagt hatte.

Derweil ließ sich Klaus stöhnend auf das Sofa sinken. Mann, Mann, Mann! Sachen gab es, die gab es sonst nur im Kino. Sein Blick fiel auf einen kopflosen Gondoliere aus Muranoglas. Au weia, das erforderte Erklärungsbedarf! Dieses scheußliche Stück war eine Erinnerung an die Flitterwochen in Venedig. Auch den Champagnerfleck im Teppich bemerkte er. Um den musste er sich später kümmern, ihn plagten jetzt ganz andere Sorgen. Was tun mit der aufgestauten Energie? Kalte Dusche?

Es klingelte. Wenn das jetzt wieder Belinda war, wusste er nicht, was geschehen würde. Er öffnete.

Im Nachbarhaus hatte Erwin Brändle mittlerweile der immer drängender werdenden Stimme seiner Helga nachgeben müssen und hatte so Belindas Abgang verpasst.

»Des isch doch koi Nagelscher, des isch a Schneiderscher«, rüffelte Helga Brändle ihren Mann. »Wo bisch denn mit deine Gedanke! Muass mr älles selber mache?«

»Noi, noi, i gang scho«, sagte Erwin.

Er eilte wieder nach oben, so schnell er konnte, und staunte.

Vor Öchsles Tür stand ein junges Mädchen.

Noch eine? Zu dritt? Also dieser Öchsle hatte es ja faustdick hinter den Ohren! Das war diese Sache mit den stillen Wassern und so. Sapperment, dabei war dieser Sesselfurzer doch auch nicht mehr der Jüngste.

»Was machsch denn so lang da oben?«, rief Helga Brändle.

Erwin sah, wie ein sichtlich erhitzter Klaus Öchsle die Tür öffnete. Das Mädchen drängte sich an ihm vorbei und verschwand in der Wohnung.

»Yvonne!«, rief er aus. »Bist du verrückt, hierherzukommen? Wir sind doch erst später verabredet! Wenn dich jemand gesehen hat!«

Yvonne zuckte mit den wohlgeformten Schultern. »Wenn schon!«

Yvonne war es keineswegs unangenehm, wenn sie von Männern im besten Alter angebaggert wurde. Sie war jung, für den Märchenprinzen war später noch Zeit. Die Ehemänner auf Abwegen hatten Erfahrung, sie waren geduldig und wussten, was ein Mädchen wollte. Sie hatte ihren Spaß und lernte viel, und gelegentlich gab es auch ein Geschenk zum Abschied.

Und ja, sie genoss auch die Macht, die sie über die Männer hatte, die Heimlichtuereien, die verdeckten Andeutungen, mit denen sie einen Kurzzeitliebhaber in Verlegenheit bringen konnte.

Ganz und gar nicht verputzen konnte sie allerdings die Laberer, die sich nicht entscheiden konnten, ob sie das auch tun sollten, was sie eigentlich wollten. Die führten sie zu einem verschwiegenen Abendessen in einem kleinen Restaurant weit weg von zu Hause aus, wo sie keiner kannte, aber es blieb bei ein bisschen Getätschel und saudummem Gequatsche. Gut essen war okay, sofern der Nachtisch in ihrem Sinne war, alles andere war Zeitverschwendung.

Dieser Öchsle schien auch eher so ein Kneifertyp zu sein, aber manchmal erlebte sie gerade mit solchen angenehme Überraschungen. Jedenfalls hatte sie beschlossen, Nägel mit Köpfen zu machen. Entweder sie bekam, was sie wollte, oder er konnte eine andere anschmachten.

Wie ein Adonis sah er ja nicht gerade aus, mit seinem schlabbernden Shirt über dem wabbelnden Bauch und dem engen Höschen, aber gut, man konnte nicht immer alles haben. Sie sah genauer hin. Holla, erblickte sie da so etwas wie Vorfreude? Das war ja schon mal ein verheißungsvoller Auftakt.

Sie sah sich in der Wohnung um und bemerkte die beiden umgefallenen Sektgläser.

»Wie sieht's denn hier aus?«, fragte sie. »Hast du eine Orgie gefeiert?«

Sie ergriff eines der Gläser und schenkte sich ein.

»Echter Champagner!«, staunte sie. »Nett, dass du mir was übrig gelassen hast. Igitt, ist das Zeugs warm!«

Klaus überlegte fieberhaft. Er hatte das anders geplant. Ein verschwiegenes Essen in einem kleinen Restaurant, in dem ihn keiner kannte …

Garantiert hatte sie jemand gesehen. Belinda, das konnte man noch irgendwie erklären, aber die Bäckereiverkäuferin in seinem Haus? Wie kam er aus dieser Nummer nur wieder raus, ohne sich bis auf die Knochen zu blamieren? Und vor allem, ohne Yvonne vor den Kopf zu stoßen? Er wusste, die Rache zurückgewiesener Frauen konnte fürchterlich sein. Nicht auszudenken, wenn sie im Viertel ein paar Andeutungen streute.

Klaus stöhnte.

Yvonne musste ihn missverstanden haben, denn sie zog sich den Träger über den Kopf und ließ ihr Kleid zu Boden gleiten.

»Yvonne, was machst du da?«, brachte er mühsam heraus.

»Wonach sieht's denn aus?«, gab sie zurück.

Rasch stieg sie aus ihrem Slip und warf ihn auf die Seite. Er verfing sich in der Deckenlampe und schaukelte dort sachte vor sich hin.

In Klaus brach jeder Widerstand zusammen. Er riss sich seine Kleider vom Leib und stürzte auf Yvonne zu.

Aus der Traum

Verwundert schaute Alice die SMS an. Standhaft in jeder Beziehung? Was sollte das nur heißen? Belinda gefiel sich als Rätseltante. Das musste sie ihr erklären! Aber sie erreichte nur die Mailbox. Das konnte nur bedeuten, dass Belinda mit einem Kerl in der Kiste war, denn das war die einzige Gelegenheit, zu der sie ihr Handy abzuschalten pflegte. Selbst in der Sauna hatte sie es immer dabei.

Aber doch wohl nicht mit Klaus? Sie las noch mal die SMS. Nein, nicht mit ihm, in dieser Hinsicht war die Nachricht eindeutig.

Ihr Klaus! Fast war sie gerührt. Er war ihr treu! Er hatte der Versuchung widerstanden! Und das bei einer Belinda, die bestimmt alle Register gezogen hatte. Ach, Kläuschen!

Das stellte alles auf den Kopf. Sie hatte sich schon überlegt, wie sie reagieren sollte im Falle eines Falles. Als Erstes war sie natürlich sauer und wusch ihm den Kopf, das war ja klar. Scheidung? Nein, so einfach machte sie es diesem Mistkerl nicht.

Sie rächte sich dort, wo es ihn am empfindlichsten traf. Was der konnte, konnte sie schon lange. Auge um Auge, Zahn um Zahn, Sex um Sex. Sie war noch attraktiv genug, sie konnte jeden haben, wenn sie wollte. Vorsorglich konnte sie sich ja schon mal umschauen.

Aus der Traum.

Sie musste sich eingestehen, dass sie etwas wie Bedauern spürte.

Reife Leistung

Klaus fühlte sich wie gerädert. Er hatte miserabel geschlafen und sich in wirren Träumen verfangen. Nach seinem Abenteuer mit Yvonne hätte ihn eigentlich ein Hochgefühl überkommen müssen. Stattdessen war ihm grottenschlecht. Das kam von dem vielen Bier, das er in sich hineingeschüttet hatte, als Yvonne gegangen war.

Ein Schäferstündchen hatte er sich anders vorgestellt. Genussvoller. Romantischer. Aber er war so überreizt gewesen, dass die Sache schon vorüber war, bevor sie richtig begonnen hatte.

Das nannte man wohl eine schnelle Nummer. Hatte sich das gelohnt für den ganzen Stress, der ihn nun erwartete?

Yvonne hatte ihn nur seltsam angesehen und etwas gemurmelt, das er nicht verstanden hatte und auch lieber nicht wissen wollte. Dann war sie wortlos in ihr Kleid gestiegen und genauso wortlos davongerauscht. Allerdings hatte sie Türe zugeknallt, dass das ganze Haus wackelte.

Und Klaus saß belämmert auf dem Sofa und gab sich die Kante. Das also war das Ende seiner Karriere als zärtlicher Liebhaber. Irgendwann war er einfach umgekippt.

Mit hämmerndem Kopf und verklebten Augenlidern machte er sich ans Aufräumen.

Die Champagnerflasche. Richtig, die hatte Belinda mitgebracht. Kein Problem, die würde im Altglascontainer verschwinden. Irgendwo mussten die Gläser sein, sie hatten ja nicht aus der Flasche getrunken. Eines lag unterm Sofatisch, das andere fand er unter der Kommode. Es ruhte friedlich inmitten der Scherben der zerbrochenen Gondel aus Venedig. Welche Ausrede fiel ihm dazu ein? War ja egal, es würde so oder so Ärger geben.

Er erinnerte sich noch, dass er die Sektgläser umgestoßen hatte. Er schaute sich den Teppich genauer an. Nichts zu sehen. Champagner machte wenigstens keine Flecken.

Flecken! Ihm wurde heiß. Hektisch untersuchte er das Sofa auf verräterische Spuren. Da war was! Oder war das vorher schon gewesen? Woher sollte er denn das wissen? Und jetzt?

Jetzt erst einmal frische Luft.

Er ging hinaus in den Garten. Drüben am Zaun des Nachbargrundstücks stand Erwin Brändle und winkte ihm zu. Klaus winkte zurück, für einen Nachbartratsch hatte er jetzt wirklich keinen Nerv in seinem Zustand.

Aber Brändle gab keine Ruhe, ganz aufgeregt war er und winkte ihn eindeutig zu sich her. Klaus konnte das nicht einfach ignorieren, sonst war Brändle beleidigt. Nicht auch noch Ärger an dieser Front!

Brav trottete Klaus auf den breit grinsenden Brändle zu.

»Das war ja eine reife Leistung gestern, Herr Nachbar, gell?«

Klaus schaute ihn verständnislos an.

»Na, gleich zwei Weiber! Oder sind's noch mehr geworden?« Brändle lachte dröhnend.

Klaus wurde puterrot und begann zu stottern. »Das … äh …. war nicht so wie …«

»… wie es aussieht, ich weiß. Den Spruch können Sie sich für Ihre Frau aufheben. Nein, nein, keine Sorge, von mir erfährt keiner was, wir Männer müssen doch zusammenhalten.«

Na super! Da hatte er schon mal ein Techtelmechtel, einmal in seinem Leben, und gleich wusste die Nachbarschaft davon. Er war für so etwas nicht geeignet. Wie machten die anderen Männer das bloß? Wie hatte das sein Vater gemacht?

Brändle klopfte ihm vertraulich auf die Schulter. »Sie sind mir vielleicht einer! Und ich hab Sie immer für einen trockenen Aktenwälzer gehalten. Kompliment, Herr Doktor!«

Klaus hätte im Boden versinken können. Aber das half jetzt auch nichts, da musste er durch. Plötzlich wurde ihm bewusst, dass er einen neuen Ruf gewonnen hatte, und den musste er verteidigen. Er straffte sich.

Brändle schaute um sich, ob nicht seine Frau in die Nähe kam, und beugte sich vertraulich zu ihm.

»Also diese Erste, diese Blonde! Mannomann, mir ist ganz anders geworden. Schade, dass die andere nicht auch in den Garten gekommen ist. Die hatte doch auch schwer was zu bieten, gell?«

Klaus nickte.

Brändle lachte. Wenn er mit dem Herrn Doktor sprach, fühlte er sich immer bemüßigt, sich des Hochdeutschen zu befleißigen, aber jetzt fiel er vor lauter Aufregung ins heimische Idiom zurück.

»Sauber! Saget Se mol, die ander, war des net die Kloi vom Bäcker?«

Oh heilige Scheiße, war ja klar, dass irgendwer die Yvonne gesehen haben musste. Wer noch alles? Und jetzt? Alles abstreiten? Was blieb ihm anderes übrig? Er nickte.

»Erwin!«, ertönte eine Stimme im Hintergrund.

»I komm glei!«, schrie Brändle. »I muass«, sagte er zu Klaus.

Abermals klopfte er ihm auf die Schulter,

»Nicht schlecht, Herr Specht! Also, Herr Nachbar, wie gesagt, Sie können ganz beruhigt sein, ich sag nix. Dafür kann ich mit Ihrer Verschwiegenheit rechnen, wenn sich bei mir mal eine Gelegenheit ergibt, gell?«

Brändle machte nicht den Eindruck, als würde sich eine solche Gelegenheit jemals ergeben. Aber das hatte Klaus von sich selbst auch nicht gedacht.

Beschwingten Schrittes ging Klaus zum Haus zurück. Sein Kopfweh meldete sich sofort zurück, als er das Wohnzimmer betrat. In was hatte er sich da nur hineinziehen lassen?

Er hörte, wie die Haustür aufgeschlossen wurde. Um Himmels willen! Alice, jetzt schon?

Er schaute um die Ecke. Gott sei Dank, nur Pilar.

»Schon zurück?«, fragte er dümmlich.

»Nein, nur mein Geist«, sagte Pilar. Sie musterte ihn kritisch. »So, wie du aussiehst, ist dir das Wochenend-Strohwitwerdasein gar nicht gut bekommen. Oder du hattest eine wilde Party. Was denn nun, Bruderherz?«

Er sagte nichts. Pilar lugte an ihm vorbei ins Wohnzimmer und sah seine wild verstreuten Kleider, die Gläser auf dem Sofatisch, die leere Champagnerflasche.

»Doch eher Party«, konstatierte sie. »Alle Achtung! Komm, ich helfe dir aufräumen.«

»Nein, nein«, wehrte Klaus ab.

Pilar zuckte die Schultern.

»Mir egal. Ich meine nur, wenn deine Alice das sieht … Vor allem das da.«

Grinsend deutete sie auf die Deckenlampe. Dort hing noch immer Yvonnes Slip.

Klaus wurde rot.

»Bist du etwa ein Fetischist? Mir soll's egal sein. Mich geht's nichts an, mich interessiert's nicht, und es ist dein Problem. Aber ich bin überrascht, Brüderchen. Sehr überrascht. Das hätte ich dir gar nicht zugetraut.«

Sie drückte ihm einen Kuss auf die Wange und entschwand. Klaus nahm schnell den Slip herunter und schaute ihn ratlos an. Was sollte er jetzt damit machen? In den Mülleimer stopfen? Und wenn Yvonne ihn zurückhaben wollte? Er musste nach einem geeigneten Versteck suchen.

Helga Brändle musterte argwöhnisch ihren Gatten.

»Über was habt ihr euch denn so angeregt unterhalten?«, wollte sie wissen.

»Bundesliga«, knurrte Erwin.

»Ach so.«

Er schüttelte den Kopf. Diese Öchsles! Erst tauchte die Tochter vom Alten auf, und der Junge machte grad so weiter. Und er saß da mit seiner Helga und guckte zu. Irgendwas hatte er falsch gemacht in seinem Leben. Und dann krallte sich ausgerechnet ein Schmalspurcasanova wie der Öchsle die Bäckerin. Die Welt war ungerecht. Ein abgrundtiefer Seufzer der Verzweiflung entrang sich seiner Brust.

»Isch was, Erwin?«

»I denk halt noch.«

»Du? Denka? Über was denn?«

»Übers Läba.«

»Ond? Was denksch da so?«

»'s isch halt net oifach.«

»Sell isch wohr.«

Der Karle

»Du, Emma?«

»Was isch, Karle?«

»Es isch schon arg schön, dass mir zusammenhocket.«

Als ehemaliger Oberstudienrat für Deutsch und Geschichte hatte sich Karl Glöckle notgedrungen ein passables Hochdeutsch angewöhnt, ohne deswegen seine sprachlichen Wurzeln verleugnen zu können. Den einen war's beschieden, den anderen nicht.

Karl Glöckle hatte schon immer zu den anderen gehört.

Bereits als Kind war Karl dick gewesen und hatte sich dementsprechend hämische Bemerkungen seiner Mitschüler anhören müssen. Allerdings konnte er erstaunlich schnell rennen, wenn es sein musste, und deshalb hatten sie ihn »Kugelblitz« genannt, halb spöttisch und halb respektvoll. Aus unerfindlichen Gründen war der Spitzname später von seinen Schülern wieder ausgegraben worden und an ihm hängen geblieben, als vom Blitz längst keine Rede mehr sein konnte. Im Laufe der Zeit hatten sich mehr und mehr Jahresringe um ihn gelegt, bis er schließlich das Spiegelei-Stadium erreicht hatte[80]. Er war nun tatsächlich kugelrund.

»Du, Emma?«

»Was isch, Karle?«

»A saubers Tröpfle hasch du da mitgebracht, Emma.«

»Spätburgunder. Aus'm Badische.«

»Trotzdem guat. Alles, was spät ist, kann sich sehe lasse. Wie du.«

»Jetzt mach halblang, Karle«, lachte Emma. »Die Zeit der Komplimente haben wir hinter uns.«

»Du bisch immer no zum Anbeiße, Emma.«

Oje! Den Karle zu besuchen, war wohl doch ein Fehler gewesen. Es stimmte schon, was Heidelinde gesagt hatte. Karl Glöckle war schon immer in sie verliebt gewesen, auf seine eigene unbeholfene Art.

Er war noch nie ein großer Redner gewesen. Eigentlich sagte er überhaupt nur etwas, wenn er gefragt wurde. Damals, in ihren Jugendtagen, saß er mit ihr am liebsten auf einer Bank im Kurpark, händchenhaltend und schweigsam. Mehr traute er sich nicht.

---

80 Das ist dann gegeben, wenn Mann sein Testikel nur noch mit dem Spiegel sehen kann – ein weitverbreitetes Phänomen, das allerdings nicht auf Schwaben beschränkt ist.

»Woher hast du denn gewusst, dass ich im Moment beim Klaus wohne?«, versuchte sie abzulenken.

»Man hört so manches im Städtle.«

Stimmt, Karl Glöckle war ein Cannstatter Urgestein. Mit Ausnahme seiner Studienjahre war er nie von hier weggekommen, nicht mal aus seinem Elternhaus. Er wohnte noch immer in der Wildbader Straße, grad ums Eck vom Kepler-Gymnasium. Hier war er zur Schule gegangen, hier hatte er später unterrichtet.

Dass er blieb, wo er aufgewachsen war, hatte sich so ergeben, aus immer einleuchtenden Gründen. Erst musste er eine passende Wohnung finden, die dem kargen Gehalt eines jungen Studienreferendars angemessen war, was sich als letztlich vergebliches Unterfangen herausstellte. Allzu intensiv hatte Karl freilich nicht gesucht.

Nach dem Tod seines Vaters musste er der Mutti beistehen, er konnte sie doch nicht alleinlassen in ihrem Schmerz. Da war er achtunddreißig. Und dann galt es zu bedenken, dass seine Mutter auch irgendwann ins Alter kam und irgendwann nicht mehr in der Lage sein würde, die täglichen Verrichtungen zu bewältigen, und er war schließlich das einzige Kind.

Der Ernstfall war nie eingetreten. Mutti kochte ihm das Essen, machte seine Wäsche und war das blühende Leben, bis sie eines Nachts gnädig und geräuschlos einem Herzinfarkt erlag. Karl war erst noch ungehalten gewesen, weil morgens nicht wie gewohnt das Frühstück auf dem Tisch stand und Mutti nirgends zu sehen war. Den Grund dafür erkannte er erst, als er am Nachmittag aus der Schule nach Hause kam. Das war drei Tage vor seinem achtundfünfzigsten Geburtstag gewesen.

Jetzt lohnte sich ein Auszug auch nicht mehr.

»Du, Emma?«

»Was isch, Karle?«

»Warum isch aus uns nie was geworden?«

»War halt so.«

»Woisch, Emma, seligs Mal, da hab ich gedacht …«

»Lass die alte Geschichte ruhen, Karle.«

Einmal, nur einmal in all den Jahren hatte sie sich gehen lassen. Sie war wieder einmal hinter eine von Willis Eskapaden gekommen. Gedemütigt, tieftraurig und stinkwütend hatte sie nur Rache im Sinn gehabt. Sie war zu Karl Glöckle gestürmt und hatte ihn kurzerhand ins Bett gezogen. Der Karle wusste nicht, wie ihm geschah.

Für diese Episode schämte sie sich heute noch. Nicht, weil sie einen Seitensprung gewagt hatte, sondern dass der Seitensprung ausgerechnet Karl Glöckle gewesen war. Ihr war nur auf die Schnelle niemand anderer eingefallen, bei dem sie sicher sein konnte, dass er keinen Widerstand leistete.

Damals war er noch nicht ganz so dick gewesen.

Es war im Übrigen keine Nacht, die ihr als bemerkenswert in Erinnerung geblieben war.

Dafür hat es sich nun auch nicht gelohnt, dachte sie danach. Aber sie wusste jetzt, wohin überschäumende Gefühle führen konnten, und sah die Verfehlungen ihres Willis mit anderen Augen. Was war das schon? Doch nur Sex. Hormonabbau.

Notgedrungen hatte sie es Karl erklären müssen, damit er nicht die falschen Schlüsse zog. Wie zu erwarten, war er tief enttäuscht gewesen. Seitdem hatten sie sich nicht mehr gesehen. Genauer gesagt, war sie ihm aus dem Weg gegangen. Einmal hatte er ihr einen Brief geschrieben, gewiss einen rührenden Brief, doch sie hatte ihn ungelesen verbrannt.

»Du, Karle?«

»Was isch, Emma?«

»Bisch immer alloi gwä, Karle?«

»Mich hat doch koine wella, Emma.«

Was nicht weiter verwunderlich war. Keine Frau hatte es gewagt, das innige Verhältnis zwischen Mutter und Sohn zu stören. Genauer gesagt hatten die wenigen weiblichen Wesen, die überhaupt in Karls Nähe kamen, sofort panisch die Flucht ergriffen, als ihnen die Zustände im Hause Glöckle klar wurden.

Mit seinem Gebiss war etwas nicht in Ordnung, er klackerte mit den Zähnen. Besonders, wenn er aufgeregt war.

»Du, Emma?«

»Was isch, Karle?«

»Moinsch, mit uns wird des noch mal was?«

»Noi, Karle, im Leben net.«

»Schad, Emma.«

Auch wenn es die Emma ganz deutlich gesagt hatte, er ließ sich davon nicht verdrießen. Er kannte doch die Frauen. Die zierten sich immer zuerst, da musste man nur hartnäckig bleiben. So war das schon immer gewesen, nur er hatte es stets an der erforderlichen Hartnäckigkeit mangeln lassen, weil er geglaubt hatte, er sei ein Frauenversteher. Das konnte ihm jetzt nicht mehr passieren, er musste nur Geduld haben.

Emma schaute sich in der Wohnung um. Soweit sie sich erinnern konnte, hatte sich nie etwas geändert. Es mussten noch immer die Möbel sein, mit denen seine Eltern hier eingezogen waren, schwere Stücke, für die Ewigkeit geschreinert und beladen mit vielen Vergangenheiten. Emma fühlte sich wie erdrückt und beschloss sofort, sich komplett neu einzurichten, sobald sie eine neue Wohnung gefunden hatte. Weg mit dem alten Krempel. Weg mit der Vergangenheit.

Es roch muffig. Wie bei alten Leuten.

Wenn sie genauer hinschaute, wirkte die Wohnung etwas verwahrlost, genau wie der Karle selbst. Schon lange war nicht mehr richtig geputzt worden, überall lag eine dicke Schicht Staub. Karl trug einen Anzug, der vielleicht vor zwanzig Jahren modisch gewesen war. Er war zerknittert und schmuddelig und war wahrscheinlich vor neunzehn Jahren das letzte Mal in der Reinigung gewesen. An den Revers des Sakkos ließen sich Karls Mahlzeiten der letzten achtzehn Jahre ablesen. Das Hemd, das er darunter trug, war eine Herausforderung für jedes Waschmittel. Wahrscheinlich würde es daran scheitern.

Es war höchste Zeit, den Karle mal richtig durchzulüften.

»Du, Karle?«

»Was isch, Emma?«

»Was machsch denn so älleweil?«

»Nix. Essen. Lesen. Computer. So halt.«

»Kommsch net viel raus, gell?«

»Noi.«

»Warum net, Karle?«

»Es geht halt nemme so, Emma. Woisch, des Alter! Dem Alter nicht, der Jugend sei's geklagt, wenn uns das Alter nicht behagt.[81]«

»Das Alter! Quatsch! Du bist bloß zu dick.«

»Ha no, ha no!«

»Jetzt machen wir mal einen kleinen Ausflug, Karle.«

»Mir zwoi? Du ond i?«

»Freile.«

»Wohin denn?«

»Lass dich überraschen.«

»Für dich mach ich doch älles, Emma, des woisch doch.«

Vor Aufregung klackerte der Karle heftig mit den Zähnen.

---

81 Gotthold Ephraim Lessing. Einmal Lehrer, immer Lehrer.

»Dann geh erst mal unter die Dusche, Karle, du riechst etwas streng. Und rasieren könntest du dich auch.«

Ein versonnenes Lächeln umspielte Emma Öchsles malvenrot geschminkte Lippen.

Breite Schultern

Es war ein harter Kampf, den Karl aus dem Haus zu bringen. Emma fühlte sich in der Zeit zurückversetzt, als müsse sie wieder ein quengelndes Kind mit viel Geduld und Überredungskunst zur Vernunft bringen.

»Ich wasch mir das Gesicht«, sagte der Karl.

»Duschen, Karl! Du müffelst.«

»Ich glaub, ich hab noch irgendwo ein Parfüm von der Mutti.«

»Duschen, Karl!«

»Hascht du eine Ahnung, wie anstrengend das ischt in meinem Alter?«

»Ich bin genauso alt. Du bist nur zu dick.«

»Ha no, ha no!«

Mit viel Geächze und Gestöhne war Karl schließlich ins Bad geschlurft und lange dort geblieben. Emma nutzte die Gelegenheit, riss sämtliche Fenster auf und atmete tief durch. Als Karl schließlich zurückkam, leidlich rasiert und nach undefinierbaren Wohlgerüchen duftend, trug er denselben Anzug wie zuvor.

Emma rümpfte die Nase. »Hast du nichts anderes anzuziehen?«

»Ich trage immer Anzug. Man muss ja schließlich was hermachen.«

»Aber muss es immer derselbe sein?«

»Der ist am bequemsten.«

»Du meinst, das ist der einzige, der dir noch passt.«

»Ha no, ha no!« Dann nickte er verschämt.

»Das ist das Stichwort«, erklärte Emma. »Auf, los geht's!«

»Wohin denn?«, fragte Karl abermals

»Lass dich überraschen«, wiederholte Emma.

Karl schlurfte ins andere Zimmer und kam mit einem Rollator zurück.

»Was willst du denn mit dem Ding?«, fragte Emma verwundert.

»Ich bin halt nicht mehr so gut bei Fuß, woisch. Außerdem kann ich mich zwischendurch hinsetzen.«

»Du bist nur zu faul, das ist alles.«

»Ha no, ha no! Den brauch ich!«

»Entweder der Rollator oder ich«, sagte Emma entschieden. »Du kannst dich entscheiden, welche Begleitung dir lieber ist.«

»Das ist Erpressung!«, protestierte Karl.

»Stimmt«, erwiderte Emma ungerührt.

Ächzend und stöhnend und murrend schleppte sich Karl mit kleinen Schritten dahin, und Emma musste einsehen, dass sie auf diese Weise die U-Bahn-Haltestelle am Kursaal erst im nächsten Jahrhundert erreichen würden.

»Also gut«, sagte sie. »Ich hole dir dein Wägelchen.«

»Emma, du bischt halt ein Schatz«, schnaufte Karl.

»Warte hier auf mich. Aber nicht fortlaufen!«

»Gwieß net.«

Also ging Emma zu Karls Wohnung zurück und holte den Rollator.

Und wie transportiert man so ein Ding? Bestimmungsgemäß, also schiebend. Ein seltsames Gefühl. Emma kam sich plötzlich eigenartig schwer vor. Hinfällig. Um Jahre gealtert.

Hoffentlich kam jetzt niemand vorbei, der sie kannte: Ja, ja, die Emma, jetzt kann sie auch nicht mehr allein laufen.

Ob man mit so einem Ding auch rennen konnte? Konnte man, zur großen Freude von zwei Jugendlichen, die ihr entgegenkamen, in schlurfendem Wiegeschritt, als hätten sie auch einen solchen Wagen nötig.

»Schneller, Oma, schneller«, feuerten sie sie an. Emma tat ihnen den Gefallen.

»Boah, Alter, echt gut drauf, die Alte«, hörte sie, und sie hörte es zugegebenermaßen gern.

Kopfschüttelnd schaute ihr Karl entgegen.

»So macht mr dees, Karle«, sagte sie.

»Ach, Emma!«, entgegnete er nur.

So erreichten sie dann, wenn auch mit einiger Anstrengung, in Stuttgart den Breuninger. Das größte Stuttgarter Kaufhaus, spekulierte Emma, hatte sicher auch die größten Anzüge, vom kleinen Einmannzelt aufwärts.

Emmas Einschätzung erwies sich als etwas zu optimistisch.

»Jetzt ganget mir dich aufbrezle«, hatte sie verkündet, als sie das Kaufhaus betraten.

Karl wurde plötzlich wieder munter. »Brezel isch gut. Ich hab nämlich Hunger.«

»Nix da! Erst wird gschafft!«

Emma studierte den Wegweiser, dann schleppte sie Karl hoch in den zweiten Stock. Sie hatte beschlossen, bei den Designern zu beginnen. Bestimmt fand sich dort was Passendes.

Etwas Elegantes für den Herrn hier wollten sie, erklärte Emma dem Verkäufer, einem jungen, dünnen Bürschchen mit aufgestelltem Haar.

Der nahm mit den Augen Maß und hüstelte. So breit wie lang, eine richtige Kugel. Eleganz und eine solche Gestalt, das passte nicht zusammen.

»Sag jetzt bloß nix Falsches, Bürschle«, drohte Emma, als könne sie Gedanken lesen.

Der Jüngling wurde rot und öffnete den Mund zu einer Entgegnung. Dann erinnerte er sich an seine gute Ausbildung. Der Kunde mag zwar doof sein, aber er ist immer der König. Oder die Königin. Emma schaute ihn finster an. Ihm schwante, dass ihm schwierige Verkaufsgespräche bevorstanden.

»Der da«, sagte Karl, der in den Kleiderständern wühlte. »Der ischt schön.«

Das war er in der Tat. Dunkelblau mit kaum wahrnehmbaren Nadelstreifen, leicht auf Taille geschnitten.

Karl befühlte den Anzug. »Ein schöner Stoff. So fein. Der tät mir gefallen.«

»Leider in Ihrer Größe nicht mehr vorrätig«, sagte der Jüngling und bedauerte das außerordentlich. Der Anzug war von Ermenegildo Zegna, also teuer.

»Schade. Der Stoff ist so fein.«

»Kein Problem, der Herr. Wir haben natürlich auch Maßkonfektion. Unsere Schneider zaubern Ihnen aus genau diesem Stoff etwas Schönes.«

»Sehe ich so aus, als könnte ich mir das leisten?«, wehrte Karl entsetzt ab. Nein, leider wohl nicht, dachte sich der Verkäufer bekümmert.

»Obwohl …«, überlegte Karl. »So ein Maßanzug ist ja eine Anschaffung fürs Leben.«

In den Augen des Verkäufers sah man neue Hoffnung glimmen.

»Das ist die richtige Einstellung«, sagte er emphatisch. »Eine Investition in die Zukunft! Daran haben Sie noch lange Ihre Freude.«

»Den trägsch du deiner Lebtag nemme ab, Karle«, sagte Emma entschieden. »Dafür bist du zu alt.«

»Ha no, ha no!«

Das hoffnungsfrohe Glimmen in den Augen des Verkäufers verwandelte sich in mörderische Blitze, die Emma aufspießen wollten. Wenn Männer einkaufen gingen, sollten sie ihre Ehefrauen an der Garderobe abgeben. Frauen behinderten erfolgreiche Verkaufsgespräche. Frauen dachten zu praktisch. Wenigstens bei den Kleidern ihrer Männer.

Aber er gab noch nicht auf.

»Ab einem bestimmten Alter ist es für den Mann von Welt besonders wichtig, auf ein gepflegtes Äußeres zu achten«, sagte er.

»Wellet Se damit jetzt was Bestimmtes sage?«, erkundigte sich Emma mit deutlich aggressivem Unterton.

Der Jüngling sah auf Karls zerknitterten und bekleckerten Anzug und merkte seinen Fehler sofort. Und jetzt eine geistreiche Bemerkung, flehte er die für Verkäufer zuständigen Götter inbrünstig an.

»Damit sie ihren bezaubernden Begleiterinnen an Eleganz nicht nachstehen, gnädige Frau«, sagte er und deutete eine leichte Verbeugung an. »Deshalb ist es durchaus eine Überlegung wert …«

»Schwätz koin Babb«,[82] unterbrach ihn Emma. »Schlupf halt mol in des Jäckle nei, Karle. Damit du merksch, wie sich's anfühlt.«

Der Verkäufer war einen Tick zu langsam. Mit einer Geschwindigkeit, die man ihm nicht zugetraut hätte, Kugelblitz eben, entledigte sich Karl seines Sakkos und schlüpfte mit freudig blitzenden Augen in die Anzugjacke. Weit kam er nicht.

»A bissele eng«, stellte er fest.

---

82 Rede keinen Unsinn.

»Musch halt ziaga[83]. Fest!«, ermunterte Emma ihn. Was Karl auch tat.

Der Verkäufer wurde blass. Er hörte ganz deutlich, wie die Nähte in höchster Qual stöhnten und ächzten und dem Ende ihrer Dehnbarkeit nahekamen. Nur noch ein kleiner Ruck, und ein Anzug für 1 700 Euro – um genau zu sein: 1 699,99 Euro –, würde sich in seine Einzelteile auflösen.

»Stopp! Stopp! Stopp!«, schrie er in höchster Panik.

»Was isch denn?«, fragte Emma verwundert.

»Sie sehen doch, dass die Jacke nicht passt. Er macht sie noch kaputt. Das ist ein teurer Anzug!«

Emma schaute auf das Preisschild und nickte.

»Stimmt. Dann muss er auch was aushalten. Bei dem Preis kann das ja kein Glomp[84] sein. Streng dich halt an, Karle!«

»Ich stecke fest«, konstatierte Karl. Den rechten Arm hatte er im Ärmel, der linke, halb hinter dem Rücken verdreht, ging weder vor noch zurück.

»Jetzt helfet Se halt!«, herrschte Emma den Verkäufer an und stupste ihn in die Seite.

Was nun geschah, war die unvermeidbare Folge mangelnder Koordination. Während Karl sich weiterhin bemühte, auch seinen linken Arm in den Ärmel zu bekommen, versuchte der Verkäufer, ihm die Jacke wieder auszuziehen. Und dann machte es ratsch, und die Rückennaht sprang auf.

---

83 ziehen

84 Plunder, minderwertiges Zeug. Manche Schwaben hängen doch tatsächlich noch der Meinung an, dass gut sein müsse, was teuer ist, denn alles andere widerspräche ihrem Selbstverständnis; schließlich gibt man für »Glomp« kein Geld aus. Diesem Irrglauben verdanken viele Firmen satte Gewinne, z. B. [Namen von der Selbstzensur gestrichen].

»Des taugt au nix, des teure Zeug«, stellte Emma fest.

»Jetzt geht's«, sagte Karl erleichtert.

Der Verkäufer war den Tränen nahe.

»Das müssen Sie bezahlen!«, schrie er Emma an.

»Mir? Wer hot denn so narrisch zoge, du oder i? Aber des hen mr glei, i han in meiner Tasch Nähzeug, des isch ruckzuck wieder zua.«

»Nein!«, sagte der Verkäufer entsetzt.

Emma wühlte in ihrer riesigen Handtasche und förderte das Etui mit ihrem Nähzeug zutage.

»Do isch's!«, sagte sie triumphierend. »Ond jetzet gebet Se des Jäckle mol her.«

»Nein!«, sagte der Verkäufer und drückte die Jacke an seine magere Brust.

»Was jetzt au?«, fragte Emma verwundert.

»Das ist ein Anzug von Zegna!«

»Ond? G'halte hot's trotzdem net. Her damit!«

»Nein!«

Emma griff nach der Jacke, erwischte einen Ärmel und zog. Der Verkäufer ließ nicht los, entwand ihr den Ärmel und rannte davon, als sei der Leibhaftige hinter ihm her. Verwundert schaute Emma ihm hinterher.

»Wer net will, hot ghedd«[85], sagte sie achselzuckend. »Komm, Karle, jetzt ganget mir in die billigere Abteilung, do findet mir scho was.«

»Ich hab halt etwas breite Schultern«, sagte Karl.

Diese breiten Schultern in Verbindung mit dem voluminösen Bauch brachten in den nächsten anderthalb Stunden auch einen anderen Verkäufer zur Verzweifelung. Irgendwo zwickte und klemmte es immer. Männer mit dieser Figur, dachte der Verkäufer, sollten nach Arabien auswan-

85 Wer nicht will, hat gehabt.

dern und eines dieser Nachthemden anziehen. Passte dann doch ein Anzug halbwegs, fand er garantiert keine Gnade vor Emma. An jedem hatte sie etwas auszusetzen. Zu konservativ. Zu langweilig. Ungünstiger Schnitt. Schlechter Stoff. Schreckliche Farbe.

»Den nächsten nehm ich, Emma«, verkündete Karl. »Egal, wie er aussieht.«

»Bisch net recht bacha?[86] Schee muass ’r sei, ond passe muass ’r.«

»Ich kann nicht mehr, Emma.«

»Jetzt sei doch net so a Lale[87], Karle! Du willsch doch nach was aussehe.«

»Du willsch des, Emma.«

Der Verkäufer sagte schon lange nichts mehr, sondern schleppte nur stoisch Anzug um Anzug herbei. Karl schnappte nach Luft, war schweißüberströmt und zog an, zog aus, zog an, zog aus. Er war zu kraftlos, um noch weiter zu protestieren. Wenigstens verhalf ihm diese ganze Strapaze zu einer wichtigen Einsicht: Das hatte die Vorsehung so gewollt, dass aus ihm und Emma nichts geworden war. Das hätte er nicht ein ganzes Leben ausgehalten.

»So wird das nichts«, sagte Emma schließlich.

Der Verkäufer und Karl sahen sich an und schöpften neue Hoffnung.

»Was Sie da anbringen, taugt alles nichts, junger Mann«, wandte sie sich an den Verkäufer. Der schnappte nach Luft. Das ging eigentlich an die Berufsehre, aber er sagte nichts. Er wollte nur noch, dass dieser Alptraum aufhörte.

»Jetzt such ich selber was«, verkündete Emma und stapfte davon.

---

86 Bist du nicht ganz bei Trost?

87 Ein schwerfälliger, langweiliger Mensch. Phonetische Klippe: Das »a« wird nasal gesprochen.

Der Verkäufer schaute nur apathisch, Karl stöhnte, riss den Vorhang seiner Umkleidekabine mit Schwung zu und ließ sich schwer auf den kleinen Hocker fallen. Er traf ihn nicht genau und plumpste mit Getöse auf den Boden.

Erschrocken riss der Verkäufer den Vorhang wieder auf. »Ist was passiert? Warten Sie, ich helfe Ihnen auf.«

Karl winkte ab. »Ich bleib jetzt da liegen, bis sie wiederkommt. Vielleicht erschrickt sie dann so, dass ich aufhören darf.«

Der Verkäufer nickte mitfühlend. »Sie haben's auch nicht leicht mit Ihrer Frau.«

»Da steh ich schon, des Chaos vielgeliebter Sohn. Sagt Goethe. Wahrscheinlich hat er Emma gekannt. Dabei ist sie nicht mal meine Frau. Eigentlich kennen wir uns kaum.«

»Es gibt einen Hinterausgang.«

Karl schüttelte den Kopf. »Aussichtslos. So schnell kann ich gar nicht rennen. Und jetzt sind Sie so gut und machen den Vorhang wieder zu. Wenigstens eine kleine Pause!«

Der Verkäufer nickte abermals und verfiel in tiefes Nachdenken. Er hatte gerade ein hinreißendes Mädchen kennengelernt und war zu dem Schluss gekommen, dass sie vielleicht die große Liebe sein könnte, mit der er den Rest seines Lebens verbringen wollte. Er sollte das noch mal überdenken, wenn Frauen so wurden.

Aber Ehefrauen waren doch anders, oder?

Unterdessen hatte Emma die Kleiderständer geräubert und kam mit einem Arm voller Anzüge zurück. Die richtige Größe hatte sie mittlerweile im Blick.

»So, Karle, jetzet!«, rief sie, riss den Vorhang der Kabine mit Schwung auf und stand einem Mann in Unterhose gegenüber. Aber das war nicht der Karle, sondern ein muskulöser Mann in den Dreißigern mit Waschbrettbauch. Dreimal die Woche Sportstudio. Mindestens. Sein prächtig modellierter Brustkorb zierte links ein Brustwarzenpiercing, rechts ein

Tattoo. Er trug nur einen sehr knappen Slip mit mächtiger Wölbung. Nicht schlecht, dachte Emma. Schon was anderes als der Karle, aber gar nichts gegen Ajamu.

»Hoppla! Falsche Tür«, sagte sie.

Der Mann war gerade dabei, in eine Hose zu steigen. Sah überrascht auf, hüpfte einen Moment auf einem Bein. Geriet aus dem Gleichgewicht. Fiel zu Boden. Schlug mit dem Hinterkopf gegen die Kabinenwand. Gab einen Schmerzensschrei von sich.

»Oh jeggerle![88] Han i Sie erschrocke?«, fragte Emma. »Sie brauchet sich net zu geniere, älles scho mal gsäh.«

»Man kann auch anklopfen«, maulte der Mann und bemühte sich, aus der verhedderten Hose zu kommen.

»An einem Vorhang?«, gab Emma zurück. »Warten Sie, ich helf Ihnen auf.«

Sie streckte ihm eine Hand entgegen, wobei die Anzüge von ihrem Arm rutschten und den Mann unter sich begruben. Unter dem Stapel war etwas zu hören, das nach »Mpf« klang. Dann lugte ein Kopf zwischen den Anzügen hindurch.

»Und? Was kommt als nächstes?«

Die Stimme klang etwas verärgert, Emma konnte gar nicht verstehen, warum. So ein kleines Malheur konnte schließlich jedem mal passieren.

Schnell sammelte sie die Kleider zusammen, die auf dem Mann herumlagen.

»Au!«, schrie der plötzlich. »Sind Sie wahnsinnig? Passen Sie doch auf!«

Emma starrte in erstaunt an. Was hatte er bloß? Dann sah sie es: Ein Knopf der Jacke, an der sie gerade zog, hatte sich in seinem Brustwarzenpiercing verfangen.

---

88 Ach du liebe Zeit!

Mitleidslos zuckte sie mit den Schultern. Früher zog man die Ochsen am Nasenring, heute die Männer am Brustring. Kein Unterschied.

Endlich hatte der Mann sich befreit. Emma raffte die restlichen Kleider an sich, verließ die Kabine eilig und zog den Vorhang zu.

Der Vorhang wurde wieder aufgerissen.

»Halt!«, schrie der Mann, jetzt eindeutig verärgert. »Sie haben meine Kleider mitgenommen!«

Nur mit seinem knappen Slip bekleidet stand er vor der Kabine und zog alle Blicke auf sich.

Eine junge Verkäuferin, zierlich und adrett und mit unschuldigen großen Augen, starrte ihn mit offenem Mund an. Ihr Blick glitt von oben nach unten und verharrte dann in der Körpermitte. Ein Seufzer entrang sich ihrer Brust.

Der Mann neben ihr, den sie zu einer der Kabinen führen wollte, ebenfalls in den Dreißigern, straffte sich unwillkürlich und spannte den Bauch an. Und seufzte auch. Er musste sich eingestehen, dass das vergebliche Mühe war. Er war nicht konkurrenzfähig.

Eine mittelalte Frau knuffte ihren Mann in den dicken Bauch und zischte: »Guck! So goht's au!«

Der gutgebaute Mann im knappen Slip schien von alledem nichts zu bemerken. Er war jetzt richtig wütend. Anklagend stieß er seinen Finger rhythmisch in Emmas Richtung.

»Sie!«, brüllte er. »Was soll das eigentlich? Erst werfen Sie mich um, und dann klauen Sie mir auch noch meine Kleider!«

Die junge Verkäuferin beobachtete fasziniert das Spiel seiner Muskeln und seufzte abermals abgrundtief.

Emma schaute an ihm vorbei in die Kabine. Tatsächlich. Kein einziges Kleidungsstück war mehr zu sehen. Sie hatte buchstäblich alles zusammengerafft. Na und? War das ein Grund, sie so anzubrüllen?

Sie ging auf den Mann zu, den Kleiderstapel wie einen Prellbock vor sich, baute sich vor ihm auf und funkelte ihn an.

»Was send denn Sie au für a Pfetschgakendle[89], dass Sie sich von einer alten Frau umschmeißa lasset? Und was soll i mit Ihrene Kloider? Da, suchet Se sich was aus!«

Und warf ihm den Stapel Kleider vor die Füße.

Er kniete sich nieder und begann darin zu wühlen. Dabei musste er sich etwas gedreht haben, denn die junge Verkäuferin wurde nun gewahr, dass der Slip ein String-Tanga war. Was sie sah, ließ sie beglückt glucksen.

Emma ließ sich ebenfalls nieder und begann auch zu wühlen.

Der Mann zog ein T-Shirt hervor, Emma eine verblichene Jeans.

»Isch des Ihre?«, fragte sie.

»Ja!«, zischte er.

»Also da wär auch mal a neue fällig.«

»Warum, glauben Sie, bin ich wohl hier?«, fuhr er sie an.

»Han i mir doch fast denkt.«

Der Mann entriss ihr die Hose und richtete sich wieder auf. »Und jetzt wäre ich Ihnen sehr verbunden, wenn Sie zu meiner Kabine einen großen Abstand halten. Ich möchte mich jetzt nämlich ungestört wieder anziehen.« Er drehte sich um und stolzierte in seine Kabine.

Die junge Verkäuferin schaute ihm beeindruckt hinterher. Dann ging der Vorhang zu. Durch den Kopf der jungen Verkäuferin rauschte eine Kaskade von Gedanken. Es war ja ihre Aufgabe, den Kunden hilfreich zur Seite zu stehen.

---

89 Weichling; eigentlich: Wickelkind.

Mithin wäre es das normalste der Welt, wenn sie jetzt ihren Kopf in die Kabine steckte und den Mann fragte, ob sie ihm ein paar Hosen zur Auswahl bringen könne. Sie hatte schließlich schon manchen Mann in Unterhosen gesehen.

Aber noch keinen solchen.

Dann verließ sie der Mut. Es könnte sein, dass der Mann im Moment etwas verärgert war.

Emma stand ratlos da. Komisch. Sie hätte schwören können, dass dies Karls Kabine war. Und wenn nicht diese, welche dann? Alle Kabinen waren belegt. Sie sah Männerbeine in Socken, die sich mit Hosen abmühten. Männerbeine in Schuhen und Hosen, die still standen. Was taten die? Sich im Spiegel bewundern?

Sie müsste eigentlich nur laut »Karle!« rufen, dann käme von irgendwoher ein gedämpftes »Hier«. Aber nach dem Aufruhr, den sie eben produziert hatte, war es besser, sie erlegte sich etwas Zurückhaltung auf.

Mit dem Stapel Anzügen überm Arm schlich sie an den Kabinen entlang und linste möglichst unauffällig durch die Schlitze der Vorhänge. Einen Schlitz gab es immer, links oder rechts, keiner schloss den Vorhang pedantisch.

Das unauffällig zu tun, war gar nicht so einfach. Sie erntete schon misstrauische Blicke. Fehlte noch, dass eine der ungeduldig wartenden Ehefrauen plötzlich »Spannerin!« schrie. Dabei gab es hier wirklich nichts, wofür sich zu spannen lohnte, abgesehen von dem Waschbrettbauch, der aber längst verschwunden war, mit einem bösen Blick in Richtung Emma.

Emma sah dicke Ärsche in ausgeleiertem Feinripp. Schlaffe Hintern in Slips, in deren breitem Bund irgendwelche Markennamen eingedruckt waren. Unterhemden, unter denen sich voluminöse Bäuche wölbten. Sah stachelige alte Männerbeine und glattrasierte junge Männerbeine aus Hosen steigen, in Hosen steigen. Sah die Männer aus den Kabinen kommen und zur Begutachtung vor ihre Ehefrauen treten. Sah das unwillige Kopfschütteln der Ehefrauen und den ergebenen Blick der Männer. Die nächste Hose. Sah eine energische Frau hereinkommen mit einem missmutig schauenden Mann im Schlepptau, den sie in eine freie Kabine wies und sagte: »Da bleibst du jetzt sitzen, Hugo, bis ich dir was ausgesucht habe.«

Allmählich wurde es doch etwas auffällig, wie Emma da herumlungerte und in die Kabinen zu linsen versuchte. Sie setzte sich auf einen Stuhl und beschloss, einfach zu warten und die Kabinen genau zu beobachten. Ausschlussverfahren. Kam ein fremder Mann heraus, konnte Karl logischerweise nur in einer der anderen Kabinen sein. Irgendwann blieb nur noch eine übrig, und die war es dann.

Warum rührte der Karle sich nicht? War er etwa eingeschlafen? Sie fühlte sich plötzlich selbst müde. Sie hatte ganz vergessen, wie anstrengend das war, mit Männern einkaufen zu gehen. Die waren ja so kompliziert, die Männer. Nichts passte ihnen. Mit nichts waren sie zufrieden. Sie blinzelte schwer mit den Augenlidern.

Und dann waren wie auf Verabredung plötzlich alle Vorhänge geöffnet, alle Kabinen leer. Und aus einem Verdacht wurde Gewissheit: Der Karle war verschwunden.

Albtraum

Klaus Öchsle schreckte schweißgebadet aus einem wirren Traum hoch. Er erinnerte sich nur noch an Bruchstücke. An wildes Gerangel mit Beinen, die ihn umschlangen. An straffe Busen und glatte Hintern, und er mittendrin. An die Gesichter von Alice und Belinda. Wie sie lachend auf ihn zeigten. Wie Alice lachend den Kopf schüttelte und dann plötzlich ein großes Fleischermesser in der Hand hatte und damit genau auf seine Körpermitte zielte und etwas sagte, das er nicht mehr wusste, aber sich genau vorstellen konnte.

Aber deswegen war er gar nicht aufgeschreckt.

Es war dieser andere Gedanke.

Und was, wenn Yvonne jetzt schwanger wäre?

Sorgen

Wieder und wieder hatte sie es versucht, aber nie ging jemand ran. Bestimmt gab es auch ein Handy, aber die Nummer hatte sie nicht. War etwas passiert?

Sie machte sich Vorwürfe. Vielleicht war sie zu forsch und bestimmend gewesen, aber das war nun mal ihre Art. Nicht mal entschuldigen würde sie sich dafür.

Es gab sicher eine ganz einfache Erklärung. Trotzdem war das seltsam. Sie hatte zu allen möglichen Tageszeiten angerufen, aber es klingelte und klingelte nur.

Musste sie sich Sorgen machen?

Nein, entschied Emma, Karl war erwachsen und sie nicht sein Kindermädchen. Wenn er sich vor ihr verstecken wollte, war das seine Sache, sie würde ihm ganz bestimmt nicht hinterherlaufen.

Der Held

Es war eigenartig. Wenn Klaus durchs Viertel ging, nickten ihm die Männer zu, und alle grinsten dabei. Einige schlugen ihm auf die Schultern, ohne ein Wort zu sagen, und gingen grinsend weiter.

Was war denn nur los?

Bis ihm dann einer auf die Schultern schlug und etwas sagte: »Sie sind mir ja einer! Gleich mit zweien, und dann noch die Yvonne dabei. Kompliment, mein Lieber! Hätte ich Ihnen gar nicht zugetraut. Keine Sorge, ich erzähl's nicht weiter. Wir Männer müssen zusammenhalten.« Und ging grinsend weiter.

Klaus stand da mit offenem Mund. Brändle, diese Klatschbase! Von wegen ich erzähle es nicht weiter!

Anscheinend wusste jeder davon.

Anscheinend war er in ihrer Achtung gestiegen.

Anscheinend hatte er einen neuen Ruf: Klaus Öchsle, der Frauenheld.

Klaus, der Frauenheld!

Ha freile!

Stimmte ja.

Alle wollten. Er hatte.

Er war der Meister des Universums.

Grinsend ging er weiter. Ohne dass er sich dessen bewusst war, hatte sich sein Körper gestrafft, sein Schritt etwas Leichtfüßiges bekommen. Hoch erhobenen Hauptes zwinkerte er den Männern zu, die ihm entgegenkamen. Sie zwinkerten zurück.

Abrupt blieb er stehen.

Er wurde leichenblass, eine Hitzewallung durchflutete ihn und ließ seinen Körper erbeben.

Wenn das schon alle Männer wussten, wann würden es die Frauen erfahren? Und Alice?

Was dann geschah, konnte er sich gar nicht vorstellen. Oder doch. Ganz genau sogar.

Wann, bitte, ging der nächste Flug zum Mond? Und gab es einen passenden Reiseführer dazu?

Johnny B.

Johnny B. schaute auf seine Regalwand. Wo bei anderen Leuten ungelesene Bücher verstaubten, stapelte sich bei ihm Vinyl, das schon so oft abgespielt worden war, dass es nur aus Kratzern zu bestehen schien. Die ganze Geschichte des Rock, auf Dreiunddreißigerscheiben gepresst. Er hatte auch einige Fußnoten dazu beisteuern dürfen.

Er griff sich seine Fender Stratocaster, seine kostbarste Gitarre. Angeblich war sie einmal von Eric Clapton gespielt worden, jedenfalls prangte auf dem Korpus ein Gekritzel, das sich mit viel gutem Willen als Slowhands Unterschrift interpretieren ließ und das dem Händler in Las Vegas, wo er das gute Stück entdeckt hatte, ausreichend Anlass für einen unverschämten Preis gegeben hatte.

Er stöpselte die Gitarre in den Verstärker und stimmte einen langsamen Blues an.

Über sich hörte er ein Klopfen, das sich allerdings nicht in den Rhythmus des Blues fügen wollte. Sein Nachbar hämmerte wieder mal mit dem Besenstiel auf den Boden, weil es ihm zu laut war.

So war das eben, wenn man in einer Dreizimmerwohnung spielen musste statt in einem Studio. Aber ordentliche Musik musste laut sein, sonst war es keine.

Ich sollte den Nachbar hinters Schlagzeug setzen, wenn er schon so gern klopft, dachte er.

Wie hatten sich doch die Zeiten geändert. Früher hatten sie ihm zugejubelt, wenn er zur Gitarre griff. Heute protestierten sie mit dem Besenstil.

Johnny B.

Der ungekrönte König der Clubs.

Johnny B., die Kurzform von Johnny B. Goode.

Der legendäre Song von Chuck Berry war sein Erweckungserlebnis gewesen. Natürlich war es vor allem der schmutzige Sound, der fetzige Rhythmus, die treibende Gitarre und das hohe Hämmern des Klaviers im Hintergrund, aber immerhin verstand er auch so viel, dass der Song von einem Jungen erzählte, der ein talentierter Gitarrenspieler war und davon träumte, ein großer Star zu werden. Johny B. Goode, das war er, Johannes Maurer.

Er brachte sich die gängigen drei Akkorde bei und fand heraus, dass man damit schon ganz schön Krach erzeugen konnte, sofern man einen Pickup auf die zerkratzte Wandergitarre schraubte und das Ding mit dem Radio verkabelte.

Während die meisten Jugendzimmerbands einen raschen und gnädigen Tod starben, was nicht zuletzt genervten Nachbarn zu verdanken war, stellte Johnny erstaunt fest, dass er tatsächlich so etwas wie Talent zu besitzen schien.

Zu den drei Akkorden gesellten sich weitere, und seine erste Band nannte er Johnny and the Hurricanes. Es war eine herrliche Zeit. Die Mädels kreischten jedem zu, der eine Gitarre richtig halten konnte und an den Charts entlangstümperte, egal, wie schräg es klang.

Johnny B. arbeitete hartnäckig an sich, und bald klang es nicht mehr schräg, zumindest nicht mehr unfreiwillig, sondern manchmal sogar richtig gut.

Er tingelte durch die Clubs, spielte in halbvollen Turnhallen und hatte seinen größten Erfolg als Vorgruppe der Bombers. Die kannte heute auch keiner mehr.

Immerhin brachte er es zu vier Alben, wenn ihm auch die ganz große Karriere versagt geblieben war. Aber was machte das schon, Hauptsache, er hatte seinen Spaß: viel Sex, viel Drugs, viel Rock 'n' Roll.

Während die vier Alben so schnell in der Versenkung verschwanden wie sie gekommen waren und bald nur noch als Geheimtipps unter Eingeweihten gehandelt wurden, wuchs allmählich eine Schar von sieben Kindern heran. Von sieben Müttern. An ihren Geburtsorten ließ sich sein Tourneeplan ablesen. Die Mütter waren zufrieden, wenn sie pünktlich ihr Geld bekamen, die Kinder, als sie in ein bestimmtes Alter kamen, fanden es cool, dass ihr Erzeuger Musik machen konnte. Richtige Musik. So lebte man in durchaus herzlichem, wenn auch räumlich distanziertem Einvernehmen.

Da sich seine Kinder als überaus fruchtbar erwiesen, tummelten sich bei Familienfesten inzwischen 23 Enkel. Aktueller Stand, ein Ende war nicht abzusehen.

Einmal hatte Johnny dann sogar geheiratet, wahrscheinlich infolge von gepantschtem Gras. Der Irrtum wurde schnell wieder berichtigt, beide mussten einsehen, dass sie bei klarem Kopf nichts miteinander anzufangen wussten. Beide waren erleichtert, als es endlich vorüber war, und genehmigten sich gemeinsam eine Line. Guter Stoff diesmal.

Im Rückblick bedauerte es Johnny manchmal, dass er es nicht noch einmal versucht hatte, bei wachem Verstand diesmal und nach sorgfältiger Auswahl. Denn irgendwann wurde es immer schwerer, eine Frau ins Bett zu ziehen. Seine Zeit lief ab, er näherte sich dem Verfallsdatum.

Jetzt, im Alter, hätte er es schön gefunden, wenn da jemand gewesen wäre, in dessen vertrautes, verschlafenes Gesicht man morgens hätte blicken können. Jemand, an den man sich des Nachts kuscheln konnte, wenn einem danach zumute war. Eine, mit der man gemeinsam beklagen konnte, wie leer es um einen herum geworden war und dass man nicht mehr so schwerelos herumhüpfte wie früher. Und das sollte es gewesen sein, das Leben?

Johnny B., mit einem Wort, war allein und fühlte sich einsam. Er hatte seinen Whisky, sein Dope, seine Musik. Und sich selbst. Und das war zu wenig.

Mit voller Absicht drehte er den Verstärker noch etwas lauter und schrammte sich durchs Eingangsriff von »Whole Lotta Love«, damit der oben so richtig was zum Ärgern hatte. Ignorant! Wenn das die Geschwister Hofmann wären, hätte es nicht laut genug sein können.

Er legte die Fender zur Seite, griff sich eine akustische Gitarre und klimperte vor sich hin. Was blieb einem armen, alten Mann auch anderes übrig, als Rock 'n' Roll zu spielen.

Er wartete.

Es klingelte an der Wohnungstür, wie erwartet.

Der zweite Teil des Rituals. Jetzt würde sein liebenswerter Nachbar ihm lautstark die Leviten lesen, was von Lärmbelästigung faseln, vom Vermieter, der ihn demnächst vor die Tür setzen werde, und dann befriedigt abziehen. Hatte er's ihm wieder mal gezeigt, diesem Rabauken. Man musste dem armen Kerl seinen Spaß lassen, er hatte sonst nichts. Außer Stefanie Hertel.

Es klingelte wieder. Zweimal.

Johnny B. stand mühsam auf, neuerdings zwackte es ihn manchmal in der Hüfte. Wie machte das dieser Mick Jagger, dass der immer noch wie ein Jungspund über die Bühne derwischte? Der war doch auch nur drei Jahre jünger, und was waren schon drei Jahre?

Er öffnete die Tür.

Vor ihm stand eine Frau in einem bunten, lang wallenden Kleid mit ausgestellten Ärmeln. Darüber trug sie eine ärmellose Lederjacke mit Fransen. Er zwinkerte mit den Augen. War das eine Halluzination? War er aus der Zeit gefallen und zurück in seine Hippie-Vergangenheit gebeamt worden? Aber er hatte heute doch noch gar nichts geraucht!

Die Zeugen Jehovas waren das jedenfalls nicht. Obwohl, neuerdings schickten sie statt der blassen Männer attraktive Frauen im gerade noch vorzeigbaren Alter. Doch diese Frau war älter, sie musste an ihn herankommen. Ihr

Haar war kastanienbraun, von grauen Strähnen durchzogen, und fiel locker und lockig bis fast auf die Schultern. Und, zum Teufel, sie war attraktiv, mehr noch, die feinen Fältchen im Gesicht machten sie sexy.

Die Frau kam ihm vage bekannt vor.

Vor Emma stand ein älterer Herr in abgeschabten Jeans und einem schwarzen T-Shirt, auf dem in weißer Schrift ein Motto prangte: »Je suis un génie«. Das Leben hatte tiefe Furchen in das Gesicht geschnitten. Er sah aus, wie sie sich Keith Richards in zwanzig Jahren vorstellte, und hatte entweder einen Fünftagebart oder sich lange nicht mehr rasiert. Er war etwas rundlich, sein Haar schütter geworden und grau meliert, dafür lang und zu einem Pferdeschwanz gebunden.

»Das hätte ich mir denken können, dass du mich nicht mehr erkennst«, sagte sie.

Wahrscheinlich war sie mal eines dieser Groupies gewesen, die ihn angehimmelt hatte. Mein Gott, er konnte sich doch nicht mehr an jede erinnern, die er gevögelt hatte. Und was wollte sie? Ihm ein weiteres Kind präsentieren? Nach so langer Zeit?

»Ich bin die Emma Öchsle. Damals noch Emma Bäuerle«, sagte sie.

So, so. Na und?

»Wir waren in derselben Schule. Ich war zwei Klassen unter dir.«

So, so. Das waren viele.

»Wir haben mal miteinander rumgemacht, als du noch der Johannes warst.«

So, so. Er hatte mit vielen rumgemacht. Mein Gott, diese unschuldigen Knutschereien damals, mehr hatte man sich ja nicht getraut. Man hatte es bei jeder probiert, in der Hoffnung, dass sich eine rumkriegen ließ.

Und er sollte sich an alle erinnern?

Ganz langsam fiel bei ihm der Groschen. In Zeitlupe. Dreiundzwanzig Milliarden Nervenzellen in seinem Großhirn (na, mittlerweile etwas weniger vielleicht) wurden aktiviert. Myriaden von Erinnerungen schubsten sich gegenseitig weg. Gesichter tauchten auf und verschwammen wieder. Einzelne Situationen schoben sich glasklar nach vorne und mutierten wieder zur Unschärfe.

Ein einziges Kuddelmuddel.

»Emma Bäuerle«, sagte er.

»Ja.«

»Warte. Volksfest. Ein ungewöhnlich warmer Oktobertag. Richtig heiß sogar.«

»Das gab's damals noch, heiße Oktobertage. Ich hatte ein luftiges Sommerkleid an.«

»Wir sind Boxauto gefahren. Und Riesenrad. Und Geisterbahn. Im Dunkeln haben wir geknutscht.«

»Dann hast du mich hinter einen Wagen gezogen und wolltest weitermachen.«

»Du hattest ein rosa Höschen an.«

»Und du wolltest unbedingt sehen, was darunter ist.«

»Und du hast mich nicht gelassen.«

»Natürlich nicht. Ich war fünfzehn und ein braves, unschuldiges Mädchen.«

Johnny B. setzte dieses Grinsen auf, dem er unter anderem seine sieben Kinder verdankte.

»Und jetzt willst du's mir endlich zeigen?«, fragte er.

Emma Öchsle lachte.

»Immer noch der alte Draufgänger, was?«

»Man wird ruhiger mit den Jahren. Gezwungenermaßen, wenn du verstehst, was ich meine. Und lebt von seinen Erinnerungen.«

»Darf ich reinkommen?«

»Natürlich, entschuldige. Was bin ich doch für ein unhöflicher Trottel! Das Alter! Bekanntermaßen macht das

Kurzzeitgedächtnis Schwierigkeiten, während man sich an längst Vergangenes umso besser erinnert. En détail sogar, wie ich eben bewiesen habe, was mir zeigt, dass ich noch nicht gänzlich vertrottelt bin. Komm rein. Ich darf vorausgehen?«

Er humpelte vor ihr her und führte sie in ein karg möbliertes Wohnzimmer. An allen Wänden standen Regale mit Schallplatten.

Emma sah sich um. »Nett.«

»Billig.« Johnny B. zuckte mit den Schultern. »Ich war nicht ganz so erfolgreich wie Jimmy Hendrix.«

»Dafür lebst du noch.«

»Ach, Emma, leben … Was ist Leben? Das ist die einfachste aller philosophischen Fragen, und trotzdem hat sie mir noch nie jemand zufriedenstellend beantworten können. Wann beginnt überhaupt das Leben? Ich meine das nicht biologisch gesehen, sondern ich meine den Moment, in dem man sich sagt, verdammt, deswegen lohnt es sich, das Leben. Ist das der erste Akkord, den man fehlerfrei hinbekommen hat? Das erste selbstverdiente Geld? Der erste Kuss? Apropos, wie ist das eigentlich weitergegangen mit uns? Ich weiß, das zu fragen ist unanständig unsensibel, schieb es auf meine fortschreitende Demenz. Es ist natürlich keineswegs so, dass du nicht erinnernswert wärst.«

»Du hast dann mit der Marlies angebandelt, und ich war schrecklich eifersüchtig.«

»Marlies? Warte! So eine Blonde mit langen Haaren und Brille?«

»Genau die. Bist du bei der eigentlich zum Zug gekommen?«

»Was ist das für eine indiskrete Frage? Ich will von dir ja auch nicht wissen, wer *dich* entjungfert hat. Nein, natürlich nicht. Die hat genauso die Beine zusammengepresst wie ihr alle damals.«

»So ein Luder! Uns hat sie gesagt, ihr hättet. Wir wollten natürlich Einzelheiten wissen, aber sie wollte nichts sagen. Darum also!«

Johnny B. lachte. »Was glaubst du, wie wir Jungs untereinander mit unseren angeblichen Eroberungen geprahlt haben. Mit allen Einzelheiten, die wir irgendwo aufgeschnappt hatten. Dabei hatten wir keine Ahnung. Wir mussten nicht einmal, wie's zwischen den Beinen einer Frau wirklich aussieht. Wir waren wahrhaft unschuldig, wir hatten noch kein Internet, wo man alles in Großaufnahme anschauen kann. Damals waren die Frauen noch ein Geheimnis, heute legen sie buchstäblich alles offen, und ehrlich gesagt weiß ich nicht, was besser ist. Übrigens, nach der offiziellen Version haben wir zwei gerammelt bis zum Umfallen.«

»Jetzt verstehe ich, warum ich manchmal zu hören bekommen habe: Warum zierst du dich denn bei mir so? So habt ihr Jungs uns also in schlechten Ruf gebracht.«

»Im Gegenteil! Dann warst du als Mädchen kein Blaustrumpf, nicht zickig, sondern willig, aber wählerisch. Solche Mädchen haben wir angehimmelt! Die waren so erwachsen! Aber was verschafft mir die Ehre deines Besuches nach so langen Jahren, ach was, Jahrzehnten? Du bist doch bestimmt nicht gekommen, um dich mit mir über unsere pubertären Sexualerfahrungen oder besser Nicht-Erfahrungen auszutauschen. Obwohl das zugegebenermaßen ein faszinierendes Thema ist, besonders bei unserer gemeinsamen anrüchigen Vergangenheit. Kaffee, liebe Emma?«

»Wenn du einen ordentlichen machen kannst.«

»Das schaffe ich gerade noch, auch wenn sonst nichts mehr geht.«

»Kannst du jetzt bitte mal aufhören mit deinen Anzüglichkeiten?«

»Wieso denn? Macht doch Spaß. Besonders mit dir.«

»Mit mir?«

»Früher warst du zickig, aber das sei dir verziehen, so war nun mal die Zeit. Heute scheinst du mir eher … pfiffig zu sein.«

»Pfiffig?«

»Oder knitz, so sagt ihr Schwaben doch. Selbstsicher. Gelassen. Humorvoll. Und attraktiv.«

»Waren das jetzt Komplimente?«

»Himmel, merkt man das nicht? Ich muss an meinem Charme arbeiten.«

Emma war ihm in die Küche gefolgt. Was sie sah, konnte man mit viel gutem Willen als kreatives Chaos bezeichnen. Man könnte es auch unaufgeräumt nennen. Schmutziges Geschirr und gebrauchte Gläser türmten sich. Eine Sauerei, recht besehen. Männer! Fehlten noch die leeren Pizzaschachteln. Aber sie sah keine.

Sie sah zu, wie er mit einer Espressokanne hantierte und sie auf den Herd stellte.

»Sag nichts, Emma, ich weiß, es sieht schrecklich aus hier. Ich pflege erst dann abzuwaschen, wenn ich keine Teller mehr finde. Du bist zum falschen Zeitpunkt hereingeschneit. Ich wage mir gar nicht auszumalen, was mich das bei dir an Bonuspunkten kostet. Ich warte.«

»Worauf?«

»Manche Frauen überkommt der unwiderstehliche Drang, einem solchen Chaos, wie es hier herrscht, zu Leibe zu rücken. Sie krempeln die Ärmel hoch, und schwuppdiwupp habe ich wieder eine saubere Küche.«

»Darauf kannst du bei mir lange warten.«

»Warum habe ich damals nicht bemerkt, welch überaus sympathische Frau du bist? Zucker in den Espresso? Er ist stark.«

»Vielleicht war ich es damals noch nicht? Ja, bitte, einen halben Löffel.«

»Ich müsste irgendwo noch Cantuccini haben, aber die sind uralt und wahrscheinlich bockelhart. Halten deine Zähne das aus?«

»Ich will es besser nicht darauf ankommen lassen.«

»So geht's mir auch. Und Krümel im Espresso kann ich partout nicht ausstehen. Gehen wir rüber ins Wohnzimmer. Dein Federgewicht hält mein altes Sofa gerade noch aus. Das war übrigens wieder ein Kompliment.«

»Ich hab's sogar bemerkt.«

»Sehr schön, offenbar komme ich allmählich wieder in Schwung. Bitte, gnädige Frau, nehmen Sie Platz.«

Emma, mit der Kaffeetasse in der Hand, ließ sich vorsichtig auf dem Sofa nieder, das wirklich schon bessere Zeiten gesehen hatte. Sie rührte in ihrem Espresso und schaute Johnny B. an, der sie verschmitzt anlächelte.

»Also, erst einmal das Lebensupdate«, sagte er. »Die üblichen Fragen. Verheiratet? Kinder? Wie ist das werte Befinden?«

»Verwitwet. Drei Kinder. Und danke, mir geht es bestens[90].«

»Keines der üblichen Zipperlein, die in unserem Alter unvermeidlich scheinen?«

»Die ignoriere ich.«

»So, so, eine Witwe. Dann habe ich ja eine neue Chance.«

»Vergiss es. Ich bin vergeben. Zur Zeit gerade.«

---

90 Emma ist von Johnnys Anzüglichkeiten offenbar mehr irritiert, als sie wahrhaben will. Denn ein Schwabe gibt ungern zu, dass es ihm gut geht und nie, niemals, dass es ihm gar bestens gehe. Das würde nur ungebührlichen Neid wecken und möglicherweise sogar Bittsteller anlocken. Denn mit Wohlergehen assoziiert der Schwabe logischerweise materiellen Wohlstand, da etwas anderes, etwa Lebenslust, im pietistisch geprägten Ländle, diesem irdischen Jammertal, schlichtweg nicht vorstellbar ist – aber das führt jetzt an dieser Stelle zu weit.

»Aha. Kompliment. Und Gratulation unbekannterweise an den Herrn. Ich unterdrücke meinen Neid. Weiß er, welches Glück ihm beschieden ist? Oder ist es eine Frau?«

Emma lachte. »Ich bin altmodisch. Mit Frauen hatte ich noch nie was am Hut.«

»Da ist dir was entgangen, ich spreche aus reichhaltiger und höchst persönlicher Erfahrung. Frauen sind wunderbare Wesen, man kann viel erleben mit ihnen, durchaus auch Positives. Du solltest es auch mal mit Frauen versuchen. Man muss alles ausprobieren im Leben. Immer neugierig sein. Nicht lange nachdenken: Oh, darf ich das auch? Was sagen denn die anderen? Scheiß auf alle Konventionen und Bedenken! Lass das Leben toben! Lass dich mitreißen und herumwirbeln und verschlingen und wieder ausspucken. Ich habe viel ausprobiert, und manches hätte ich besser sein gelassen, aber dann rappelst du dich wieder hoch und denkst: Das war jetzt die Oberscheiße, aber was soll's, so ist nun mal das Leben, nix passiert, weitermachen. Okay, manchmal bleiben ein paar Narben zurück, und im Nachhinein plagt mich schon auch ein schlechtes Gewissen, wenn ich an so manche Episoden meines Lebens denke. Ach, ich quatsche und quatsche. Hör nicht auf mich. Ich rede sinnloses Zeug. So ist das, wenn man sonst niemanden hat, der einem zuhört. Mit dem Geplappere überspiele ich nur meine sentimentalen Gefühle. So, jetzt habe ich mich geoutet. Und jetzt mal im Ernst: Was führt dich zu mir? Ausgerechnet jetzt? Ausgerechnet du? Wie hast du mich überhaupt gefunden?«

»Du hast eine Homepage.«

»Ach ja, meine Homepage, so etwas braucht man ja heutzutage, hat man mir gesagt. Und da steht auch meine Adresse drin oder drauf oder wie auch immer. In der Erwartung, dass meine weiblichen Fans mir die Bude einrennen. Und siehe da, schon bist du da. Mit etwas Jüngerem kann ich ja nicht mehr rechnen. Das war jetzt kein Kompliment, ich bin geknickt und entschuldige mich in aller Form! Ist ein Riesling vom Wöhrwag die geeignete Form der Wiedergutmachung?«

Emma lachte. »Dafür darfst du mich auch ganz direkt eine alte Schachtel nennen.«

Johnny B. sah sie von oben bis unten prüfend an. Als ob er mich im Geiste auszieht, dachte Emma.

»Alte Schachtel? Also bitte, Emma, ich käme nie auf die Idee … die Wahrheit so unverblümt auszusprechen.« So schnell es seine schmerzende Hüfte zuließ, verschwand er in der Küche, kam mit der Flasche Wein und zwei Gläsern zurück und schenkte ein.

Emma prostete ihm zu und sagte: »Ich habe mich neulich mit Heidelinde, ehemals Heidelinde Kruschnick, über dich unterhalten und mir gedacht, ich muss mal schauen, was aus dir geworden ist.«

»Heidelinde? Bei dem Namen klingelt nichts. Höschenfarbe? Vielleicht erinnere ich mich dann.«

»Du bist unmöglich, Hannes!«

»Hannes! Diesen Namen habe ich schon lange nicht mehr gehört. Und wenn ich ihn höre, werde ich wieder weit zurück in meine Vergangenheit geworfen. In die Zeit, bevor ich Johnny B. wurde. Die Zeit, als ich um jedes Mädchen kämpfen musste.«

Aus dem pickeligen Jungen, der jedem Mädchen an die Wäsche wollte, war ein schrulliger und amüsanter älterer Herr geworden.

Der immer noch den Mädchen an die Wäsche wollte.

Ihr gefiel sein erfrischender Zynismus.

»Tja, was ist aus mir geworden? Ein Rockstar, der ganz schnell verglühte, als er in die Umlaufbahn der Großen geriet. Die konnten anfangs zwar auch nicht mehr Akkorde als ich, aber sie konnten das besser verschleiern. Dann ein Musiker, der sich mit Kompositionsaufträgen durchgeschlagen hat, Werbung, Hörspiele und so Sachen, und oh!, sogar ein paar Fernsehfilme durfte ich mit meinen unsterblichen Melodien unterlegen. Das war gut fürs Renommee und ganz gut bezahlt. Alles in allem habe ich es eigentlich nicht schlecht gehabt, ich hatte mein Auskommen, ich wurde bewundert, zeitweise wenigstens, und ich kann wirklich von mir sagen: Ich habe gelebt. Und heute? Schau mich an, Emma, aber sag bitte nichts, die brutale Wahrheit sehe ich jeden Morgen im Spiegel, deshalb rasiere ich mich nicht so oft.«

»Du machst immer noch Musik?«

»Was anderes kann ich nicht.«

Er griff sich seine akkustische Gitarre und ließ die Finger über die Saiten fliegen. Aus der Abfolge von Tönen schälte sich allmählich eine bekannte Melodie heraus, und er sang:

Yesterday, all my troubles seemed so far away
Now it looks as though they're here to stay
Oh, I believe in yesterday

»Du kannst es noch«, sagte Emma.

»Finde ich auch. Aber wer will das noch hören von mir? Die Selbstbefriedigung ist auch in der Kunst eine adäquate Form des Lustgewinns.«

»Du bist verbittert.«

»Nein, ernüchtert. Was aber ungefähr auf dasselbe hinausläuft. Ach, Emma, ist das normal, dass man im Alter sentimental und etwas wunderlich wird? Kommt es noch so weit, dass ich mir Rosamunde Pilcher anschauen muss?«

»Muss nicht sein.«

»Was?«

»Beides.«

»Tatsächlich? Interessant. Habe ich noch nicht gewusst. Tja, man lernt doch nie aus im Leben. Köpfen wir noch eine Flasche?«

»Ein andermal.«

»Ein andermal? Das klingt gut. Ich darf also auf einen weiteren entzückenden und sentimentalen Nachmittag mit dir hoffen? Aber warte bitte nicht wieder fünfzig Jahre, ich gedenke nicht, die Bürde meines Erdendaseins noch so lange zu tragen.«

»Versprochen.«

»Und wenn du wieder frei und ungebunden bist und bereit zu neuen Abenteuern, dann musst du dich sofort bei mir melden.«

»Ich setze dich auf die Warteliste.«

»Oh, là, là, die Emma, reichlich keck für ihr Alter. Und das *war* jetzt ein Kompliment.«

Geständnisse

Die weltbewegenden Themen wurden wie üblich in der Sauna abgehandelt. In allen Einzelheiten berichtete Belinda von ihrem fehlgeschlagenen Verführungsversuch und beschrieb besonders eingehend Klaus' Aufzug.

Celia und Marion prusteten los.

»Der hatte tatsächlich diese alte Hose an?«, empörte sich Alice. »Wenn ich mal nicht zu Hause bin und auf ihn aufpasse!«

»Das Höschen ist heiß«, sagte Belinda. »Das verbirgt nichts.«

»Nicht der Rede wert!«, winkte Alice ab.

Marion merkte auf. »Das Problem kenne ich.«

»Das habe ich anders gesehen. Dein Klaus war ... nun, ganz schön angeregt.«

»Dieses Schwein!«, zischte Alice.

»Schätzchen«, sagte Belinda, »alles andere hätte mich doch sehr an mir zweifeln lassen. Ich gestehe ja ungern eine

Niederlage ein, Alice, aber du kannst beruhigt sein. Dein Klaus hat mich schlicht und einfach hinausgeworfen, als es anfing, interessant zu werden.«

Alice war aber nicht beruhigt. Klaus hatte kein Wort von Belinda gesagt. Überhaupt war er seit diesem Wochenende irgendwie … anders. Da war etwas, das spürte sie, auch wenn sie nur das Nötigste miteinander redeten. Er ging ihr aus dem Weg, mehr als sowieso schon. Er war oft geistesabwesend. Er sah sie wie prüfend von der Seite an, wenn er glaubte, sie bemerke es nicht. Er zuckte zusammen, wenn sie ihn ansprach.

Eigentlich benahm er sich, als ob er ein schlechtes Gewissen hätte.

Und wenn Belinda geschwindelt hatte? Wenn sie bei Klaus doch erfolgreich gewesen war?

Sie sah zu ihr hinüber und hörte nur mit halbem Ohr zu, was sie von ihren zahlreichen Eroberungen erzählte. Bisher war sie noch immer zum Zuge gekommen, wenn sie nur wollte. Sagte sie. Und immer mit den tollsten Männern. Sagte sie. Und dann sollte sie sich ausgerechnet mit Klaus abgeben, der ja durchaus seine Qualitäten hatte, doch ganz bestimmt nicht in die Kategorie »toller Mann« fiel?

Alice betrachtete ihre Freundin, die ihr schwitzend gegenüber saß. Erotisch, unabhängig, selbstbewusst, erfolgreich.

Vielleicht war sie ja gar nicht das männermordende Biest, als das sie sich gab? Vielleicht war das nur eine Selbstinszenierung, der Coup einer gewieften Werbefrau? Vielleicht war ihr Klaus gerade recht gekommen? Besser der als keiner?

Aber Belinda war doch ihre Freundin!

Sie wusste nicht mehr, was sie denken sollte. Sie wusste nur, dass das eine bescheuerte Idee gewesen war, Klaus auf die Probe zu stellen. Wie hatte sie nur an Klaus'

Treue zweifeln können! Plötzlich hatte *sie* ein schlechtes Gewissen.

Belinda war mit der detaillierten Schilderung ihres letzten Liebesabenteuers fertig und klopfte Marion auf den schweißnassen Oberschenkel. »So, nachdem wir Klaus erledigt haben, bist du an der Reihe, Kindchen. Ich hab da ein paar wirklich heiße Kerle für dich.«

»Nicht mehr nötig«, platzte Celia heraus.

»Wie das?«, fragte Belinda erstaunt. »Hast du ihr Nachhilfe in Kamasutra gegeben?«

»Bei unserem Wellnesswochenende hat sich Marion an der Bar sehr lange und sehr angeregt mit einem Typen unterhalten. Einem ziemlich gut aussehenden Typen übrigens.«

»Aha!«, machte Belinda. »Erzähl, Marion!«

»Da gibt's nichts zu erzählen«, wehrte Marion ab. »Wir haben uns halt unterhalten, nichts weiter.«

»Nichts weiter!«, echote Celia. »Und warum ist dieser Typ dann mitten in der Nacht aus deinem Zimmer gekommen? Und sag jetzt nicht, ihr habt euch Gutenachtgeschichten vorgelesen.«

»Vielleicht hatte er seine Briefmarkensammlung dabei«, prustete Belinda los.

Intime Gespräche in der Sauna hatten zumindest den Vorteil, dass man nicht gleich sah, wenn jemand rot wurde. Auch der überfallartige Angstschweiß, der sich einstellte, wenn man bei etwas ertappt wurde, ging im allgemeinen Geschwitze unter. Trotzdem war den Freundinnen klar, was Sache war. Vor allem, weil Marion nicht protestierte. Nicht mal schwach.

»Ich hab's doch gewusst! Glückwunsch, Marion!«, trompetete Celia.

»Warum habe ich davon nichts mitbekommen?«, empörte sich Alice.

»Weil du brav allein im Bett warst und an deinen Klaus gedacht hast«, stichelte Celia.

»Ich will alles wissen. Alle Details«, sagte Belinda.

»Über so was redet man doch nicht«, druckste Marion herum.

»Hör mal, Schätzchen, beste Freundinnen teilen alles. Manchmal sogar den Mann. Siehe Klaus.«

»Soll das heißen, dass ihr doch …«, brauste Alice auf.

»Aber nein, Kindchen! Ich …« … habe doch gewisse Ansprüche, wollte Belinda gewohnt schnoddrig sagen, konnte sich aber gerade noch bremsen. Das kam im Moment sicher nicht gut an, Alice war ohnehin etwas kratzbürstig heute. »Ich habe ihn nur in einem so angeheizten Zustand gesehen«, fuhr sie schnell fort, »wie ihn normalerweise nur seine Ehefrau zu Gesicht bekommt.«

Normalerweise, dachte Alice verbittert.

»Jetzt erzähl schon, Marion«, insistierte Celia.

»Es fühlte sich irgendwie … nicht gut an.«

»Tja«, sagte Belinda, »das ist das Risiko. Auch in der freien Wildbahn gibt es Totalausfälle. Kenn ich.«

»Nein, nicht so. Ich hatte ein schlechtes Gewissen. Ich musste die ganze Zeit an Wilfried denken und daran, was ich ihm antue.«

»Weißt du denn, was dein Wilfried so getrieben hat an dem Wochenende, als du weg warst?«

»Woher willst du das wissen? Hast du etwa …?«

»Aber nein, Schätzchen, war nur so dahingesagt. Zeig mir einen Ehemann, der treu ist. Ich kenne keinen.«

»Stimmt«, bekräftigte Celia und dachte daran, wie sie ihren Mann mit ihrer besten Freundin erwischt hatte.

»Klaus schon«, murmelte Alice.

»Wilfried auch«, hoffte Marion.

»Bist du dir sicher? Soll ich ihn auch mal …«, fragte Belinda.

»Nein!«, schrie Marion auf.

»Bleib locker, Marion», sagte Belinda. »So was passiert. Und wenn's passiert, genieße es.«

»Wenn das so einfach wäre! Wenn ich jetzt mit Wilfried … dann muss ich dauern an ihn denken.«

»Nicht gut«, stimmte Celia zu. »Es sei denn, du willst ihn wiedersehen.«

»Bist du verrückt? Außerdem ist er auch verheiratet.«

»Die Verheirateten sind mir die liebsten», sagte Belinda. »Die klammern nicht so, die kannst du an der langen Leine führen. Meine Erfahrung.«

Verheiratet wie Klaus?, überlegte Alice.

»Wieso hast du mich überhaupt gesehen, Celia?«, fragte Marion.

»Ich war auf dem Rückweg zu meinem Zimmer«, grinste Celia.

»Doch nicht dieser Bodybuilder-Typ aus der Sauna?«

»Genau der.«

»Deshalb bist du also am Abend so schnell verschwunden!«

»Logisch! Kleine Mädchen müssen bald ins Bett, damit sie rechtzeitig zu Hause sind.«

»Und?«, fragten drei Frauen im Chor.

Celia zuckte mit den Schultern. »Nichts als heiße Luft.«

»Von diesen Mucki-Typen musst du die Finger lassen«, sagte Belinda. »Vollgepumpt mit Anabolika oder sonst was. Denen geht schon die Luft aus, da bist du noch nicht mal aus dem Höschen gestiegen. Meine Erfahrung. Halt dich an die Kerle mit den echten Muskeln.«

»Aber das weiß man ja vorher nicht.«

»Alles Erfahrungssache, mit der Zeit bekommst du einen Blick dafür. Und es gibt ein paar einfache Tricks, um sie auf die Probe zu stellen. Zum Beispiel …«

Während die Freundinnen weiter fachsimpelten, verfiel Alice in dumpfes Brüten. Offensichtlich hatten alle ihren Spaß gehabt, mehr oder weniger. Oder hatten es wenigstens versucht. Nur sie nicht. Und sie war auch noch selbst schuld daran. Diese verdammte Emma! Dieser Schlappschwanz von Klaus! Nicht mal einen kleinen Seitensprung kriegte der hin. Das machte er bestimmt mit Absicht.

Der Ruf der Familie

Einträchtig machten die beiden die Küche. Emma wusch, Pilar trocknete ab. Die beste Gelegenheit für ein Mutter-Tochter-Gespräch.

»Puh!«, sagte Pilar. »Wenn du mich weiter so mästest, muss ich mir einen anderen Beruf suchen.«

»A bissele mehr kannst du schon noch auf die Rippen kriegen. Ist deine Mutter auch so schlank wie du?«

Pilar nickte.

Emma seufzte.

»Man kann's den Männern vielleicht nicht verdenken. Da hockt eine Frau zu Hause, abgeschafft vom jahrelangen Kampf mit Haushalt und Kindern, etwas in die Breite gegangen, alt geworden, unzufrieden, weil es mit dem Wiedereinstieg in den Beruf nicht klappt, und dann kommt eine Junge, Hübsche, Schlanke daher, die nicht über den Alltag jammert, und schon ist's geschehen.«

»Muss ja nicht so sein.«

»Ist aber so gewesen, oft genug. Und ich hab's geschluckt und mich geärgert. Dafür habe ich mit dir noch mal eine Tochter gekriegt. Und es wär mir schon arg, wenn es die nicht gäbe.«

Pilar umarmte Emma so unvermittelt, dass der vor Schreck das Weinglas aus der Hand rutschte, das sie gerade abspülte. Trifft Glas auf Stein, ist das Ergebnis vorhersehbar.

»Das schöne Weinglas! Entschuldigung!«

»Schön war's noch nie, alt isch's, und es wird Zeit, dass dieser ganze alte Krempel verschwindet. Also, weg damit!«

Und damit ließ sie das zweite Glas fallen.

»Hosch g'hört, Willi, wie des sche gscheppert hot?«, schrie sie ins Wohnzimmer hinüber. »Hat mir der Willi mal von einer Geschäftsreise mitgebracht. Schlechtes Gewissen, garantiert.«

Gemeinsam kichernd kehrten sie die Scherben zusammen.

»Wann lerne ich eigentlich mal den Rest der Familie kennen?«, fragte Pilar.

»Mädle, sei froh, wenn du sie nicht kennst.«

»Warum?«

»Irgendwie spinnen sie alle, diese Öchsles.«

»Auch die Eingeheirateten?«

Emma grinste. »Die besonders. Man muss sich der neuen Familie ja anpassen, wenn man heiratet.«

»Da ist was dran«, sagte Pilar nachdenklich. »Irgendwie scheint das abzufärben.«

»Wieso? Merkst du auch schon Symptome bei dir?«

»Bei mir? Nein. Aber bei Alice.«

»Alice? Die spinnt ja sowieso. Schon immer. Wahrscheinlich hat Klaus sie deshalb geheiratet. Passt zur Familie. Warum, was ist mit Alice?«

»Alice ist in den Sexstreik getreten.«

»Da guck na! Und weshalb? Gibt's dafür einen Grund?«

»Dich.«

»Mich?«

»Solange du hier bist.«

»So, so. Dann wird sie's noch eine Weile verheben müssen. Hat sie dir das erzählt?«

»Wo denkst du hin! Simon. Aber unterm Siegel der Verschwiegenheit.«

»Die Kinder wissen doch immer mehr, als die Eltern ahnen. Sexstreik, sagst du, Pilar?«

»Ja.«

»Jetzt wird mir einiges klar.«

»Was denn?«

»Der Klaus soll ein Verhältnis mit der Verkäuferin vom Bäcker haben.«

Pilar brach in schallendes Gelächter aus. »Klaus? Der biedere Klaus?«

»Wenn er nach seinem Vater gerät …«

»Mit allen Konsequenzen? Dann kriegst du noch einen Enkel dazu, Emma.«

»Von mir aus. Immer her damit. Unerwarteten Familienzuwachs bin ich ja gewohnt mittlerweile.«

Pilar hielt mit dem Abtrocknen inne. »Wart mal, Emma, mir fällt da was ein, was ich schon wieder vergessen habe.«

Und sie erzählte von dem Sonntagmorgen mit einem etwas angegriffenen Klaus und dem Slip an der Deckenlampe.

Emma schüttelte den Kopf. »So ein Dibbl[91]! Wenn er schon eine Affäre anfängt, soll er das wenigstens heimlich tun und nicht so, dass es jeder gleich mitkriegt.«

»Vielleicht muss er noch üben. Woher weißt du überhaupt davon?«

»Es gibt so Gerüchte im Viertel.«

»Sind die auch schon bis zu Alice vorgedrungen?«

»Das hätten wir bestimmt gehört, Pilar. Lautstark.«

»Die Verkäuferin, ist das die mit dem Riesenbusen?«

---

91 Dummkopf

»Ja, die Yvonne.«

»Dass Männer immer auf die großen Busen abfahren!«

»Ist ja auch ein herausstechendes Merkmal, sozusagen. Spricht aus dir der Neid, Pilar?«

»Ich bin zufrieden mit dem, was ich habe. Oder vielmehr nicht habe. Mehr wäre als Tänzerin sowieso hinderlich.«

»Recht so, Mädle! Nur nichts drauf geben, was die andern denken. Übrigens, du verstehst dich gut mit Simon, nicht wahr?«

»Er weiß ja, dass ich seine Tante bin und deshalb tabu für ihn, aber trotzdem verschlingt er mich mit den Augen.«

»Kann man ihm nicht verdenken. Und da ist er ja nicht der Einzige, wie ich schon bemerkt habe.«

Pilar zuckte mit den Schultern. »Man gewöhnt sich daran. Als hübsches Mädchen hat man's auch nicht immer leicht.«

»Deine Freiluftübungen haben viele Zuschauer.«

Pilar grinste. »Ich weiß. Vielleicht sollte ich Eintritt verlangen.«

»Und das stört dich nicht, wenn du so beglotzt wirst?«

»Nicht im Geringsten. Ist eine gute Übung: Tanzen vor Publikum. Außerdem lasse ich mich gern bewundern, ich bin nämlich ganz schön eitel, weißt du.«

»Viele weibliche Bewunderer hast du allerdings nicht, was man so hört.«

»Kann ich mir denken. Aber ihre Männer müssen sie schon selbst festhalten.«

»Tun sie auch, Mädle, darauf kannst du dich verlassen.«

»Na, wenn ich da an deinen untreuen Sohn denke!«

»Der Klaus! Ehrlich, zugetraut hätte ich ihm das nicht. Heideblitz, des isch mir oiner!«

»Willst du was zu ihm sagen? Ihm ins Gewissen reden oder so?«

»Ich? Ganz bestimmt nicht. Dem sein Gewissen ist seine Sach, ich hab mit meinem genug zu tun.« Emma seufzte tief.

»Was war denn das jetzt für ein Stoßseufzer? Bezieht der sich auf Ajamu? Oder ist das ein Tabuthema?«

»Nein. Ja. Ich meine, kein Tabu, ich verstecke den Kerl ja nicht. Im Gegenteil, das macht einen Heidenspaß, wie die Leute auf uns reagieren, auf die alte Schachtel mit dem jungen Schwarzen. Wir sind schon eine ganz schöne Provokation.«

»Wenn das dein Willi wüsste!«

»Das tät ihn gscheit pfupfra[92], gell, Willi?«, schrie sie ins Wohnzimmer hinüber. Sie bildete sich ein, von dort so etwas wie ein »Umpfh« und dann ein Poltern zu hören. Wahrscheinlich war ihr Willi vom Sofa gefallen.

»Aber?«, fragte Pilar.

»Aber ich weiß natürlich, dass das nicht von Dauer ist. Nicht, dass er sich falsche Hoffnungen macht.«

»Macht er nicht. Er sieht das genauso.«

»Glaubst du?«

»Ich weiß es. Aus erster Hand.«

»So, so, da wird also hinter meinem Rücken über mich geredet.«

»Wundert dich das?«

»Nein. Und soll ich dir was sagen: Es stört mich nicht. Ich mach mir keine Gedanken mehr, was andere über mich denken. Egal, ob die Familie oder die Nachbarn. Ich mach, was ich will.«

»Aber Emma! Denkst du denn gar nicht an den Ruf deiner Familie?«

»Kein bisschen.«

---

92 erregen, aufregen

Erbsenbrünnele

Und wieder war Stammtisch, und wieder beim *Zaiß*. Warum musste es ausgerechnet immer der *Zaiß* sein? Es gab doch auch andere Weinstuben und Kneipen, gleich bei ihm zum Beispiel das *Schmidener Eck,* da brauchte er nur aus der Haustür zu fallen. Oder andersrum, von der Kneipe ins Haus. Dem Frieder wäre das auch recht gewesen, von seinem Sommerrain drüben war es auch nicht weit. Fußläufig. Netter Ausdruck. Wer lief schon auf Händen?

Aber nein, es musste der *Zaiß* sein.

Darauf hatte Karsten bestanden. Und bloß, weil er in der Spreuergasse wohnte. Der *Zaiß* war sozusagen seine Küche, er hockte dauernd dort, weil er keine Lust zum Kochen hatte.

Nichts gegen den *Zaiß*. Es war gemütlich, der Wein gut und das Essen auch und die Stimmung sowieso. Obwohl Dieter, der Weinvogt, natürlich schmerzlich vermisst wurde.

Es war nur so elendig weit von hier bis zum *Zaiß*. Das Auto kam natürlich nicht in Frage. Alice hatte ihm empfohlen zu laufen. Ist doch ein schöner Spaziergang am Neckar entlang, hatte sie gemeint.

»Wenn du schon saufen gehst, kannst du wenigstens was für deine Gesundheit tun. Du hast sowieso viel zu wenig Bewegung. Dein Bauch wird immer dicker. Du kommst ja schon ins Schnaufen, wenn du die Treppe hochgehst.«

Ja grad noch! Hatte die eine Ahnung, wie weit es bis runter in die Altstadt war? Zwei Kilometer mindestens. Da war er ja Stunden unterwegs, wenn nicht mehr. Vor allem heimwärts.

So trottete er also jeden Freitag brav die Straße hinab Richtung Neckar, jedes Mal verfolgt vom strengen Blick seiner Frau.

Sobald er um die Ecke war, rief er ein Taxi. Ätsch!

Heute allerdings machte er sich frohgemut auf den Weg. Zu Fuß. Und pfiff ein munteres Liedchen dabei. Ziemlich falsch. »Muss i denn, muss i denn zum Städtele hinaus.« Was anderes fiel ihm gerade nicht ein.

Er hatte einen Entschluss gefasst. Wenn ein Mann in ein bestimmtes Alter kam, sein bestes Alter, musste er etwas für seinen Körper und seine Linie tun. Von allein hielt sich das nicht mehr in Form.

Eine niederschmetternde Erkenntnis. Aber besondere Umstände verlangten eben besondere Taten.

Nicht, dass die Yvonne auch noch über seinen Ranzen meckerte.

Oder tat sie das schon insgeheim?

Wenn er in den Laden kam, benahm sie sich so, als würde sie ihn nicht kennen. Also nicht näher kennen. Das war ja schon richtig so, tarnen und täuschen, es gab ohnehin schon genug Gerede. Aber sie hätte ihm wenigstens mal zuzwinkern können. Oder ihn freundlicher anlächeln als die anderen.

Seit jenem denkwürdigen Nachmittag war es ihm nicht mehr gelungen, mit ihr ein Wort allein zu wechseln. Er wusste nicht, wo sie wohnte und hatte ihre Handynummer nicht. Beides hatte er auch nicht in Erfahrung bringen können. Wenigstens nicht unauffällig.

Man hätte fast meinen können, dass sie ihm aus dem Weg ging.

Vielleicht war das auch eine normale Reaktion. Der überwältigende Ansturm der Gefühle musste erst langsam wieder abflauen.

Er war bei der Wilhelmsbrücke angelangt und bog in die Marktstraße ein. Na, das war ja schneller gegangen, als er gedacht hatte. Er hatte auch ein flottes Tempo vorgelegt. Er konnte nicht anders, er musste sich eine Top-Kondition zugestehen. Diese Strecke schaffte nicht jeder Mann seines Alters, die meisten hätten mittendrin schlappgemacht. Er war in bester Form. Noch ein wenig Training, und er hatte wieder die Kraft eines jungen Stiers. Yvonne würde staunen.

Die anderen waren schon da.

Sie grinsten ihn an.

Sie wussten es also auch.

Er bestellte sich einen Fasswein und einen Zwiebelrostbraten, extra groß, mit Röstkartoffeln. Er hatte einen Mordshunger nach der langen Wanderung.

Frieder schlug ihm auf die Schultern. »Von dir hört man ja Sachen! Sauber, sauber!«

Klaus grinste.

»Also, jetzt erzähl mal!«, forderte Karsten ihn auf.

Klaus wehrte ab. »Das wird mir jetzt zu intim. Ich frag dich ja auch nicht nach deinem Liebesleben.«

»Do dätsch au nix zom höre kriaga, gell, Karsten?« Frieder lachte dröhnend, und Karsten lachte mit. Er würde es ja nie zugeben, aber leider hatte Frieder den Nagel auf den Kopf getroffen. Die Welt war ungerecht. Verheiratete Männer wie Klaus hatten ihre Frauen zu Hause im Bett, weshalb ließen sie die frei herumlaufenden Mädels nicht Singles wie ihm?

»Diese Runde geht auf mich«, sagte Klaus generös.

»So ist's recht!«, sagte Holger. »Triumphe soll man mit seinen Freunden feiern.«

»Und wenn er das nächste Mal eine Runde schmeißt, wissen wir, was los war.«

»Trinkt aus, Männer«, sagte Karsten, »die nächste Runde zahle ich.«

»Oh, là, là, das ist jetzt aber kein Zufall, oder?«

Karsten grinste.

»Auf die Frauen!«

Sie stießen an. Karstens Gesichtsausdruck dabei konnte man durchaus als gequält bezeichnen.

»Sag mal, Klaus, hat eigentlich deine Alice was mitgekriegt?«

»Blöde Frage, er lebt ja noch.«

»Jetzt mal was Wichtigeres, Leute. Was sagt ihr zum VfB?«

Ein kollektives Aufstöhnen ging durch die Runde, und bald waren sie in hitzige Diskussionen über das letzte Bundesligaspiel verwickelt. Niemandem fiel auf, dass sich Karsten merkwürdig zurückhielt. Immer wieder schaute er nachdenklich zu Klaus hinüber. Klaus als Womanizer! Dieser biedere und, recht besehen, eigentlich sterbenslangweilige Ministerialbeamte, weder reich noch gut aussehend noch geistreich. Und auf so einen flogen die Frauen? Karsten nippte an seinem Trollinger. Er war schwer frustriert.

Klaus hingegen hatte einen kräftigen Zug, beflügelt von seinem neuen Status. Als es ihm immer schwerer fiel, das zu formulieren, was er sagen wollte, dämmerte ihm, dass er ganz schön einen in der Krone hatte. Plötzlich widerte ihn der Rest Wein in seinem Glas an. Noch ein Schluck, und er würde umkippen.

Mühsam stand er auf, klopfte zum Abschied nur auf den Tisch, und wankte hinaus.

Oje, heute hatte es ihn aber gewaltig erwischt.

Der Boden unter seinen Füßen schwankte.

War ja logisch. Die Mittelgebirge waren durch Auffaltung entstanden. Die Alpen wuchsen noch immer jedes Jahr um drei Millimeter, seit Ötzi hatten sie also einhundertsechzig Meter an Höhe gewonnen. Und dann rumpelte es auch immer wieder, Oberrheingraben und so.

Das war jetzt also eine Kombination aus Auffaltungsschub und einem Erdbeben mittlerer Stärke.

Er hielt sich an der Hauswand fest.

Also Taxi.

Schiffen hätte er noch müssen. Aber deswegen ging er nicht noch einmal zurück.

Er schaute sich um. Die Marktstraße lag verlassen.

Er stellte sich vors Erbsenbrünnele und brunzte. Was der kleine Kerl da oben auf seiner Erbse konnte, das konnte er schon lange. Wenn auch nicht aus vier Strahlern gleichzeitig.

»Hallo Richard«, sagte er und rülpste. Der ehemalige Bundespräsident Richard von Weizsäcker hatte einmal bekannt, dass er seinem Onkel Fritz von Graevenitz für das nackte Büble oben auf der Erbse Modell gestanden hatte. Wenn man davon wusste, ließ sich manche salbungsvolle präsidiale Rede leichter ertragen.

»Bisch au net grad gut ausgestattet, was, Richard?« Er lachte. Herrgott, hatte er einen im Tee! Er musste aufpassen, dass er beim Pinkeln nicht umfiel. Sein Strahl schwankte mit ihm hin und her.

Hoffentlich schlief Alice schon, wenn er nach Hause kam, sonst gab's wieder eine auf die Nuss, sie konnte es nicht ausstehen, wenn er betrunken heimkam. Auch egal, die Stimmung war sowieso auf dem Tiefpunkt.

Er konzentrierte sich auf sein Geschäft. Unglaublich, wie viel vier Viertele ausgaben. Die mussten sich in seiner Blase verdoppelt haben.

Eine Gruppe junger Mädchen schlenderte heran, so sechzehn, siebzehn, so alt wie seine Tochter ungefähr. Scheiße! So schnell konnte er nicht anhalten. Und überhaupt, was taten die so spät noch auf der Straße?

»Guck mal, ein Exhibitionist!«, rief eine.

Die Mädchen prusteten los.

»Schwanzalarm!«, rief eine andere.

Die Mädchen johlten.

Verdammter Mist! Und jetzt? Er versuchte, die Lage zu analysieren, so gut das in seinem Zustand ging. Wenn er jetzt ganz schnell den Schwanz einzog, wörtlich genommen, machte er sich die Hose nass und hatte ein Problem. Wenn er weiter strullte, hatte er auch ein Problem.

Er hatte also so oder so ein Problem. Er konzentrierte sich.

Währenddessen plätscherte es weiter.

Und wenn er ganz schnell weitermachte? Drei Viertele mussten doch mindestens schon draußen sein. Er drückte kräftig, und ihm entwich ein donnernder Furz.

Die Mädchen lachten.

Was waren das nur für unerzogene Gören, die einen gestandenen Mann nicht mal in Ruhe sein Wasser abschlagen ließen? Wenn sie kreischend davonlaufen würden, wäre das normal. Aber sie guckten zu, kicherten und giggerten und gaben blöde Kommentare ab.

Und jetzt zückten sie auch noch ihre Handys. Ja super, 110, und gleich rückt eine Hundertschaft Polizei an, der Polizeiposten war ja gleich überm Neckar in der Duisburger Straße.

Und jetzt? Davonrennen, wie er war, mit baumelndem Gemächt? Panisch sah er sich um.

Das Blitzlichtgewitter der Handys blendete ihn. Die Mädchen kreischten.

»Das kommt sofort auf meine Facebook-Seite«, rief eine.

Und dann waren sie verschwunden.

Nur ein Mädchen blieb zurück.

»Papa?«, hörte er eine vertraute Stimme.

Küsschen, Küsschen

Emma öffnete die Tür zu ihrer Wohnung und musste grinsen. Damit war das Geheimnis also auch gelöst. Simon stand vor dem Bild seines Großvaters und mampfte die Schokoküsse.

»Die legst du doch immer für mich hin, gell, Oma?«, sagte er. »Du magst sie ja nicht.«

»Nein, ich mag sie nicht«, erwiderte Emma und strubbelte ihm durchs Haar, was er mit einer unwilligen Kopfbewegung quittierte. Verständlich. Manchmal machte sich Emma nicht klar, wie alt ihre Enkel schon waren.

»Du, Oma«, sagte Simon.

»Was, Simon?«

»Die wollen dich ins Altersheim stecken, der Papa und die Mama.«

»Ich weiß, Simon.«

»Aber das lasse ich nicht zu. Du darfst nicht weggehen von hier.«

Emma war gerührt. Ihr Exil im Hause ihres Sohnes hatte wenigstens mit sich gebracht, dass sie ihre Enkel besser kennenlernte und sich mit ihnen besser verstand. Vielleicht sollte sie sich auch mal bei ihren anderen Kindern einquartieren. Aber den Gedanken verwarf sie schnell wieder. Man musste sich ja nicht unnötig Stress machen. Und den anderen auch nicht. Sie hatte viel gelernt in letzter Zeit.

»Wenn sie dich rausschmeißen, trete ich in den Hungerstreik«, sagte Simon.

Emma lachte. »Und ich mach dir dann heimlich Maultaschen.«

Simon grinste. »Das könnte doch funktionieren, oder nicht?«

»No nix Narrets, Bua. Ich komm ganz gut zurecht mit der Situation hier.«

»Aber Mama ist immer so garstig zu dir.«

»Ich kann sie sogar verstehen. Mehrere Generationen unter einem Dach, das ist nicht einfach. Ich hätte auch nicht mit meiner Schwiegermutter zusammenleben wollen.«

Simon schüttelte den Kopf.

»Die Erwachsenen sind schon manchmal komisch. Krieg ich noch einen Schokokuss, Oma?«

»Natürlich. Und mach dir um mich keine Sorgen, Simon. Ich hab da schon so einen Plan.«

Ein versonnenes Lächeln umspielte Emma Öchsles fuchsienrot geschminkte Lippen.

»Und morgen mach ich uns Maultaschen, Simon, auch ohne Hungerstreik.«

»Richtige Oma-Maultaschen?«

»Richtige Oma-Maultaschen.«

»Oma, du bist klasse!«

»Stimmt. Aber sag's bloß nicht weiter.«

Schweigen im Walde

Im Hause Öchsle herrschte Nullkommunikation. Alice hatte Klaus nur wortlos einen Computerausdruck auf den Tisch geknallt, und fortan war Funkstille. Sie redete kein Wort mehr mit ihm, nicht einmal das Nötigste.

Wenn sie wenigstens getobt hätte! Dann hätte er sich erklären können. Ein Riesenkrach war immer noch besser als dieses allumfassende Schweigen. Es war, als sei er gar nicht vorhanden.

Den Kindern war unbehaglich zumute, sie wussten nicht, wie sie sich verhalten sollten. Bei den gemeinsamen Essen plauderte Alice mit Madeleine und Simon und ignorierte Klaus. Die Kinder schlangen ihr Essen hinunter, damit sie möglichst schnell wieder verschwinden konnten.

Emma nahm Madeleine auf die Seite.

»Was ist denn jetzt wieder los?«

»Nichts.«

»Das merk ich auch. Welches nichts?«

Madeleine druckste herum. Dann sagte sie: »Nach dem Stammtisch hat Papa hackevoll an das Erbsenbrünnele gepinkelt.«

»Na und?«

»Er ist dabei fotografiert worden.«

»Aha.«

»Die Fotos stehen jetzt im Internet.«

»Oje!«

»Und Mama hat davon erfahren.«

»Und sie hat sich nicht darüber amüsiert, oder?«

»Was denkst du denn?«

»Das muss ich sehen!«

Madeleine nahm Emma mit in ihr Zimmer und loggte sich auf Facebook ein.

Emma sah die Fotos und prustete los. Wider Willen musste auch Madeleine lachen. Klaus blickte selten doof in die Kamera, sein Gesicht war zu einer debilen Maske verzerrt. Um erkennen zu wollen, was seine rechte Hand routiniert verbarg, brauchte man freilich viel Fantasie.

Emma sah ihre Enkelin an. Sie lachte, aber gleichzeitig hatte sie Tränen in den Augen.

»Es war soooo peinlich, wie er da stand«, schluchzte sie.

»Du warst dabei?«, fragte Emma erstaunt.

Und Madeleine erzählte. Sie war mit ihren Freundinnen unterwegs gewesen, als sie den pinkelnden

Mann sahen. Sie hatte ihn erst erkannt, als die Handys aufblitzten.

»Deine Freundinnen wussten nicht, dass das dein Vater war?«

Madeleine schüttelte den Kopf.

»Und du hast es ihnen auch nicht gesagt?«

Madeleine schüttelte den Kopf.

»Deiner Mutter?«

Madeleine schüttelte den Kopf.

»Wie hat sie es dann erfahren?«

Madeleine schluchzte. »Eines der Mädchen war so blöd und hat die Fotos ihrer Mutter gezeigt. Die hat Papa erkannt und hat es Mama gesagt.«

»Und jetzt weiß es die ganze Klasse.«

»Ja.«

»Und du musst dir blöde Bemerkungen anhören.«

»Ja.«

»Weshalb diese Aufregung? Habt ihr noch nie einen Mann pinkeln sehen?«

»Schon. Aber ich schäme mich so.«

»Du schämst dich? Weswegen denn? Für wen? Für deinen Vater? Das überlass mal besser ihm selbst. Du kannst es nicht aus der Welt schaffen, und du hast nichts damit zu tun. Versteck dich nicht. Schäm dich nicht. Geh offensiv damit um. Frag deine Freundinnen, ob ihre Väter auch so einen prachtvollen Schwa… Nein, das ist vielleicht keine so gute Idee.«

Madeleine kicherte, immerhin. »Außerdem sieht man ihn ja gar nicht.«

Emma sah ihre Enkelin prüfend an. »Du hast noch nicht viel Erfahrung, gell?«

Madeleine wurde rot. »Gar keine«, sagte sie leise.

»Und du bist die Einzige in der Klasse, gell?«

Madeleine schaute sie mit großen Augen an.

»Woher weißt du das?«

»Weil sich offenbar in den letzten fünfzig Jahren nichts geändert hat. Weil du selbst immer glaubst, du bist die Einzige, die irgendwas nicht hat.«

Madeleine sagte energisch: »Ich will mit den Jungs auch nichts zu tun haben. Ich bin Feministin! Alle Männer sind Schweine! Die wollen immer das eine!«

»Frauen auch, wenn sie's mal verschmeckt haben.«

»Das ist eine Behauptung der Männer, mit der sie die Frauen zu Sexualobjekten degradieren wollen!«

Emma seufzte. Welcher Steinzeit-Feminismus feierte denn da fröhliche Urstände?

Sie schaute ihre Enkelin prüfend an.

Von der Figur her war sie nach ihrer Mutter geraten, dürr und so gut wie keine Oberweite, was sie durch einen ausgeprägten Push-up-BH mit allerlei Einlagen zu kaschieren versuchte. Das Ergebnis war eher kläglich und konnte allenfalls die unbedarfteren Jungs täuschen.

Wenn sie schon nicht mit körperlichen Vorzügen glänzen konnte, dann eben mit anderen. In der Schule war sie als Streberin verschrien, was sie trotzig ertrug. Auf den ersten Blick wirkte sie spröde und besserwisserisch, aber Emma hatte sie mittlerweile gut genug kennengelernt und wusste, dass sich hinter dem Panzer Unsicherheiten und Ängste verbargen. Und viele Sehnsüchte. Sie erinnerte sich nur zu gut an ihre Jugendjahre und daran, dass sie mit niemandem ernsthaft darüber reden konnte. Schon gar nicht mit ihren Eltern.

Aber dafür gab es ja die Oma.

»Jetzt pass mal auf, Madeleine. Ich glaube, wir müssen mal über ein paar Sachen reden.«

Es wurde ein langes Gespräch und nach einem vorsichtigen Beginn auch ein lustiges. Emma verkniff sich wohlgemeinte Ratschläge, fragte, hörte zu, wunderte sich über gar nichts und steuerte nur bisweilen Erfahrungen aus ihrem Leben bei. Warum, dachte sie zwischendurch, habe ich mit meinen eigenen Kindern nie so reden können, als die es nötig hatten? Aber vielleicht war das einfach so.

Madeleine fühlte sich hernach auf eine seltsame Art happy. Eigentlich war die Oma ganz in Ordnung, fand sie. Wenigstens konnte man mit ihr über Dinge reden, ohne dass sie gleich ausflippte wie Mama.

Als Klaus die Fotos gesehen hatte, war er zunächst erleichtert. Die Bilder hätten ja auch was ganz anderes zeigen können. Und jetzt saß er da und verstand die Welt nicht mehr. Okay, er war ziemlich abgefüllt gewesen und man bepinkelte das Erbsenbrünnele nicht und vor allem ließ man sich nicht dabei erwischen und schon gar nicht von den Freundinnen seiner Tochter und schon mal überhaupt nicht von der eigenen Tochter.

Alles richtig. Aber auch wieder nicht so schlimm, dass man deswegen einen solchen Aufstand machen müsste.

Alice ahnte ja gar nicht, was da noch auf sie zukam.

Johnny and the Rocking Oldies

Als sie endlich oben angekommen waren, atmete Johnny erleichtert auf. Seine Hüfte plagte ihn heute wieder mal, wie immer bei Ostwind, und er stützte sich schwer auf seinen Stock. Dafür trug Emma seinen Gitarrenkasten. Wenn sie schon darauf bestanden hatte, dass er ihn mitnahm, sollte sie sich selbst damit abplagen.

»Wir hätten das verschieben sollen«, grummelte Johnny. »Ich mache einen schlechten Eindruck, und es ist meinem Selbstbild abträglich, wenn ich angekrochen komme wie ein alter Mann. Ja, ich weiß, ich bin einer, aber meine Wehwehchen hätschele ich lieber in der Abgeschiedenheit meiner Klause, da kann ich ungeniert jammern und klagen.«

»Was hast du denn? Der Stock steht dir. Gibt dir eine Art Eleganz.«

»Nicht wahr? Ich habe auch lange suchen müssen, bis ich so ein Exemplar gefunden habe. Diese höhenverstellbaren Gehstöcke heutzutage sind doch einfach grässlich.«

Johnnys Stock war aus Zedernholz mit silbernem Knauf, den ein Löwenkopf zierte, und er schwang ihn so graziös, dass Emma sich manchmal fragte, ob er ihn tatsächlich benötigte, um sich darauf abzustützen.

Für seine Verhältnisse hatte er sich fein gemacht, das hieß, er trug eine schwarze Lederhose mit unaufdringlicher Patina, dazu allerdings eines seiner üblichen Motto-Shirts (heute: »Sexy – and I know it«). Er hatte sich rasiert, was bei seinem durchfurchten Gesicht eine Herausforderung sein musste, und duftete nach einem herben Aftershave. Auf seine Art war er eine interessante Erscheinung. Und etwas nervös, wie Emma zu bemerken meinte. War es gar nicht der Ostwind, der ihn sich auf den Stock stützen ließ? Könnte es sein, dass er ein ganz kleines bisschen aufgeregt war, wie seinerzeit vor seinen glorreichen Auftritten, wenn er nicht wusste, wie er beim Publikum ankam?

»Und? Wieder fit?«, erkundigte sie sich.

»Wie ein alter Turnschuh«, bestätigte er.

Er schaute an dem Jugendstilportal empor und meinte: »Nettes Häuschen.«

»Und ich bin dazu gekommen wahrlich wie die Jungfrau zum Kind«, hörten sie Heidelinde sagen, die gerade die Tür öffnete.

»Das ist Heidelinde, ich habe dir von ihr erzählt«, stellte Emma vor.

Emma hatte Heidelinde gewarnt. Er wird gern ein bisschen anzüglich, hatte sie gesagt, aber das darf man nicht persönlich nehmen. Innerlich wappnete sie sich. Jetzt kam unter Garantie gleich die Nummer mit der Höschenfarbe.

Aber Johnny B., schlank und hochgewachsen und das grau durchzogene lange Haar wie stets zum Pferdeschwanz gebunden, schien wie geblendet von der Frau, die vor ihm stand, schlank und hochgewachsen, das lange schlohweiße Haar befreit bis über die Schultern fallend.

Ein versonnenes Lächeln umspielte Emma Öchsles aprikosenrot geschminkte Lippen. Erstes Etappenziel erreicht. Sie hörte es geradezu knistern.

Dann gab Johnny Heidelinde galant einen Handkuss und sagte nur: »Ich bin entzückt, in höchstem Maße. Nicht nur von dem kleinen Häuschen hier, von dem natürlich auch, ja sicher, doch vor allem von der bezaubernden Hausherrin. Und wenn ich dich so anschaue, liebe Heidelinde, kommen Erinnerungen auf an eine Zeit in unser aller Leben, als wir unschuldig waren und ungestüm und unbesorgt und wagemutig und was weiß ich noch alles. Und notabene jung. Zumindest etwas jünger als jetzt.«

In der Tat schien Heidelinde den Siebzigern entsprungen, mit Schlaghose, bunt gemustertem Top und ebenso buntem Umhang.

Sie schaute Johnny amüsiert an.

»Redest du eigentlich immer so geschwollen?«

»Oh, meine geschliffenen Reden sind weithin berühmt und sogar berüchtigt, ihrer ausufernden Länge wegen. Wahrscheinlich habe ich es deshalb nie lange mit einer Frau ausgehalten. Dieser dauernde Kampf um die Redehoheit! Sag mal, hat dieses Outfit sich so lange in deinem Kleiderschrank erhalten?«

»Natürlich nicht. Irgendwann hat man die alten Fetzen ja mal weggeworfen.«

»Ach ja, das Lebensausmisten. Lebenslänglich. Und immer bleiben die falschen Dinge zurück, weil man das wirklich Wichtige entsorgt hat«, seufzte Johnny.

»Solche Kleider kannst du jetzt überall kaufen. Retro ist total angesagt.«

»Mir scheint, ich bin in Modedingen nicht ganz auf dem Laufenden. In anderen wahrscheinlich auch nicht. Zum Beispiel bin ich mir nicht sicher, wie man die Canapés, die du uns so wunderschön angerichtet hast, heutigentags stilvoll isst, ohne sich als Banause zu entlarven.«

»Die Canapés nennt man jetzt Fingerfood, und du darfst dir ruhig die Finger damit schmutzig machen.«

»Das nenne ich doch mal einen Fortschritt. Früher bekam man eins auf die Finger, wenn man mit selbigen gegessen hatte. Selbst gemacht?«

»Natürlich.«

»Ich liebe Frauen, die einen kreativen Umgang mit Essbarem pflegen, eine Eigenschaft, die mir abgeht, übrigens eine von vielen, was ich in diesem Fall jedoch als besonders betrüblich empfinde. Meine kulinarischen Fähigkeiten beschränken sich auf das Vertilgen solcher Köstlichkeiten, wohingegen mir deren Verfertigung verschlossen bleibt, so dass ich leider nur äußerst selten in den Genuss derselben komme, schließlich bekomme ich nicht alle Tage eine Einladung wie diese. Übrigens überaus köstlich, meine Liebe.«

Sie saßen um den Couchtisch in Lindes riesigem Wohnzimmer und tranken Tee zum Fingerfood. Kein Champagner? Den hatte sich Heidelinde wohl für später aufgehoben.

Johnny aß und plapperte, Linde aß und hing an Johnnys Lippen, als verkündeten sie eine Art von Evangelium. Emma hätte genauso gut abwesend sein können, es hätte keine Rolle gespielt. Aber es machte ihr nichts aus, im Gegenteil.

Irgendwann packte Johnny seine Gitarre aus.

»Okay, Wunschkonzert. Ich wurde von einer gewissen, hier anwesenden Person verdonnert, dieses Gerät mitzubringen und mit ihm auch meine allzu bescheidenen Fähigkeiten zu demonstrieren.«

Johnny improvisierte vor sich hin, und ohne sein Spiel zu unterbrechen, fragte er: »Also, Ladies, was beliebt?«

»Tears in Heaven«, sagte Heidelinde, ohne lang zu überlegen.

»Hat meine volle Zustimmung«, erwiderte Johnny, »Genialer Song, hätte von mir sein können.«

Er spielte die Eingangssequenz an, und Heidelinde fiel mit ihrer leicht rauchigen Stimme ein. Sie hatte sich erhoben und bewegte sich leicht im Rhythmus der Musik. Die Augen hatte sie geschlossen und war ganz in den Song versunken.

Welch eine Veränderung, dachte Emma. Es schien, als habe die frustrierte Frau, die erbittert auf ihre Vergangenheit zurückblickte, ein neues Lebensziel gefunden. Oder war wenigstens auf dem Weg dorthin.

Der Song war verklungen.

»Du hast eine gute Stimme«, sagte Johnny.

»Wirklich?« Heidelinde strahlte.

»Wirklich. Wenn das einer beurteilen kann, dann ich, ich bin der Profi. Mit etwas Übung kannst du noch mehr daraus machen. Wir sollten eine Band gründen. Johnny und die Rentnergang. Johnny and the Rocking Oldies. Und du wirst unsere Leadsängerin. Unsere Janis Joplin.«

»Ach, dazu ist die Linde doch zu alt!«

Johnny B. legte die Gitarre beiseite, stemmte beide Arme auf die Oberschenkel und sah die Frauen streng an. Böse fast.

»Jetzt hört mal zu, ihr beiden Hübschen. Ich habe nachgedacht. Wir kokettieren fortwährend mit unserem Alter. Wir sind zu alt für dieses, wir sind zu alt für jenes, und im Alter geht das eine nicht mehr und das andere schon gar nicht, und wenn das so weitergeht, bin ich bald zu alt zum Pinkeln. Okay, das war jetzt daneben, bei uns Männern kann das tatsächlich Schwierigkeiten geben.«

»Ich helfe dir dabei, wenn's nötig ist«, giggelte Heidelinde. Hatte Emma nicht von seinen Anzüglichkeiten gesprochen? Da konnte sie auch mithalten, wenn sie wollte.

Aber Johnny B. ging nicht darauf ein.

»Ist euch schon mal aufgefallen, dass das unser ganzes Leben durchzieht? Frag einen Dreißigjährigen, und der wird dir sagen, dass er jetzt auch ins Alter kommt. Klar, das ist nur ein Spiel, aber eines, das wir gnadenlos durchziehen. Und irgendwann, vor allem, wenn wir dann wirklich älter werden, glauben wir das alles. Wir machen uns gebrechlicher und unfähiger, als wir tatsächlich sind. Das ist eben das Alter, sagen wir dann. Das ist nicht das Alter, das ist Quatsch. Wir reden uns selbst etwas ein oder lassen uns das einreden, und die Pharmaindustrie verdient prächtig damit.«

»Ab wann ist man eigentlich alt?«, fragte Heidelinde.

»Wenn du dich selbst dafür hältst.«

»Dann beschließt die Linde ab sofort, wieder jung zu sein.«

»Recht so«, sagte Johnny. »Kommt nur darauf an, was du darunter verstehst. Der krampfhafte Versuch, mit den Jungen mithalten zu wollen, ist Blödsinn. Wir sind nun mal in einem gewissen Alter, das lässt sich nicht bestreiten, und manches geht nicht mehr so wie früher oder geht gar nicht mehr. Ja und? Ist doch auch gut so. Ich bin froh, dass ich manches hinter mir habe. Ich muss nichts mehr beweisen, weder mir noch anderen. Ich muss keine Nacht mehr durchtanzen, ich muss keinen Zentnersack mehr schleppen, ich muss keinen Marathon mehr laufen, was ich abgesehen davon noch nie wollte. Dafür können wir anderes. Wir haben viel Erfahrung gesammelt in unserem Leben. Hallo, wir sind diejenigen, vor denen uns unsere Eltern immer gewarnt haben. Erinnert ihr euch noch? Wir waren mal rebellisch, wir hatten Visionen, und jetzt lassen wir uns mit Seniorenrabatten und Seniorentellern abspeisen. Was hindert uns daran, wieder so unbekümmert zu sein wie früher, so neugierig auf Erfahrungen? Wir können uns noch einmal ausprobieren, wie damals in der Pubertät. Wir sind doch in der gleichen Situation. Wir müssen für niemanden Verantwortung tragen, außer für uns selbst, damals noch nicht, jetzt nicht mehr. Wir sind frei. Und was haben wir schon zu verlieren? Nichts. Nicht mal das Gerede der anderen braucht uns zu kümmern.«

Heidelinde stimmte »Born to be wild« an.

»Meine Rede«, sagte Emma. »Und deshalb leiste ich mir auch einen jugendlichen Liebhaber.«

Die beiden sahen sie verblüfft an. Emma zuckte mit den Schultern. »Jetzt ist's raus. Irgendwann hättet ihr's sowieso erfahren. Er könnte mein Enkel sein, außerdem ist er kohlrabenschwarz, und ich fühle mich prächtig dabei.«

Johnny B. seufzte. »So herum kann das funktionieren. Aber bei uns Männern …«

»Das Alter!«, riefen Emma und Heidelinde wie aus einem Mund.

Johnny lachte. »Ihr habt recht, ich falle ja selbst darauf rein. Soll nicht wieder vorkommen. Insonderheit nicht, da die Gegenwart solch charmanter und überdies, auch das muss gesagt sein, attraktiver Damen, immer noch attraktiver Damen, mich mein – Achtung, Rückfall! – Alter vergessen lässt. Ladys, ich bin hinfort zu allen Schandtaten bereit.«

»Und was meinst du damit genau?«, fragte Heidelinde.

»Je nun ...«, hüstelte Johnny.

Emma sprang auf.

»Ich muss gehen.«

»Wirklich?«, fragte Heidelinde.

»Wirklich. Mein Lover wartet.«

Stimmte gar nicht. Aber manchmal hatte sogar Emma Öchsle ein Gespür dafür, wann sie sich besser zurückzog. Sie hatte den träumerischen Ausdruck in Heidelindes Gesicht bemerkt und die Blicke, die sie und Johnny sich zuwarfen.

Ein befriedigtes Lächeln umspielte ihre aprikosenrot geschminkten Lippen.

Schaumbad

Als die Türglocke ging – was heißt Glocke, es dingdongte nur dezent –, lag Emma Öchsle in der Badewanne, unter Bergen von Fichtennadelschaum begraben, und machte sich für Ajamu hübsch.

»Mach mal auf, Pilar«, schrie sie. Und Pilar streckte kurz darauf den Kopf durch die Badezimmertür und verkündete grinsend: »Du hast Besuch. Herrenbesuch.«

»Sag bloß! Wer denn?«

»Er will seinen Namen nicht nennen. Überraschung, hat er gesagt. Und ich sag dir: Dich erwartet ein gestandenes Mannsbild!« Ihr Grinsen war eindeutig perfide.

»Darf man reinkommen?«, ertönte eine Männerstimme, die ihr bekannt vorkam, die sie jedoch nicht eindeutig zuordnen konnte.

»Ich liege in der Badewanne.»

»Nackig?«, fragte die Männerstimme.

»Natürlich nackig, was denn sonst.«

»Das muss ich sehen«, sagte die Stimme. Es war die Stimme von – ja, von wem denn bloß?

»Wer immer du bisch, du Hamballe[93], so goht's net!«, schimpfte Emma. »Hosch du koin Anschtand?«

Ungeachtet ihrer Proteste schob sich ein Kopf um die Ecke. Genauer gesagt ein blütenweißer Panamahut, der so tief in die Stirn gezogen war, dass er das Gesicht seines Trägers verbarg.

»Jetzt langt's aber!«, empörte sich Emma. »Raus!«

Sie war ja nicht prüde, aber sie wollte immer noch selbst entscheiden, wer sie im Evaskostüm zu sehen bekam. Das war ja eine – wie nannte man das heutzutage?

»Das ist eine sexuelle Belästigung!«, brüllte Emma. »Und wenn du nicht verschwindest, Kerle, dann kannst du was erleben!«

Dem Panamahut folgte eine Gestalt in einem hellbeigen Leinenanzug, der wie angegossen saß. Und das war bemerkenswert bei einer Gestalt, die so breit wie lang war.

Und ein Gebiss klackerte vor lauter Aufregung.

Ach so! Es war bloß der Karle. Halb so schlimm, der hatte sie ja schon mal in diesem Zustand gesehen, leider. Trotzdem musste es nicht noch einmal sein.

Der Karle?

Der Karle!

Der verloren geglaubte Karle war wieder da!

Vor Überraschung und Erleichterung sprang sie auf.

»Mensch, Karle, bin ich froh, dass ich dich seh! Wo hosch denn gsteckt älleweil? Heidanei, hosch du uns an Schrecke eigjagt!«

---

93 Schimpfwort; eigentlich Bezeichnung für einen schusseligen, dümmlichen Menschen.

Karl schob sich den Hut aus dem Gesicht, beäugte Emma und dachte sich: Aphrodite, die Schaumgeborene. Dank seiner klassischen Bildung fiel ihm so etwas mühelos ein. Aber das mit den Göttinen war auch nicht mehr wie ehedem.

»Man sieht ja nichts vor lauter Schaum«, entfuhr es ihm enttäuscht.

Was zu weit ging, ging zu weit, selbst beim wiederaufgetauchten Karle.

»Was glaubst du denn, was das hier ist?«, zeterte Emma. »Eine Fleischbeschau? Und das auch noch ohne Eintritt? Raus jetzt!«

Emma griff nach der Seife und warf sie mit Schwung in Richtung Karl.

Mit viel Schwung.

Karl machte seinem Spitznamen »Kugelblitz« alle Ehre und wich zur Seite. Dummerweise in die falsche Richtung. Flugbahnberechnung gehörte offensichtlich nicht zu den Kernkomptenzen eines ehemaligen Deutsch- und Geschichtslehrers. Punktgenau traf die Seife seine Nase, was diese mit einem Blutschwall und Karl mit einem Aufschrei quittierte.

Was aber passiert, wenn ein runder Gegenstand (die Seife) auf einen anderen runden Gegenstand (die Nase) trifft? Logisch! Was nun folgte, gehorchte dem Gesetz von Einfalls- und Ausfallswinkel. Die Seife glitschte von Karls Nase an die Badezimmertür und von dort an Emmas Stirn. Damit war ihre kinetische Energie erschöpft, und sie plumpste mit einem sachten Aufspritzen in das Badewasser.

Wunderbar über Bande gespielt!

Sei es, dass die Aufprallenergie noch beträchtlich war, sei es der Überraschungseffekt – Emma jedenfalls geriet aus dem Gleichgewicht und folgte der Seife in die Tiefen des Wassers. Auch hier ein Aufschrei, der in ein Gurgeln und Blubbern überging. Auch jetzt ein Aufspritzen, aber kein sanftes wie bei der Seife, sondern ein beträchtliches. Das hatte mit der Wasserverdrängung zu tun, die bei Emma nun mal etwas größer war als bei einer Seife. Die Folge war vorhersehbar. Eine Menge Wasser samt Fichtennadelschaum schwappte über den Rand.

Karl sah Emma fallen und untergehen. Dann war da nur noch Schaum. Heftig bewegter Schaum allerdings. Fast hätte man von einem Seebeben sprechen können.

Nun ist zwar die Wassermenge in einer Badewanne überschaubar, und diese spezielle verringerte sich zusehends, des Seebebens wegen, aber hörte man nicht immer von diesen fürchterlichen Badezimmerunfällen?

Seine schwellende und blutende Nase mannhaft missachtend, stürzte Karl auf die Badewanne zu und schrie: »D' Emma versauft!«

Die heldenhafte Rettungsaktion war von eher bescheidenem Erfolg gekrönt. Karl glitt auf dem Schaum aus, der mittlerweile den ganzen Boden bedeckte, und fiel kopfüber in die Badewanne.

Gerade eben war Emmas Kopf prustend aus dem Schaum aufgetaucht, nun war er wieder weg. Genau wie Karls Kopf. Seine Beine strampelten in der Luft, ohne irgendwo Halt zu finden. Irgendwie sah es niedlich aus. Zwei Beinchen in die Luft gestreckt, die Fahrradfahren übten.

Pilar, die das Geschehen von der Tür aus verfolgt hatte, fragte sich, ob es jetzt an der Zeit sei, sich ernsthaft Sorgen machen zu müssen.

Karl war wie gelähmt. Hatte er davon nicht wieder und wieder geträumt, seit jenem unglückseligen Intermezzo damals? Er, seinen Kopf in Emmas Schoß geborgen? Allerdings hätte er eindeutig andere Umstände bevorzugt. Entspanntere. Kuscheligere. Die ihm Luft zum Atmen ließen. Was jetzt eindeutig nicht der Fall war.

Er begann wieder zu strampeln, Pilar registrierte es mit Erleichterung.

Aber was war mit Emma?

Ein Bein hob sich aus dem Schaum in die Höhe und strampelte. Verzweifelt, wie es schien.

Es ist immer wieder verblüffend, zu welchen Höchstleistungen das menschliche Gehirn in Zeiten der Not fähig ist. Ratzfatz geht das, wenn es sein muss.

Pilar analysierte. Karls Massen hingen zum größeren Teil – es waren also tatsächlich größere Massen – in der Badewanne, weshalb er sich nicht herauswuchten konnte. Schlichte Physik. Als sei er kopfüber in eine Regentonne gefallen. Gleichzeitig hielten diese Massen Emma unter Wasser gedrückt. Eindeutig keine Win-Win-Situation.

Pilar handelte. Karl aus der Badwanne herauszuziehen, kam angesichts der unterschiedlichen Konstitution beider nicht in Frage. Das war, als müsste eine Maus einen Lastwagen ziehen. Also packte sie Karls strampelnde Beine und warf ihn vollends in die Wanne.

Das war logisch gedacht. Es nahm den Druck von Emma. Und auf jeden Fall würde der Auftrieb sie entlasten.

Karl wusste nicht genau, was passiert war, aber er war entzückt. Er lag auf der Emma. Er! lag! auf! der! Emma! Er hielt ganz still. Verweile doch, du Augenblick, du bist so schön![94]

Das war die Gelegenheit für Emma, sich unter Karl hervorzuwinden. Hustend und spuckend tauchte ihr Kopf im verbliebenen Schaum auf.

»Karle!«, schnaufte Emma nur.

»Emma!«, schmachtete Karl.

---

94 Goethe natürlich. So ungefähr wenigstens. Angesichts der Umstände sind gewisse Nachlässigkeiten beim Zitieren auch bei einem ehemaligen Deutschlehrer verständlich.

Sie saßen einander gegenüber in der Badewanne, Emma ungewohnt wortlos, weil noch außer Atem, Karl mit einem leicht debilen Lächeln, weil in sich hineinhorchend. Doch, ja, es hielt an. Das Leben war noch nicht vorbei für ihn. Es kam nur auf die richtigen Umstände an, dann rauschte die Lebenskraft schon wieder. Das musste die Vorsehung oder so was sein, die ihn hierher und in Emmas Badewanne geführt hatte. Sein debiles Lächeln wandelte sich zu einem glückseligen, als er Emma ansah. Sie musste das doch auch so empfinden, oder?

Emma aber empfand etwas ganz anderes. Froh war sie, dass sie dem Tod von der Schippe gesprungen war. Und auch, dass dem Karle offensichtlich nichts passiert war. In der Badewanne ertrinken! Ging's noch doofer? Erleichterung also. Einerseits. Andererseits ... Aber erst einmal musste sie raus hier.

»Mein lieber Karl«, sagte sie ganz sanft. »Hättest du die Güte, erst meine Badewanne und dann mein Badezimmer zu verlassen? Das würde ich nämlich auch gerne tun.«

In Karl keimte Hoffnung. Die Emma schnurrte ja wie ein liebestolles Kätzchen! Sie hatte es also auch gespürt!

An dieser Stelle muss eigentlich nicht ausdrücklich gesagt sein, dass Karl nicht über hinreichende Erfahrungen mit Frauen verfügte. Er hätte sonst gewusst, dass ein solch sanftes Schnurren, wie er das empfand, Unheil in geradezu biblischem Ausmaß ankündigte.

So entstieg er also frohgemut und in Erwartung der Dinge, die da kommen sollten, der Wanne und platschte Richtung Tür.

»Halt!«, kommandierte Emma. »So kommst du mir nicht in mein Wohnzimmer, du machst ja alles nass. Zieh dich erst aus, Pilar, gib ihm deinen Morgenmantel.«

Karl wurde puterrot. Ausziehen? Er sollte sich vor den beiden Frauen hier ausziehen? Wenn es nur Emma wäre, dann gäbe es kein Problem, im Gegenteil. Aber dieses junge, unschuldige Mädchen? Dieses elfengleiche Wesen mit den großen, schwarzen Augen, die so erstaunt in die Welt schauten? Oder neugierig? Erwartungsvoll?

»Jetzt zier dich nicht so, Karle!«, sagte Emma ungeduldig. »Wir sind keine Pfarrerstöchter. Ich mach die Augen zu, und Pilar ist auch was anderes gewohnt.«

Das junge Mädchen lachte und hielt ihm ihren Morgenmantel hin, ein luftiges Ding, das unübersehbar für ihre Dimensionen geschneidert war, nicht für einen Kugelblitz. Diskret drehte sie den Kopf zur Seite, aber nur so weit, dass sie aus den Augenwinkeln alles beobachten konnte. Auch Emma schloss wie versprochen die Augen. Halb wenigstens. Die beiden Frauen zwinkerten sich grinsend zu, während sich Karl unter viel Gestöhne seiner nassen Kleider entledigte. Es war ein erhebender Anblick, im doppelten Sinn des Wortes. Und ein bemerkenswerter auf jeden Fall.

Endlich hatte Karl den Morgenmantel um sich geschlungen. Er ließ sich gerade so eben über seinem Bauch zusammenhalten. Wenn man von dem kleinen Schlitz in der Mitte absah.

»Sodele, jetzetle[95]«, sagte er und watschelte aus dem Bad hinaus. Sein Kopf hatte mittlerweile die Farbe einer überreifen Aubergine. Irgendwie lief das hier nicht so, wie er es gern hätte.

Emma entstieg dem Wasser, auf dem nur noch ein paar kümmerliche Schaumbläschen erschöpft vor sich

95 Nicht verifizierbaren Gerüchten zufolge (der Autor ist mit einer Fränkin verheiratet) pflegt die Schwäbin das nach einem höchst befriedigenden Erlebnis, also im Zustand höchster Lust zu sagen. Ein Zusammenhang mit gerade dieser Stelle ist rein zufällig. (Leider, würde Karl sagen.)

hin dümpelten (Ha! Wenn der Karle sich noch mal umgedreht hätte!), hüllte sich in ein Handtuch und ging ins Wohnzimmer.

Auf dem Sofa saß Karl, dem sichtlich unwohl war in seiner Haut (respektive in seinem Morgenmantel), in der Ecke vermeinte Emma den Schatten von Willi zu sehen, der missbilligend den Kopf schüttelte.

»Wenn ich dann mal vorstellen darf«, sagte Emma förmlich. »Der Halbnackerte hier ist der Karle, und das ist meine spanische Stieftochter Pilar.«

»*Mucho gusto*«, murmelte Karl.

»*¿Hablas español?*«, fragte Pilar verblüfft.

»*Un poco*«, sagte Karl. »Und danke für den Morgenmantel.«

»*No hay de que.*« Pilar lächelte ihn an.

Emma stemmte die Hände in die Hüfte und blaffte Karl an: »Was fällt dir eigentlich ein, du Granadabachl[96], einfach so in mein Bad zu stürmen, während ich in der Wanne lieg?«

»Ha …«, stammelte Karl.

»Und dann noch zu mir in die Wanne springen?«

»Ha …«

»Und dann noch mich unters Wasser drücken wie a klois Kätzle, des mr versaufe will?«

»Ha …«

»Ja, wenn des so isch! Dann isch ja älles gschwätzt.«

Karl nickte.

»Ach, Karl!«, seufzte Emma und setzte sich in den Sessel Karl gegenüber. Wenn sie ihn so sah, mit hochrotem Kopf in Pilars luftigem Morgenmantel, der seine Blöße eher betonte denn verdeckte, hätte sie am liebsten laut los-

96 Ein trotteliger, tollpatschiger Mensch.

gelacht. Aber das wollte sie ihm nicht antun, er wirkte so schon geknickt, kein Wunder.

»Wo hast du denn überhaupt gesteckt, seit du beim Breuninger verschwunden bist?«

»Mich neu einkleiden.«

»Ganz allein?«

Karl nickte. Nie wieder würde er zusammen mit Emma einkaufen gehen, überhaupt mit keiner Frau, das war viel zu anstrengend. Vielleicht konnten sie das später einmal ausdiskutieren, aber jetzt besser nicht. Er war nicht erpicht auf einen neuen Wutausbruch Emmas.

»Und warum hast du nicht gemeldet und bist auch nicht ans Telefon gegangen?«, forschte diese nach.

»Ich wollte warten, bis er fertig ist und dich überraschen.« Mit einer unbestimmten Bewegung wies er zum Bad hin, und es war klar, was er damit meinte.

»Der Anzug?«, fragte Emma dennoch nach.

Karl strahlte. »Maßgeschneidert! Hat halt eine Weile gedauert.«

»Sapperlot!« Emma war beeindruckt. »Der war bestimmt sauteuer.«

Karl nickte stolz. »Dafür sitzt er perfekt. Oder etwa nicht?« Unsicher schaute er zu Emma hin, ob sein toller Anzug ihren Beifall gefunden hatte.

Darauf freilich hatte sie in dem ganzen Tohuwabohu nun wirklich nicht geachtet. Aber das einzugestehen war jetzt vielleicht nicht der richtige Zeitpunkt.

»Doch, doch«, sagte sie schnell. »Der schöne Anzug! Und jetzt ist er kaputt.«

»Macht nichts. Ich hab noch mal einen. Genau den gleichen. Jetzt brauch ich mein Leben lang keine neuen Anzüge mehr.«

»Sofern du nicht noch dicker wirst«, sagte Emma gnadenlos.

»Ha no, ha no!«, empörte sich Karl.

»Und jetzt gehst du heim und ziehst dich trocken an, und morgen zeigst du mir deinen Anzug.«

»Heim? So?«, fragte Karl verdattert.

»Wie sonst? Oder soll dir Pilar einen ihrer Slips leihen?«

Gar keine so schlechte Vorstellung, fand Karl. »Ha scho!«, strahlte er.

Emma schüttelte den Kopf. »Karl, im ganzen Haus gibt es nichts, in das du passt! Ich ruf dir ein Taxi.«

»Kannst du mir nicht deinen Bademantel geben? Der ist bestimmt etwas größer.«

»Der ist frisch gewaschen und noch nass.«

»Aber ich kann doch nicht so …«, protestierte Karl erneut.

»Selber schuld, wenn man mit den Kleidern ins Wasser springt. Hättesch dich halt ausziage missa.«

»Hätt i denn des dürft?«

»Natürlich net, du Sempel![97]«

Karl bockte, und das aus gutem Grund. »Ich bleib hocken, bis mein Anzug trocken ischt.«

»Von wegen! Ich krieg gleich Besuch.«

»Von wem?«

»Geht dich nichts an.«

»Egal. Ich bleib.«

Karl hätte es eigentlich besser wissen müssen. Emma sprang auf, stemmte wieder die Hände in die Hüfte und funkelte Karl an.

»Was bildest du dir denn ein, wer du bist? Bloß weil wir zusammen in der Badewanne gelegen sind? Auf jetzt, dalli!«

---

97 Dummkopf. Unter Freunden allerdings hat das einen fast liebevollen Beiklang.

Karl blieb sitzen. Was bildete sich eigentlich Emma ein? Ihn herumkommandieren wie einen kleinen Jungen! Nicht schon wieder, die Shoppingtour hatte ihm gereicht. Sollte sie ihn doch hinaustragen, wenn sie wollte! Der Gedanke gefiel ihm. Einmal wenigstens in seinem Leben war sein Gewicht auch von Vorteil. Er lächelte.

Das brachte Emma noch mehr in Rage. Sie fuchtelte mit den Armen, als ob sie ein Orchester dirigierte. Gleich würde ihr das Badetuch über den Busen rutschen. Er lehnte sich entspannt zurück.

Emma brüllte jetzt geradezu. Sie musste Karl unbedingt loswerden. Gleich kam Ajamu, und sie hatte keine Lust zu irgendwelchen Erklärungen.

»Du hast mich noch nicht wirklich wütend erlebt, Karle. Und ich schwöre dir, das willst du auch nicht. Wenn du nicht sofort gehst, dann … dann …«

»Will ich meinen Morgenmantel zurück«, sagte Pilar ganz ernsthaft.

»Dann … dann …«

»Und sein Bild stellen wir ins Internet.«

»Dann … dann …«

»Schneidest du ihm die Eier ab«, schlug Pilar vor.

»Genau!«

Na und?, fragte sich Karl. Brauche ich die überhaupt noch? Mit Emma wird's ja doch nichts mehr.

Ein versonnenes Lächeln umspielte Emma Öchsles diesmal ungeschminkte Lippen.

»Hol schon mal das Messer, Pilar«, sagte sie. »Das große Fleischmesser. Das ist frisch geschliffen.«

Und Pilar stand tatsächlich auf, ging in die Küche und kam mit dem Fleischmesser in der Hand zurück. Grinsend.

Die Mädels machten doch nur Spaß, oder?

Es war eine reine Güterabwägung.

Er glaubte zwar nicht wirklich, dass sie zur Tat schreiten würden. Andererseits … Frauen waren unberechenbar, das sagte ihm die Erfahrung eines langen Lebens. Vor allem, wenn sie wütend waren. Vor allem, wenn sie Emma hießen.

Ja, er kannte sie, die Frauen. Deshalb war er ja Junggeselle geblieben. Und das war gut so.

So würdevoll, wie es in seinem Zustand möglich war, erhob er sich. Er würde sich nicht wie ein geprügelter Hund davonschleichen, sondern stolz erhobenen Hauptes. Er gab nicht klein bei, er bewahrte nur die Frauen vor einer unbedachten Tat. Männlicher Verstand versus weibliche Emotion.

Alice trat gerade aus der Tür ihrer Wohnung im Erdgeschoss, als ein voluminöser Mann, so breit wie hoch und nicht mehr jung, die Treppe von Emmas Wohnung hinabstieg. Auf dem Kopf trug er einen Panamahut, in der linken Hand hielt er ein Bündel nasser Kleider, mit der rechten versuchte er, einen Morgenmantel über seinem monströsen Bauch zusammenzuhalten. Was nicht ganz gelang.

Ihre Gedanken rasten.

Oben sah sie Emma und Pilar stehen und grinsen, Emma in ein Handtuch gehüllt und mit feuchtem, wirrem Haar. Durchgeschwitzt, natürlich. Wenigstens Pilar war noch angezogen. Oder schon wieder? Die beiden grinsten eindeutig zufrieden.

Alles klar. Emma und dieser Koloss und … Und Pilar?

»Grüß Gott, gnädige Frau«, sagte der Dicke mit hochrotem Kopf. Freilich, wird schon anstrengend gewesen sein, in seinem Alter. Hoffentlich klappte er nicht hier auf der Treppe zusammen.

Als ihre Gedanken wieder zum Stillstand gekommen waren und die Situation interpretiert hatten, entrang sich ihrem Mund ein spitzer Schrei, als ob sie kurz vor dem Orgasmus stünde.

»Was ist denn, Mama?«, fragte Madeleine und kam hinter ihr aus dem Zimmer geeilt.

Schnell stellte sich Alice in die Tür. Das war kein Anblick, den man einem jungen, unschuldigen Mädchen zumuten konnte, womöglich bekam sie einen Schock fürs Leben. Mit ihrem Rücken versperrte sie ihr die Sicht.

Na ja, wenn ihr Rücken so stattlich gewesen wäre wie Karls Bauch. So aber hatte Madeleine nahezu ungehinderten Ausblick. Vor Überraschung stieß sie einen Pfiff aus.

Karl war gerührt. Dass es ihm in seinem Alter noch gelang, einer jüngeren Frau Entzückensschreie zu entlocken, und das durch seinen bloßen Anblick! Und ein junges Mädchen pfiff ihm hinterher! Trotzdem, die Situation war doch etwas peinlich. Wie entkam er ihr in Würde?

Er entsann sich seiner guten Kinderstube, wenn die auch schon arg lang zurücklag. Gentleman in jeder Lebenslage und die Höflichkeit alter Schule, das kam immer gut an bei den Frauen.

»War mir ein Vergnügen, gnädige Frau«, sagte er und versuchte, mit seiner rechten Hand den Morgenmantel noch etwas enger zu ziehen.

Zuallererst, erinnerte er sich, zieht man vor einer Dame den Hut, wenn man einen solchen trägt. Also tat er das.

Gewohnheitsmäßig mit der Rechten.

Was das für Folgen hatte, ging ihm auf, als es schon zu spät war.

Er ließ den Hut fallen wie eine heiße Kartoffel und griff nach dem weit klaffenden Morgenmantel. Mit einer Hand bekam er freilich nur eine Seite zu fassen, was wenig nützte. Also warf er auch die nassen Kleider zu Boden, die über seinem linken Arm hingen.

Diesem unwürdigen Schauspiel musste ein Ende bereitet werden! Alice stürzte sich auf das Bündel und raffte die Kleider zusammen.

Madeleine reichte Karl den Hut, mühsam ein Kichern unterdrückend. Was den vor ein neues Problem stellte. Sie verstand und setzte ihm den Hut auf den Kopf.

Alice erhob sich, widerwillig und schwer atmend, und stopfte Karl die Kleider unter den Arm.

Kinderstube!, ermahnte sich Karl und verbeugte sich, was den Morgenmantel unterhalb seines Bauches noch etwas weiter klaffen ließ. Das machte nun allerdings auch nichts mehr aus. »Besten Dank, die Damen! Gestatten, Karl Glöckle mein Namen. Ich hoffe, Sie bald wieder beehren zu dürfen.«

Damit stolzierte er aus dem Haus hinaus und packte seine nassen Sachen auf den Rollator.

Alice ging ihm bis zur Haustür hinterher und schaute ihm nach.

Schamlos, dachte sie, und das in meinem Haus.

Schamlos, dachte auch Muhammad Mubarak, und das in meinem Taxi. Er kam ins Grübeln, während er die Schmidener Straße hinabfuhr. Bisher hatte er immer nur mit halbem Ohr zugehört, wenn der Imam gegen den verderbten Westen wetterte. Ehrlich gesagt, gefiel ihm die großformatige Werbung für Bikinis und Dessous nicht schlecht. Aber wenn jetzt schon dicke, alte Männer halbnackt durch die Gegend liefen … Faszinierend.

Auch Alice grübelte.

Wenn es so war, wie es aussah, woran ja nicht zu zweifeln war, schien ihre Schwiegermutter mit ihren neunundsechzig Jahren ein ausschweifendes Liebesleben zu führen. Dieser junge Schwarze, dieser alte Dicke, und wer weiß, was sonst noch alles so abging, wenn sie nicht zu Hause war. Und was waren das für absonderliche Spielchen, bei denen die Kleider nass wurden, der Hut aber trocken blieb?

Und sie selbst, in der Blüte ihrer Jahre? Hatte schon Spinnweben zwischen den Beinen.

Da musste sich etwas ändern.

An eine Aufhebung des Sexstreiks musste man ja deshalb nicht unbedingt gleich denken.

Madeleine plagte derweil ein Problem eher technischer, aber durchaus existenzieller Natur. Mit einem so gewaltigen Bauch, wie war es da möglich, dass man …? Wen sie da wohl fragen konnte? Papa? Ach was, der würde doch nur wieder herumstottern. Oma. Die musste das ja am besten wissen.

Von gegenüber hatte Erwin Brändle Karls Abgang beobachtet. Er war fassungslos. Bei den Öchsles ging's ja zu wie … wie … Ihm fiel kein passender Vergleich ein. Wie bei Hempels unterm Sofa vielleicht?

Da hatte wohl die Frau Nachbarin von den Eskapaden ihres Gatten erfahren und sich revanchiert. Wer da wohl geplaudert hatte? Nichts als Schnatterliesen[98] hier im Viertel.

Aber mit so einem!

Er strich sich über seine eigene Kugel. Auf das Äußere kam es offensichtlich nicht an. Ja, wenn das so war …

Droben unterm Dach schauten sich Emma und Pilar an. Jetzt endlich durften sie lachen.

»Wir sind doch ein gutes Team, gell?«, sagte Emma.

Linde, allein zuhaus

Heidelinde Eberle wanderte durch die vielen Räume ihrer Villa. Auf einmal fiel ihr auf, wie still es war. Grabesstill. Diese Räume hatten über lange Zeit kein Lachen, keine überschäumende Lebenslust mehr gehört. Früher hatten

98 Wenn jemand (zu) viel redet. Aus rätselhaften Gründen gibt es diesen Begriff nur in der weiblichen Form.

hier die Kinder getobt und gebrüllt, und je älter sie wurden, umso ruhiger war es geworden. Ein Kind nach dem anderen war ausgezogen, und zurückgeblieben war die Linde.

Allein.

Allein mit der Stille. Wie Gilb hatte sie sich auf alles gelegt.

Wie still es um sie tatsächlich war, hatte ihr erst die Wiederbegegnung mit den alten Freunden bewusst gemacht. Als ob ihr einziger Daseinszweck gewesen sei, von Jahr zu Jahr älter zu werden und geduldig darauf zu schauen, wie das Leben vorüberging.

Das weitläufige Haus erschien ihr mit einem Mal erschreckend eng.

Sie suchte sich eine alte Schallplatte heraus und drehte voll auf. Jefferson Airplane röhrten »Somebody to love«. Sie dachte an Johnny B., den Rocker, sang mit und übertönte Grace Slick mühelos.

War das das Leben jenseits der Stille?

Dann fasste sie einen Entschluss. Und wenn es nicht so lief, wie sie sich das vorgestellt hatte? Egal. Mehr als langweilen konnte sie sich nicht. Und das war sie ja gewohnt.

Familienrat

Die Familie versammelte sich zu einer Krisensitzung. Der Anruf war von einem wohlmeinenden Nachbarn gekommen, und was er zu berichten gehabt hatte, ließ nur einen Schluss zu: Die Mutter war gaga.

»Wir haben ja immer gewusst, dass es einmal so weit kommen wird«, seufzte Brigitte Findeisen, geborene Eberle, (52, verheiratet, Hausfrau, drei Kinder).

»Und jetzt ist der Zeitpunkt da«, konstatierte Peter Eberle (49, Anwalt, verheiratet, vier Kinder). Er schnaubte.

»Alzheimer verschont eben keinen«, sagte Julian Eberle (44, Diplomingenieur, geschieden, zwei Kinder) und schüttelte fassungslos den Kopf.

»Habt ihr sie noch alle?«, protestierte Carla Eberle (38, Designerin, Single, ein Kind). »Was ist denn schon passiert?«

»Eine Orgie hat sie gefeiert.«

»Laute Musik, bis früh in den Morgen. Richtige Musik. Gitarre und Trompete und Trommeln und so.«

»Und Mama hat gesungen. Ganz laut. Die muss ein Mikrofon mit Verstärker gehabt haben.«

»Wo hat sie denn das her?«

»Gesungen? Mama hat noch nie gesungen.«

»Siehst du! Da muss irgendwas passiert sein.«

»Da hat sich bestimmt jemand bei ihr eingeschlichen und sie unter Drogen gesetzt. Man hört ja so einiges.«

»Sie sollen nackt im Garten getanzt haben, lauter alte Leute.«

»Ich hab unsere Mutter noch nie nackt gesehen.«

»Ich will sie so auch nicht sehen, Gott behüte!«

»Sag ich's doch! Drogen!«

»Ein Schwarzer soll auch dabei gewesen sein.«

»Na also, da hast du's! Das war der Dealer!«

Carla lachte. »Da wird dem alten Spanner aber einer abgegangen sein! Lauter Omas nackt im Garten!«

»Da waren auch Männer dabei.«

»Hauptsache, er hat uns informiert.«

»Ihr wisst aber schon, dass unser aufmerksamer Nachbar gar keinen Einblick in unseren Garten hat? Es sei denn, er klettert auf den Hügel hinterm Haus und dann auf die alte Eiche. Und ein Fernglas sollte er auch dabei haben. Das ist nämlich alles zugewachsen.«

»Zugewachsen?«, fragte Julian.

»Jetzt schon. Zur Zeit deiner Jugendsünden noch nicht.«

Julian wurde rot. Peter auch. Er schnaubte. Verlegenes Schweigen am Tisch.

»Ist ja egal jetzt«, wischte Brigitte den Einwand beiseite. »Tatsache ist, dass in unserem Haus eine Orgie stattgefunden hat.«

»Sagt wer?«, erkundigte sich Carla lächelnd.

»Der Nachbar.«

»So, so, der Nachbar«, sagte Carla süffisant. »Na und? Hat sich Mama eben ein paar Freunde eingeladen und gefeiert.«

»Mutter hat keine Freunde. Da hat sich jemand eingeschlichen, sag ich doch.«

»Bestimmt ein Heiratsschwindler oder so.«

»Ein Heiratsschwindler? Mama ist siebzig!«

»Eben. Einer, der verwirrten alten Frauen das Geld aus der Tasche zieht. Man kennt das doch.«

»Seid ihr denn bescheuert?«, empörte sich Carla. »Unsere Mutter kann ganz gut auf sich selbst aufpassen.«

»Das ist wieder typisch. Das Nesthäkchen nimmt die Mami in Schutz. Aber dir hat sie ja immer alles durchgehen lassen, wofür wir eins auf den Deckel gekriegt haben.«

»Die Gnade der späten Geburt«, lächelte Carla.

»Und bei jeder Gelegenheit ist sie heulend zur Mama gerannt.«

»Eine Spinne im Bett ist ja auch wirklich gemein.«

»Gemein? So? Und was war das, als du mich verpetzt hast, weil ich …«

»Aufhören, alle miteinander! Jetzt ist keine Zeit für Streit, die Lage ist ernst, wir müssen an einem Strang ziehen.«

»Wieso denn?«, protestierte Carla. »Was ist denn schon dabei, wenn unsere Mutter ein bisschen Spaß hat? Ihr solltet euch freuen für sie!«

»Das verstehst du nicht«, tadelte Brigitte. »Man muss den Anfängen wehren. Heute nackt im Garten, morgen nackt auf der Königstraße. Man weiß doch, wie verwirrt alte Leute werden.«

»Und in der Zwischenzeit verjubelt sie unser Erbe.«

»Wir müssen sofort etwas unternehmen, bevor es noch schlimmer kommt.«

»Und was bitte?«

»Altersheim«, sagte Peter und schnaubte. »Das ist die einzige Lösung. Da ist sie sicher untergebracht und kann keinen Blödsinn mehr anstellen.«

Brigitte und Julian nickten zustimmend. Carla nickte nicht und sagte auch nichts. Sie wusste aus langer Erfahrung, dass Widerrede zwecklos war. Das Nesthäkchen hatte nichts zu sagen. Auch wenn es mittlerweile achtunddreißig war.

»Und wer sagt's ihr?«, fragte Peter und schaute in die Runde.

»Ich«, meldete sich Carla schnell.

Alle nickten erleichtert, froh darum, dass der Kelch an ihnen vorübergegangen war.

»Aber bring's ihr schonend bei, gell?«, sagte Julian. »Sie ist schließlich unsere Mutter.«

Baustelle

Emma hatte schon ein schlechtes Gewissen und hörte sich die Vorwürfe deshalb zerknirscht an. Wenigstens hatte sie drei heil gebliebene Flaschen Dornfelder dabei.

»Aus den Augen, aus dem Sinn«, sagte Friede Busch.

»Es ist halt in letzter Zeit so viel passiert, Friede«, entschuldigte sie sich.

Und Friede hatte ja recht. Wann hatte sie eigentlich das letzte Mal sehnsuchtsvoll an ihre alte Heimat im Heusteigviertel gedacht? Das war schon einige Zeit her. Sie war zu sehr mit der Zukunft beschäftigt und hatte darüber die Vergangenheit aus dem Blick verloren.

»Dann erzähl mal«, sagte Friede, während sie den Dornfelder entkorkte.

Und Emma erzählte, in aller Ausführlichkeit. Schmierstoff war ja genügend da.

»Da draußen tobt wohl das Leben«, seufzte Friede, als Emma geendet hatte.

»Bei dir hier aber auch.«

Das alte Haus war nun in der Tat eine einzige Baustelle. Von überall her hörte man Bohren, Hämmern und Schleifen. Ich würde es hier nicht aushalten, dachte Emma.

»Das Schlimme ist«, sagte Friede, »dass ich kaum mehr wegkomme. Meine Beine haben sich verschlechtert, und ohne Rollstuhl komme ich nicht mehr weit. Und wie soll ich den Rollstuhl die Treppe hinuntertragen?«

Emma war betroffen. Das hatte sie nicht gewusst.

»Können dir denn die Bauarbeiter nicht helfen?«

Friede schüttelte den Kopf. »Die meisten verstehen sowieso kein Deutsch. Und die anderen – ich glaube, die dürfen nicht.«

»Aber warum denn nicht?«

»Das kannst du dir doch denken. Die wollen mich hier loswerden, mit allen Mitteln. Aber da haben sie sich geschnitten. Ich kann zwar nicht mehr laufen, aber ich bin zäh. Und ich habe alle Zeit der Welt. Ist ja egal, wo ich vor mich hindämmere.«

Ein nachdenklicher Zug war um Emma Öchsles zimtbraun geschminkte Lippen. »Friede, so geht das nicht weiter«, sagte sie. »Wir müssen nach einer Lösung suchen.«

»Such du nur. Und wenn du sie gefunden hast, schick sie bei Gelegenheit mal vorbei. Und ein paar Flaschen Lemberger dazu, Dornfelder mag ich nicht mehr.«

Zukunftspläne

Ihre Mutter war wie verwandelt. Nicht nur äußerlich. Die Oma-Uniform, wie das Carla bei sich immer genannt hatte, war endlich verschwunden, und diese gelbe Leggins konnte sie bei ihrer schlanken Gestalt wirklich gut tragen.

Vor allem aber sprühte sie vor Lebenslust. Schien glücklich, gelöst.

Kein Vergleich mehr zu der Heidelinde Eberle, die immer mehr in sich zusammenzufallen schien.

Carla umarmte ihre neue Mutter.

»Du siehst aus wie fünfzig«, sagte sie. »Und wenn du tatsächlich noch fünfzig wärst, würde ich sagen, du bist frisch verliebt.«

»Warum nicht mit siebzig?«

»Oh! Gibt's da was, das ich wissen sollte?«

»Mein liebe Carla, Kinder müssen nicht alles von ihren Eltern wissen. Der Schock wäre zu groß.«

»Das wird deine Kinder aber gar nicht beruhigen, im Gegenteil. Die denken sowieso, dass du spinnst.«

»Vielleicht haben sie gar nicht so unrecht. Ich bin dabei, in meinem Leben so einiges zu ändern. Und nicht nur äußerlich.«

»Dein neues Outfit ist also erst der Anfang?«

»Allerdings.«

»Du sollst eine Orgie gefeiert haben.«

»Eine Orgie? Könnte man so sagen. Wir hatten jedenfalls eine Menge Spaß.«

»Es soll sehr heftig zugegangen sein.«

»Lass mich raten. Mein Nachbar, der Häberle?«

Carla nickte.

»Der alte Sack ist doch nur beleidigt, weil er bei mir nicht landen kann«, sagte Heidelinde.

»Der hat dich im Ernst angebaggert?«

»Das macht er dauernd.«

»Du bist ja auch eine gute Partie.«

»Aber nicht für ihn. Wichser!«

Carla lachte. »Welche Ausdrücke aus deinem Mund! Das hätte es früher nicht gegeben.«

»Früher hat es vieles nicht gegeben, leider. Aber es gibt ja keinen Grund, das auf ewig beizubehalten.«

»Was hast du vor?«

Heidelinde lächelte. »Auch Mütter dürfen Geheimnisse vor ihren Kindern haben.«

»Deine Kinder sind aber sehr besorgt.«

»Alle?«, fragte Heidelinde und sah Clara scharf an.

»Alle. Bis auf eine.«

Heidelinde drückte ihre Tochter fest an sich. »Ich wusste, dass ich mich auf dich verlassen kann.«

Carla seufzte. »Als Nesthäkchen ist meine Meinung leider nicht maßgebend in der Familie. Für meine Geschwister bin ich immer noch die Kleine, die von nichts Ahnung hat, und das wird sich auch nie ändern. Ich darf nur die schlechten Nachrichten überbringen.«

»Nämlich?«

»Ich soll dich schonend auf deinen bevorstehenden Umzug ins Altersheim vorbereiten.«

Heidelinde lachte schallend. »Warum? Weil sie mich für gaga halten?«

»Wer Orgien feiert, in deinem Alter …«

»Meine Kinder werden sich noch an so einiges gewöhnen müssen. Und mein Trottel von Nachbar auch. Sag deinen Geschwistern, dass ich mich so gut fühle wie seit Jahren, ach was, seit Jahrzehnten nicht mehr.«

Heidelinde ging in die Küche und kam mit einer Flasche Taittinger zurück, die sie routiniert öffnete.

»Champagner? Du? So etwas Teures?«, staunte Carla.

»Mein neues Lieblingsgetränk. Luxus pur. Manche kommen eben erst spät auf den Geschmack. Zum ersten Mal in meinem Leben leiste ich mir was, und es geht mir saugut dabei.«

»Das wird meine Geschwister in ihrer Meinung nur bestätigen.«

»Die meinen das wirklich ernst?«

»Sehr ernst.«

»Dann müssen wir uns was überlegen, Carla, meinst du nicht auch?«

Wielandshöhe

Die Einladung klang geheimnisvoll, und so machten sie sich voll gespannter Erwartung auf den Weg. Emma und Karl nahmen vom Marienplatz aus ein Taxi, weil selbst Emma einsehen musste, dass es ein mühseliges Unterfangen wäre, den Karl mit seinem Rollator auf die Karlshöhe zu schleppen.

Johnny war schon da. Oder noch da? Emma schmunzelte.

Zur Begrüßung gab es den obligatorischen Champagner. Man könnte sich gewöhnen an das Zeugs, sagte sich Emma, wenn es nicht so teuer wäre, und dachte an ihre kleine Rente. Auch nicht schlecht, wenn man im Geld baden konnte, da hatte Onkel Dagobert schon recht.

Heidelinde hielt sich nicht lange mit Vorreden auf und verkündete: »Und jetzt gehen wir mittagessen auf der *Wielandshöhe.*«

»Das kann ich mir nicht leisten«, sagten Emma und Johnny B. wie aus einem Mund. Karl Glöckle sagte gar nichts. Bei seiner Beamtenpension war ein Feinschmeckerlokal schon mal drin, aber es war ihm peinlich, das zuzugeben.

»Die Linde lädt euch ein«, sagte Heidelinde.

»Das können wir doch nicht …«, sagten Emma und Johnny B. wie aus einem Mund.

Karl sagte nichts.

Mit einer Handbewegung schnitt ihnen Heidelinde das Wort ab.

»Allein essen ist langweilig. Und ich kann's mir leisten. Und außerdem …« Sie zögerte.

»Was ist?«, fragte Johnny.

»Ach, ich möchte einfach mit euch feiern.«

Sie gingen von der Karlshöhe hinunter. Heidelinde hüpfte vornedraus, Johnny an ihrer Seite. Er wirbelte seinen Stock mit dem Löwenkopf wie weiland Charlie Chaplin und hinkte gar nicht. Kein Ostwind heute? Emma benetzte den Zeigefinger und hielt ihn in die Luft. Doch Ostwind. Es gab anderes, was ihn beschwingte und seine Hüfte vergessen ließ.

Emma blieb bei Karl, der Mühen hatte, seine Massen zu bewegen, selbst bergab.

Am Marienplatz ließ sich Karl stöhnend auf die Bank der U-Bahn-Station fallen. »Die Zacke kommt in fünf Minuten«, sagte er hoffnungsfroh.

»Nichts da«, erwiderte Heidelinde entschieden. »Wir laufen hoch.«

»Da hinauf?«, fragte Karl entsetzt.

»Klar, dann haben wir den richtigen Appetit.«

»Ich hab immer Appetit.«

»Vielleicht verlierst du auch ein paar Pfunde, Dickerchen.«

»Nie im Leben!«

»Jetzt sei keine solche Spaßbremse.«

»Nein!«

Sein Gesichtsausdruck machte klar, dass dies sein letztes Wort war.

Heidelinde stemmte die Arme in die Hüfte und blickte die anderen zwei herausfordernd an. »Seid ihr auch so Schlappschwänze wie der? Und ihr wollt rüstige Rentner sein?«

Johnny B. war anzumerken, dass er auch die Bequemlichkeit der Zahnradbahn vorgezogen hätte, er setzte sich aber entschlossen in Bewegung.

»Sklaventreiberin«, murmelte er leise. Nicht leise genug. Die beiden Frauen grinsten sich an.

Es war ein steiler Aufstieg. Sie erklommen die Liststaffel und bogen in die Zellerstraße ein, und dann ging es die Stäffele hinauf und hinauf. Schier endlos krochen sie den Hang empor, Absatz um Absatz. Mehr als einmal blieb das Trio stehen, um wieder zu Atem zu kommen, keine einzige Bank gab es, auf der man mal hätte verschnaufen können. Fritz-Münch-Staffel, lasen sie unterwegs, ein Stuttgarter Schneidermeister war zu Ehren gekommen und ließ sie schwitzen.

»Wenigstens deine Handtasche hättest du dem Karl mitgeben können, Emma«, sagte Johnny. »Was schleppst du überhaupt diesen Koffer mit?«

»Da drin ist mein Leben. Meine Handtasche gebe ich nicht aus der Hand.«

»Deswegen heißt es auch Handtasche, gell?«, spöttelte Johnny.

»Davon versteht ihr Männer nichts.«

»Wir Männer verstehen mehr, als ihr Frauen ahnt. Dein Glück, dass ich im Moment etwas kurzatmig bin, sonst würdest du einen meiner berühmten Vorträge zu hören bekommen.«

Endlich waren sie oben, an der Haltestelle saß Karl ausgeruht und grinsend.

»Ich muss erst mal abschwitzen«, stöhnte Emma und ließ sich neben Karl nieder. Abgeschabte Holzbänke, ohne Lehne. Johnny tupfte sich die Stirn mit einem blütenweißen Taschentuch. Heidelinde sah frisch und munter aus.

»Die Linde hat jetzt einen fürchterlichen Hunger«, verkündete sie. »Auf geht's, sitzen könnt ihr auch drinnen.«

Die *Wielandshöhe* lag direkt gegenüber der Haltestelle, ein nüchterner Zweckbau im Bauhausstil.

Ehrfurchtsvoll betraten sie den Gourmettempel.

Johnny ging voraus, er humpelte wieder etwas, und strebte einer älteren Frau an der Rezeption zu, vielleicht die Chefin.

»Küss die Hand, gnädige Frau«, sagte er und deutete eine Verbeugung an. »Hat der Meister des Herds für uns hungrige Wanderer vielleicht ein Tischchen frei, obschon wir gänzlich unangemeldet hier hereinschneien?«

Die Chefin konsultierte ihr Reservierungsbuch, und Emma ahnte, was kommen würde. Mit dem Hinweis auf vollbesetzte Tische konnte man ungebetene Gäste elegant abweisen, vor allem ungebetene Gäste der Art, wie sie es waren. Verschwitzt allesamt, selbst Karl, der schwitzte schon, wenn er nur den Kopf drehte. Heidelinde mit ihrem weich fallenden Kleid in kräftigem Orange, sie selbst mit ihrem quietschbunten Kaftan, Johnny mit seinen abgeschabten Jeans, seinem nicht mehr ganz sauberen T-Shirt (»Just do it – tomorrow«), seinem Pferdeschwanz.

Das war doch ein elegantes Restaurant, nichts für eine Gurkentruppe wie sie. Und Karl in seinem hellbeigen Leinenanzug mit Einstecktuch und Panamahut riss es auch nicht wirklich heraus.

Aber niemand verzog eine Miene, die Chefin gab Anweisungen.

»Ich war noch nie so vornehm essen«, wisperte Emma.

»Ich schon. Früher immer. Als ich mir das noch leisten konnte«, erwiderte Johnny.

Karl glackerte mit dem Gebiss.

Sie wurden von einer hübschen jungen Frau zu ihrem Tisch geleitet. Die Aussicht hinunter in den Stuttgarter Talkessel war herrlich. Emma sah sich um und stellte fest, dass sich mit ihrem Erscheinen der Altersdurchschnitt kein bisschen verändert hatte.

»Einen Aperitif?«, wurden sie gefragt.

»Nein«, sagten Emma und Johnny.

»Ja«, sagte Heidelinde.

Karl sagte nichts.

Die junge Dame war irritiert.

»Das ist doch so teuer«, flüsterte Emma.

»Viermal von diesem Rieslingsekt aus Esslingen«, bestellte Heidelinde. In gekühlten Gläsern wurde er ihnen gereicht.

Karl schlürfte laut und mit Behagen, Johnny nippte geziert mit abgespreiztem Finger und ließ donnernd einen fahren. Heidelinde guckte indigniert, Emma hätte fast geprustet, die Bedienung tat, als hätte sie nichts bemerkt.

»Flatulenz«, sagte Karl ungerührt. »Das Prickelwasser.«

Emma hatte viel Plüsch und Pomp und schwere Vorhänge erwartet, so stellte sie sich ein Sternelokal vor. Aber der Raum war nüchtern und so schnörkellos wie das Essen, das aus der Küche kam. Und es kam ohne Verzierungen aus. Im Fernsehen sah sie immer, wie die Köche grüne Soße auf die Teller tröpfelten und dann mit einem Zahnstocher zu Schlieren verschmierten.

Das einzig Barocke in der *Wielandshöhe* war der Patron, der seinen Bauch durch die Tische schob und sich nach dem Wohlergehen seiner Gäste erkundigte. Emma hätte Vincent Klink gern einiges gesagt, zum Beispiel, dass sie das Carpaccio vom weißen Rettich unter ihrem Lachstartar nicht mariniert hätte, die leichte Schärfe des Rettichs harmonierte doch trefflich mit dem mild gewürzten Lachs. Aber wer war sie denn, dass sie Kritik üben könnte, er war der Meister und wusste schon, was er tat.

Hingegen die Spätzle zum Schönbucher Rehrücken waren vortrefflich, die hätte sie selbst nicht besser hinbekommen. Und was er mit dem Wirsing angestellt hatte, war ein Gedicht, das musste sie auch mal ausprobieren. Ob sie ihn nach dem Rezept fragen konnte?

»Lecker«, sagte Johnny. Der Patron musste das gehört haben, schien sich aber gar nicht zu freuen, er verzog etwas das Gesicht, wie Emma zu sehen meinte.

Bei den Bestellungen hatte Heidelinde das Kommando übernommen, mit souveräner Gelassenheit, als ginge sie in den Gourmettempeln dieser Welt ein und aus. Ging sie ja vielleicht auch, dachte Emma, was man unter Sparsamkeit zu verstehen hat, kann man unterschiedlich definieren.

Zum Hauptgang hatte sie ihnen einen Wein vom Weingut Kusterer aus Esslingen verordnet, Melac nannte er sich. Johnny hatte auf der Karte den Preis gesehen.

»Die nehmen's von den Lebenden«, murmelte er, zu Emma gewandt. »Dafür krieg ich beim Aldi meine Monatsration.«

»Du bist aber nicht beim Aldi.«

»Ob sich die Linde das leisten kann?«

»Ich denke schon.«

»Wenn ich mal überschlage, was wir hier liegen lassen, das können wir doch nicht annehmen!«

Die letzte Bemerkung hatte Heidelinde gehört, ihr Gespräch mit Karl Glöckle war rasch versandet.

»Du musst das nicht annehmen, Johnny, wenn du zu stolz dazu bist. Dann musst du eben hinterher Teller abwaschen.«

»Vom Tellerwäscher zum Millionär! Das habe ich schon mal versucht, aber irgendwas habe ich falsch gemacht dabei.«

Heidelinde klopfte an ihr Glas, als wolle sie eine Rede halten.

»Die Linde war in den letzten Jahren sehr einsam, und sie hat sich sogar überlegt, ins Altersheim zu gehen, nur damit sie unter Leuten ist. Aber jetzt habe ich alte Freunde wiedergetroffen, liebe Freunde …«

Dabei sah sie Johnny an. Verlegen wandte der sich ab.

»Ich habe mich mein ganzes Leben nichts getraut, schon gar nicht, mein Geld auszugeben, und glaubt mir, davon ist noch genügend da, dafür hat mein sparsamer Gatte schon gesorgt. Soll ich's mit ins Grab nehmen? Jetzt lasse ich mir's gut gehen, und meine Freunde sollen auch davon profitieren. Deshalb diese Einladung heute, als Dank und als Auftakt für mein zweites Leben.«

Johnny steckte zwei Finger zwischen die Lippen und stieß einen gellenden Pfiff aus. Die anderen Gäste fuhren erschrocken hoch.

Sofort stand ein Kellner bei ihnen.

»Der Herr haben gerufen?«, fragte er mit stoischer Miene, zu der nur die hochgezogenen Augenbrauen nicht passen wollten.

»Eigentlich nicht«, sagte Johnny. »Aber da Sie sich schon mal herbemüht haben, könnte man vielleicht in Erwägung ziehen, ob Ihr Kellermeister noch ein Fläschchen von diesem überaus köstlichen, wenn auch überaus teuren Wein aufzutreiben in der Lage ist. Das würde nicht unerheblich zu unserem Glück beitragen.«

»Und außerdem«, sagte Heidelinde, »ist das die Vorfeier zu meinem Siebzigsten, im ganz engen Kreis.«

»Das ist fürwahr ein Anlass zu einem Gelage«, meinte Johnny.

»Warum hast du uns nichts gesagt?«, fragte Emma. »Wie stehen wir denn jetzt da, ohne Geschenke?«

»Ihr seid mir Geschenk genug«, antwortete Heidelinde. »Sozusagen ein Geschenk des Himmels. Eigentlich hasse ich Geburtstagsfeiern, aber ab jetzt wird alles anders.«

Karl sagte nichts.

Die Flasche wurde gebracht, der Wein eingeschenkt.

Johnny nahm einen tiefen Schluck und erhob sich, sein Glas in der Hand.

»Auf die Heidelinde, die edle Spenderin, eine wahrhaft generöse Frau! Und dazuhin so sexy! In ihrem Alter! Lang soll sie leben! Ewig!« Er holte tief Luft.

Emma zupfte ihn an der Hose. »Du singst jetzt aber nicht!«, warnte sie.

»Warum denn nicht? Meine Stimme ist immer noch volltönend, von betörendem Klang, mit einschmeichelndem Vibrato, mit …«

»Nein! Du singst nicht! Die anderen Leute gucken schon.«

»Die gucken erwartungsvoll. Das kenne ich von früher, von meinen Auftritten.«

Er hob sein Glas und prostete den Leuten im Saal zu. Einige prosteten sogar zurück, die meisten schauten böse.

»Verehrtes Publikum, aus meinem reichhaltigen Repertoire …«

»Johnny, Platz!«, zischte Emma vernehmlich.

»Sehen Sie? So ist es mit der Kunst. Nie bekommt sie die Anerkennung, die ihr gebührt.«

»Johnny!«

»Ist ja schon gut, ich bin ganz friedlich.«

Schwerfällig setzte er sich wieder hin.

»Du hast einen in der Krone«, kicherte Heidelinde.

»Das, liebe Linde, ist eine durchaus zutreffende Beschreibung meines derzeitigen Zustands. Also, meinen

Toast habe ich schon ausgebracht, wenn ich auch an seiner Vollendung von einem uneinsichtigen Weib brutal gehindert wurde, jetzt lasset uns anstoßen! Auf Heidelinde, unseren barmherzigen Engel!«

Vom Schwung seiner Emphase getragen, klirrte sein Glas gegen das von Heidelinde. Es war etwas zu viel Schwung. Beide Gläser zerbarsten und ergossen ihren Inhalt auf den Tisch.

Johnny ließ einen fahren.

»Der Schreck«, kommentierte er.

Emma hatte sich weit nach hinten gelehnt, damit sie von dem Wein nichts abbekam. Ihr Stuhl geriet ins Kippen, hielt einen kurzen Moment die Balance und entschied sich dann doch, der Schwerkraft zu folgen und seine Last auf dem Boden abzuladen.

»Oh jeggerle[99]!«, schrie Emma.

Automatisch suchte sie nach einem Halt und fand in ihm Tischtuch. Krampfhaft hielt sie sich fest und zog das halbe Tischtuch mit hinunter auf den Boden. Teller, Gläser, Flaschen purzelten auf sie hinab.

Johnny war aufgesprungen. Er wollte Emma helfen wieder aufzustehen, verhedderte sich im Tischtuch und fiel der Länge nach über sie. Was bisher noch auf dem Tisch gewesen war, folgte umgehend.

»Der teure Wein!«, sagte Karl, der bis dahin schweigend dagesessen war, sein leeres Glas in der Hand.

»Ich glaube, wir zahlen jetzt besser«, sagte Heidelinde und zückte ihre Kreditkarte.

Der Patron höchstpersönlich begleitete sie hinaus, er wollte wohl sichergehen, dass sie in seinem Lokal nicht noch mehr Unheil anrichteten.

---

99 Ein Ausruf der Überraschung, etwa: Ach du liebe Zeit!

Johnny, genauso wie Emma mit Rotwein und Soße bekleckert, wandte sich an den Chef.

»Meister der Töpfe und der scharfen Messer, Sie haben uns ein unvergessliches Mahl kredenzt, von dem ich noch meinen Enkeln erzählen werde, und ich habe fünfundzwanzig davon. Sie haben uns auf den Geschmack gebracht, selbst schuld, wenn Sie so gut kochen. Wir kommen wieder, und dann kramen Sie Ihre Basstrompete hervor und ich bringe meine Gitarre mit, und dann machen wir eine richtige Jamsession, aber vom Feinsten, drei Sterne! Wir alten Säcke!«

»Die Linde hat jetzt wohl Hausverbot in diesem Lokal«, murmelte Heidelinde.

Dann fing sie schallend an zu lachen.

Im Auge des Hurrikans

Im Haus der Familie Öchsle in Bad Cannstatt standen die Zeichen derweil auf – nein, eben nicht auf Sturm. Man befand sich eher im Auge des Hurrikans, wo nicht das geringste Lüftchen weht.

Gemeinsame Essen gab es keine mehr. Die Kinder beobachteten, verzogen sich in ihre Zimmer und steckten die Köpfe mit Pilar zusammen. Alice lief verkniffenen Gesichtes durch das Haus und schaute durch Klaus hindurch, wenn sie ihm schon nicht ausweichen konnte. Nicht einmal mit Emma zankte sie sich mehr, was von den Kindern als äußerst dramatische Zuspitzung empfunden wurde. Allerlei Erklärungen wurden herangezogen, diskutiert und wieder verworfen.

»Wegen dieser blöden Pinkelgeschichte kann's doch nicht sein«, rätselte Madeleine. »Die ist doch schon lang vergessen.«

»Mama kann ganz schön nachtragend sein«, gab Simon mit der ganzen Erfahrung seiner fünfzehn Jahre zu bedenken.

»Oder immer noch wegen Oma?«, schlug Madeleine vor.

»Wieso denn? Die Oma ist doch schwer in Ordnung«, konterte Simon.

»Vielleicht ist die Mama in den Wechseljahren«, überlegte Madeleine.

»Was sind Wechseljahre?«, fragte Simon, dessen Interesse für weibliche Probleme sich auf die Altersklasse bis siebzehn, höchstens noch achtzehn beschränkte.

»Da werden Frauen zickig«, klärte Pilar ihn auf.

Simon sah sie verständnislos an. Das schien ihm eigentlich ein altersunabhängiger Zustand zu sein.

Ihm ging ein Licht auf.

»Mama hat einen Freund, und der hat sie sitzen lassen«, sagte er. Er hatte volles Verständnis, wenn man deswegen schlechte Laune hatte. Simon fand die Vorstellung gar nicht so übel. Erst war eine neue Tante hereingeschneit, eine ganz heiße zudem, um die ihn alle Klassenkameraden beneideten, und jetzt bekam er vielleicht einen neuen Vater. Hoffentlich einen, der ihn auch mal zum VfB mitnahm. Spannend.

»Mama und ein Freund?«, entrüstete sich Madeleine. »Du spinnst!« Sie war zwar ihre Mutter, aber ehrlich, wer sollte sich schon für sie interessieren?

»Dann hat Papa eine Freundin«, schlug Simon vor. Auch das eine durchaus reizvolle Idee.

»Ph!«, machte Madeleine. »Bei seiner Wampe!« Apropos Wampe. Ihr fiel ein, dass sie Pilar noch etwas fragen wollte. Aber nicht im Beisein von Simon, für solche Dinge war er noch zu klein.

»Was meinst du, Pilar?«, wandte sich Simon an seine Tante.

Aber Pilar, die natürlich die Hintergründe ahnte, zuckte nur mit den Schultern.

So wurde also weitergerätselt.

Die Situation wurde noch mysteriöser, als Emma ihre Enkel in das Geheimnis von Kutteln in Trollingersoße einweihte. Kuhmagen essen! Früher wäre Alice an die Decke gegangen, wie bei allen schwäbischen Köstlichkeiten, die Emma auftischte. Jetzt aß sie sogar einen Teller mit. Ohne zu protestieren. Kraft- und willenlos, wie es schien. Als schien sie gar nicht zu bemerken, was sie aß.

Und Klaus? Er war mittlerweile nächtens auf das Sofa im Wohnzimmer verbannt worden, verstand nichts und schmollte. Wie die Kinder knobelte er an Erklärungsversuchen und kam zu keinem Ergebnis. Er nahm all seinen Mut zusammen und bot eine Aussprache an, ohne allerdings sonderlich vehement darauf zu drängen, wäre im äußersten Notfall sogar bereit gewesen, frank und frei sein Affärchen mit Yvonne zu gestehen und alle Folgen (und Foltern) mannhaft zu ertragen, wurde aber mit einem knappen »Es gibt nichts zu besprechen« beschieden. Und fortan herrschte wieder Schweigen.

Er sehnte sich eine Alice zurück, die zeterte und moserte und schrie. Alles, nur nicht dieses brüllende Schweigen.

Der Ehestreik im Hause Öchsle hatte sich zu einem Generalstreik ausgeweitet. Aber warum nur?

Dabei war die Sache doch klar. Geheimnisse sind dazu da, dass sie sich in Windeseile verbreiten. Im Viertel pfiffen die Spatzen das Techtelmechtel des Herrn Doktor mit der Brezelverkäuferin von den Dächern, und eines Tages standen die Spatzen respektive die Nachbarinnen zwitschernd beisammen, und entweder hatten sie Alice, die vom Einkaufen kam, wirklich nicht bemerkt oder sie wollten sie nicht bemerken (was eher zu vermuten ist, denn schließlich sagt man so etwas niemand so einfach ins Gesicht, und auch die Ratschläge der einschlägigen Frauenzeitschriften zum Thema waren indifferent) – jedenfalls bekam Alice quasi im Vorübergehen mit, was alle längst wussten.

Sie war großartig. Ihr stockte nicht der Schritt, sie drehte sich nicht um, sie ging einfach weiter, als hätte sie nichts gehört oder als ginge sie das, was sie gehört hatte, nichts an. Sie schaffte es nach Hause, warf sich aufs Bett – und dann nichts. Eigentlich hätte sie toben und schreien müssen, das Geschirr an die Wand werfen und seine Kleider aus dem Fenster, aber sie konnte nicht einmal weinen.

Ihr Klaus war also fremdgegangen. Willkommen im Klub, mit so vielen Mitgliedern, dass niemand sie zählen konnte. War das jetzt schlimm oder nicht? Und wenn schlimm, dann wie schlimm? Sollte sie ihn erst massakrieren und dann aus dem Haus werfen oder umgekehrt? Mal abgesehen von dem gewissen Gefühl der Demütigung: War das nun das Ende ihrer Beziehung oder – ein verwegener Gedanke, ein abstruser, ein verführerischer – ihr vielleicht sogar förderlich? Ein Neuanfang unter anderen Vorzeichen?

Ihre Verweigerung jeglicher Kommunikation war weniger Strafe denn Unsicherheit. Sie wusste einfach nicht, was sie denken sollte. Sie befand sich in einem Gefühlswirrwarr, aus dem sie nicht herausfand.

Bis es dann Emma zu dumm wurde. Sie hatte Alice genau beobachtet und konnte sich aus eigener Erfahrung denken, was in ihr vorging. Sie passte einen günstigen Moment ab und lud Alice nach oben zu sich ein. Emma war nicht erpicht auf diese Aussprache, aber da musste sie durch.

Wie zu erwarten, blockte Alice zunächst ab.

»Ich wüsste nicht, worüber wir beide reden sollten«, sagte sie brüsk.

»Zum Beispiel über mich«, antwortete Emma. Das immerhin machte Alice neugierig, wie sie an deren Blick sah.

»Und«, fuhr Emma fort, »über eine Bäckereiverkäuferin mit großem Busen.«

»Natürlich«, sagte Alice bitter. »Du weißt es auch. Alle wissen es schon lange, nur ich nicht.«

»Die Ehefrau erfährt immer zuletzt davon. Ist ja wohl auch Sinn der Sache. Glaub mir, ich weiß, wovon ich rede. Und jetzt zier dich nicht so und komm. Ein Gespräch von Frau zu Frau. Erfahrungsaustausch.«

Widerstrebend folgte Alice Emma in deren Wohnung.

Emma hatte alles vorbereitet. Auf dem Tisch stand eine Kanne Tee, ein Teller mit Gurken- und Räucherlachssandwiches, eine frische Packung Kleenex und, für alle Fälle, eine Flasche Schnaps.

»Typisch britischer afternoon tea«, grinste Emma. »Kuchen schien mir nicht ganz passend, nicht einmal ein selbstgebackener.«

Wider Willen stahl sich ein kaum wahrnehmbares Lächeln auf Alices Gesicht.

Emma schenkte den Tee ein, Alice nippte.

»Also«, sagte Emma resolut, »ich hasse es, um den heißen Brei herumzureden. Klaus hat also die Bäckerin vernascht, und irgendwie bin ich daran mit schuld, denn wenn ich nicht hier eingezogen wäre, hättest du keinen Grund für deinen Ehestreik gehabt.«

»Davon weißt du auch?«, fuhr Alice entsetzt auf. Ihr wurde abwechselnd heiß und kalt. Welche Schlafzimmergeheimnisse schwirrten denn noch durch die Gegend? Dann wurde ihr bewusst, dass es da keinerlei Geheimnisse mehr gab. Und das ärgerte sie.

»Ich weiß, Alice, es ist nicht einfach zwischen uns. Es ist auch nicht einfach mit mir, manchmal kann ich mich selber nicht leiden. Und ehrlich gesagt, mit meiner Schwiegermutter in einem Haus, das hätte ich auch nicht ausgehalten. Glücklicherweise ergab sich dieses Problem bei mir nicht, Willis Mutter ist schon früh gestorben. Entschuldigung, dass ich noch lebe.«

»Also Emma!«, protestierte Alice.

»Ich kann nichts anderes tun, als mich zu entschuldigen, Alice. Hätte ich gewusst, welche Folgen das hat, wäre ich ganz bestimmt nicht bei euch eingezogen. Ich habe kein Interesse daran, eure Ehe zu zerstören, glaub mir.«

»Das hast du nicht, das haben wir schon selbst besorgt. Ich vor allem.«

Emma zog fragend die Augenbrauen nach oben und reichte den Teller mit den Sandwiches. Alice griff zum Räucherlachs. Emma sagte nichts, weil sie spürte, wie Alice mit sich kämpfte.

Alice gab sich einen Ruck und erzählte davon, wie Belinda Klaus auf die Probe stellen sollte.

Emma hatte Mühe, nicht laut herauszulachen, aber sie beherrschte sich. So weit war Alice noch nicht.

»Ich verstehe«, sagte Emma. »Stattdessen hat er sich an die Bäckerin herangemacht.«

»Ist das nicht empörend? Wenn ich schon betrogen werde, dann aber bitte mit einer Frau von Format wie Belinda und nicht mit so einer dahergelaufenen Tussi. Das nehme ich ihm wirklich übel.«

»Klaus war doch schon immer etwas dämlich«, sagte Emma.

»Hör mal«, sagte Alice mit gespielter Empörung, »wie redest du über meinem Mann!«

»Ich rede über meinen Sohn, wie es mir passt!«, gab Emma genauso gespielt zurück. »Schließlich habe ich ihn erzogen.«

»So?«

Emma seufzte. »Nicht mit Absicht. Aber dämlich sind wir doch alle. Nur haben manche von uns mehr Spaß damit als andere.[100]«

Und beide lachten. Vielleicht ist das Eis zwischen Schwiegermutter und Schwiegertochter jetzt gebrochen, dachte sich Emma, dann hätte diese Affäre wenigstens ein Gutes.

»Und jetzt?«, fragte sie.

»Ich weiß nicht, wie ich mich verhalten soll.«

Emma seufzte. »Diese Frage stellt sich jede Frau in einer solchen Situation. Und ich fürchte, es gibt keine eindeutige Antwort darauf.«

Das erinnerte Alice an die Reaktionen im Mädelsclub, als sie von Klaus' Techtelmechtel erzählt hatte.

»Eier abschneiden!«, sagte Celia. »Das hätte ich bei meinem Ex tun sollen, als ich ihn in flagranti erwischt habe. Dann wär's jetzt nichts mehr mit einem erfüllten Liebesleben.«

»Ist ja super!«, sagte Belinda. » Hast du jetzt noch irgendwelche Skrupel? Das ist der Freibrief für dich, Alice! Ran an die Kerle! Ich werde gleich mal in meinem Adressbuch blättern, ich finde da schon den Richtigen für dich.«

Marion sagte nichts. Sie dachte an ihr kleines Abenteuer am Wellnesswochenende, von dem sie ihrem Gatten natürlich nichts erzählt hatte. Wie würde er reagieren? Wie Celia? Wie Belinda? Und was unternahm Alice jetzt, die still vor sich hin brütete?

Verdammt komplizierte Sache, so ein Seitensprung.

Von Belinda kam plötzlich ein schriller Schrei. »Jetzt kapier ich's erst richtig! Diese Arschgeige hat mich ab-

---

100 … sagt Mrs. Madrigal in Armistead Maupins Stadtgeschichten aus San Francisco. Auf Schwäbisch etwa: »A bissle domm isch jeder, abr so domm wia mancher isch koiner.«

blitzen lassen und bumst stattdessen eine *Verkäuferin*? Eine *Brezelverkäuferin*? Schlampe! Und noch dazu eine, die mindestens zwanzig Jahre jünger ist? Das ist eine Beleidigung! Na warte, Herr Öchsle, das wirst du mir büßen!«

Alice zuckte zusammen. Nicht wegen der Drohung, das hatte Klaus verdient. Er hatte alles verdient. Sondern, weil Belinda sich in ihrem Zorn ungewollt geoutet hatte. Diese Yvonne dürfte so Anfang zwanzig sein, und dann war Belinda also … Interessant.

Emma schob Alice den Sandwichteller hin und holte sie damit aus ihren Gedanken zurück.

»Vielleicht schaffen wir es ja doch, miteinander auszukommen, Alice. Wir müssen uns ja nicht mögen, aber wir sollten uns nicht mehr bekriegen. Dafür ist das Leben viel zu kurz. Und ich meine damit nicht nur mein Leben. Zugegeben, ich bin vielleicht etwas eigenwillig, aber sind wir das nicht alle, jeder auf seine Art? Also, Waffenstillstand, Alice?«

»Friede, Emma! Betrogene Frauen müssen zusammenhalten.«

»Nicht nur die.«

»Was soll ich tun, Emma?«

»Das kann ich dir nicht sagen. Niemand kann dir das sagen. Das musst du selbst wissen.«

»Wenigstens einen Denkzettel hat er verdient.«

»Das finde ich auch, Alice. Und ich habe da auch schon eine Idee.«

Ein versonnenes Lächeln umspielte Emma Öchsles rosenholzrot geschminkte Lippen.

Klappe zu, Affe tot

Auf dem Foto zeigte Willi Öchsle das typisch verkrampfte Lächeln einer Studioaufnahme. Es war zu seinem Sechzigsten entstanden, der Willi in vollem Ornat mit Anzug und Krawatte.

Lange her.

Viel passiert seitdem.

»Zu viel«, sagte Willi vom Sofa her. »Emma, was ich so mitbekomme, das gefällt mir gar nicht, muss ich sagen.«

»Muass au net.«

»Immerhin bin ich dein Ehemann.«

»Gwä.«

»Die Freiheiten, die du dir nimmst, schmecken mir gar nicht.«

»Isch mir doch egal.«

»Emma, Emma, wohin soll das noch führen?«

»Weiß ich auch noch net. Ist aber au net wichtig. Werden wir dann schon sehen.«

»Emma, ich erkenne dich nicht wieder.«

»Gell?«

»Bist du etwa auch noch stolz darauf?«

»Scho.«

»Emma, so benimmt man sich doch nicht in deinem Alter!«

»Grad.«

»Wenn ich das noch erlebt hätte!«

»Sei froh.«

»Und wie geht's jetzt weiter? Was hast du vor?«

»Des goht di gar nix a, Willi. Und jetzt hältsch dei Gosch ond läscht mir mei Ruh. Auf ewig.«

Und damit legte sie das Bild in die Schublade. Ganz nach unten. Unter ihre neue Unterwäsche.

Die Geräusche, die zu hören waren, klangen nach Protest.

»Muass sei, Willi«, sagte Emma. »Auch tote Ehemänner miasset net älles wisse.«

Friede, Freude, Eierhaber

Fortan schien sich die Atmosphäre im Hause Öchsle allmählich wieder zu entspannen. Alice war zwar weiterhin nicht sehr gesprächig, besonders Klaus gegenüber nicht, aber ihre verkniffenen Züge wurden zusehends weicher, und ab und an stahl sich sogar ein leichtes Lächeln auf ihr Gesicht. Besonders, wenn sie Klaus ansah.

Die Familie atmete auf. Besonders Klaus.

Entwarnung. Gefahr vorbei. Nur ein Sturm im Wasserglas. Die Pinkel-Episode – oder was auch immer Alice die Stimmung verdorben hatte – vergeben und vergessen.

Seine lebenslange Erfahrung als Sohn und Ehemann hatte sich wieder einmal bestätigt: Man musste den Frauen nur genügend Zeit lassen, dann beruhigten sie sich von selbst wieder. Und er Dämlack hatte fast mit einem voreiligen Geständnis unnötiges Unheil heraufbeschworen.

Und einmal beobachtete er sogar, wie Alice Emma zulächelte. Auch dieses Problem hatte sich also auf ganz natürlich Weise erledigt. Und somit war es nur noch eine Frage der Zeit, bis auch ihr Eheleben wieder in normalen Bahnen verlaufen würde.

Als dezenten Hinweis darauf, dass auch er bereit war, alles zu vergeben und vergessen, hatte er eines Morgens einen Apfel auf dem Couchtisch neben seinem improvisierten Bett deponiert. Als er am Abend nach Hause kam, war der Apfel verschwunden.

Ach, Alice! Eine Woge der Zärtlichkeit durchflutete seinen Körper und sammelte sich in seinen Lenden.

Die Familie hielt den Atem an, als Emma den zarten Frieden mutwillig zerstören zu wollen schien, weil sie zum Abendessen lud und Eierhaber[101] mit Salat servierte. Ein schwäbisches Gericht! Wo doch jeder wusste, dass Alice schwäbische Küche grundsätzlich hasste. Aber sie probierte, lächelte Emma an, murmelte »gut« und verputzte den Eierhaber mit gesundem Appetit. Erneut ging ein großes Aufatmen durch das Haus.

Von Klaus unbemerkt, wurde eine Reihe von höchst geheimen bilateralen Gesprächen geführt. Emma mit Pilar, Pilar mit Alice, Alice mit Emma, Emma mit Ajamu und wieder zurück.

Die Kinder, denen das alles nicht entgangen war, löcherten Pilar. Aber die blieb schweigsam und murmelte etwas von einem großen Geheimnis. Simon fand das sehr spannend.

---

101 Mehl mit Milch und Eigelb verrühren, Eischnee unterheben, in der Pfanne portionsweise goldbraun braten, die Eierkuchen in Stücke zerreißen. Kann auch süß mit Zucker und Zimt serviert werden. Das Rezept wurde einst von den Österreichern geklaut und als Kaiserschmarrn wiedergeboren. Selbst wenn die Schwaben einen Kaiser gehabt hätten (Napoleon zählt nicht), wären sie aus angeborenem Misstrauen gegen die Obrigkeit (neudeutsch: Wutbürger) nie auf die Idee gekommen, ein Gericht so zu nennen.

Zwei Schwestern

Aus dem Oma-Enkelin-Gespräch kürzlich war Madeleine mit hochrotem Kopf und viel Stoff zum Nachdenken gegangen. Und mit noch mehr Fragen. Dann fasste sie allen Mut zusammen und passte Pilar ab, als die von ihrem Training nach Hause kam.

Pilar schaute sie prüfend an.

»Dich plagt was, das sehe ich dir an. Lass mich raten. Probleme in der Schule? Bei dir doch nicht. Ärger mit den Eltern? Immer, aber derzeit kein besonderer, soweit ich das mitbekommen habe. Bleibt also nur: Probleme mit den Kerlen, richtig?«

Madeleine nickte.

»Hat er dich sitzen lassen?«

Madeleine schüttelte den Kopf. »Es gibt keinen, der mich sitzen lassen könnte.«

»Verstehe. Du bist Single. Mitunter ein durchaus angenehmer Zustand.«

»Hast du einen Freund, Pilar?«

»Derzeit nicht. Ich möchte mich auf meine Ausbildung konzentrieren, da kann ich keinen gebrauchen, der mir dauernd hinterherläuft und jammert, wenn ich keine Zeit für ihn habe. Was nicht heißt, dass ich keinen Sex habe.«

Madeleine wurde rot, und Pilar musste innerlich grinsen. Sie hatte geahnt, worauf das Gespräch hinauslief, Emma hatte so Andeutungen gemacht.

»He, Madeleine, kein Grund, rot zu werden, wenn das Wort Sex fällt. Mit mir kannst du über alles reden, ich bin deine Tante. Obwohl ich mich eigentlich eher als deine große Schwester sehe. Okay, Schwester?«

Madeleine nickte.

»Also, Schwester, wo drückt's? Oder genauer gefragt: wo kribbelt's?«

Madeleine holte tief Luft. Es fiel ihr schwer, darüber zu reden, aber da musste sie jetzt durch.

»Ich bin noch Jungfrau«, platzte sie heraus.

So, jetzt war es gesagt, und jetzt konnte Pilar kichern, so viel sie wollte.

Aber Pilar nickte nur, ganz ernst, und sagte: »So fangen wir alle mal an. Aber du willst das ändern, richtig?«

Madeleine nickte.

»Guter Plan. Du wirst es nicht bereuen, glaub mir. Und wo liegt das Problem?«

»Ich weiß nicht, wie ich das anstellen soll.«

»Du meinst jetzt aber nicht, dass ich dir die Sache mit den Bienen und den Blumen erklären soll?«

»Nein. Ich … Mich will doch keiner. Schau mich doch an: zu dürr, kein Busen …«

»Schau mich an, Madeleine: zu dürr, kein Busen … Und trotzdem habe ich meine Verehrer.«

»Der Dicke von neulich?«

»Der Karl?« Pilar lachte. »Ganz bestimmt nicht.«

Jetzt wäre die Gelegenheit für eine technische Frage gewesen, aber Madeleine beschäftigte anderes.

»Woher … Wie nimmst …«

»Wenn mir einer gefällt, quatsch ich ihn an.«

»Und das funktioniert?«

»Meistens. Du glaubst ja nicht, wie schüchtern die Jungs sind, auch wenn sie sich ganz cool geben. Die sind froh, wenn du selbst den ersten Schritt machst.«

»Ich weiß nicht …«

»Hey, willst du nun emanzipiert sein oder nicht? Hast du übrigens jemanden bestimmten im Auge?«

»So einen wie Ajamu.«

»Der ist süß, ja. Schnapp ihn dir.«

»Aber der gehört doch Emma!«

»Frag sie, ob sie ihn dir ausleiht.«

»Das geht doch nicht!«

Pilar grinste. »Es ist in dieser Familie durchaus üblich, dass man sich nicht mit einem Partner begnügt. Denk an meinen Vater, deinen Großvater. Oder …«

Abrupt brach sie ab. Könnte ja sein, dass Madeleine noch nicht über das Techtelmechtel ihres Vaters informiert war.

»Oder was?«, fragte Madeleine.

»Ach nichts. Und übrigens: Niemand gehört irgendwem. Du gehörst nur dir selbst.«

Madeleine seufzte. »Das ist manchmal ganz schön schwierig mit der Liebe.«

»Ja, das ist es.«

Und erstens kommt es anders …

Er hätte Rückgrat zeigen und sich weigern sollen. Aber Alice hatte ihn gebeten, und zwar auf eine Weise, die fast schon einem Befehl gleichkam, und so war er doch mitgegangen, er wollte den schemenhaft aufscheinenden neuen Ehefrieden nicht gefährden.

Es war ein Fehler, trotzdem. Er stand hier herum und ödete sich selbst an.

Geburtstagsfeiern waren an sich schon grässlich genug. Aber dann noch mit Leuten, die er gar nicht kannte und auch nicht kennenlernen wollte! Und dann war das auch noch die reinste Nostalgieveranstaltung, wie aus der Zeit gefallen.

Altmodisch in ganz schrecklichem Sinne.

Champagner statt Hugo – wer trank denn heute noch Champagner! Und dann diese Musik – ach, er hatte ja nicht wirklich Ahnung davon, was momentan angesagt war, aber »Love me tender« und »Roll over Beethoven« gehörten definitiv nicht dazu, und das war auch gut so.

Kaum zu glauben, dass jemand mal auf so was abgefahren war. Kein Wunder, dass jetzt alles am Boden lag, an dem ganzen Mist heutigentags war ja diese Generation schuld. Die mit diesem Gekreische, das sie als Musik bezeichneten, die musste einem ja das Hirn verkleben. Gott sei Dank war er in einer friedlicheren Zeit aufgewachsen.

Plötzlich stand seine Mutter neben ihm, erhitzt und mit roten Wangen.

»Alles klar mit dir?«, fragte sie.

Er brummte nur. Dann fiel ihm etwas auf.

»Du rauchst?«, fragte er konsterniert. »In deinem Alter?«

»Was dagegen?«, gab sie zurück.

Er schnupperte. »Das riecht ja widerlich. So süßlich.«

»Spezialmischung«, erklärte Emma. »Willst du auch mal ziehen?«

»Um Himmels willen!«, wehrte er ab. »Ich rauche nicht, das weißt du doch.«

»Täte dir gut, würde dich lockern. Du langweilst dich wohl schrecklich, was?«

»Allerdings. Und unter meinem Niveau.«

»Wär schön, wenn deine Bäckerin mit dem großen Busen auch hereingeschneit käme, gell?«

Na, das fehlte gerade noch! »Ich weiß nicht, wovon du redest«, sagte Klaus, dem das Blut ins Gesicht geschossen war.

Mütter! Nie hatte man vor ihnen seine Ruhe, sein ganzes Leben nicht. Dass sie es immer wieder schafften, einem ein schlechtes Gewissen zu machen. Als ob dafür nicht mittlerweile die Ehefrau zuständig wäre.»Man könnt sich schon vorstellen, dass es Spaß macht, mit so einem jungen Ding zu schnakseln, oder?«

»Was willst du damit sagen?«, stotterte Klaus.

Doch sie ging darauf nicht ein, sondern tätschelte ihrem Sohn nur die rote Wange. Ein versonnenes Lächeln umspielte Emma Öchsles neonpink geschminkte Lippen.

»Amüsier dich mal schön, Kläuschen, solange du noch kannst.« Und dann war sie verschwunden.

Klaus wischte sich den Schweiß von der Stirn. Was war das jetzt gewesen? Nur so dahergeplappert? Bestimmt nicht, sie hatte ja ausdrücklich von »seiner« Bäckerin gesprochen. O Gott! Wenn seine Mutter davon wusste, wer dann noch? Alice auch? Was kam da auf ihn zu? Aber sie würde ihm bestimmt keine Szene machen, nicht hier vor all den Leuten.

Wo war sie überhaupt? Nirgends zu sehen.

Finster schaute er sich um und war weiterhin bemüht, sich selbst zu bemitleiden.

Erneut fragte er sich, was er hier überhaupt zu suchen hatte.

Was gingen ihn die senilen Freunde seiner Mutter an? Er kannte sie gar nicht oder nur flüchtig, und sein Bedürfnis nach geriatrischen Versammlungen war nicht sehr ausgeprägt. Es war ihm schleierhaft, weshalb Alice unbedingt auf eine Geburtstagsparty von Emmas Freundin gehen wollte. Und weshalb er dabei sein musste.

Frauen waren ein Rätsel: unlösbar. Und waren umso rätselhafter, je älter sie wurden.

Da musste man sich nur mal das Geburtstagskind anschauen, diese Linde oder Heidelinde oder wie immer sie heißen mochte. Wobei Geburtstags*kind* ja leicht übertrieben war, wenn man seinen Siebzigsten feierte. Obwohl in diesem Alter eine deutliche infantile Regression durchaus normal war.

Wie sie angezogen war! Ein schlackerndes Kleid in Batik-Optik wie aus der Altkleidersammlung. Und deutlich sichtbar keinen BH darunter. Oberpeinlich!

Und wie sie girrend und kichernd durch die Gästeschar flatterte, Küsschen verteilte und Champagner in sich hineinschüttete. Wie ein aufgeregtes Huhn. Diese alten Leute machten sich immer ungeheuer wichtig mit ihren Geburtstagen, klar, jeder konnte der letzte sein. Aber deshalb musste man sich doch nicht benehmen wie ein wiedergeborener Hippie. Wenn das seine Mutter wäre, der würde er schon gehörig die Meinung sagen.

Wo war sie überhaupt gerade? Er sah sie abseits stehen, diesen Neger am Arm.

Jawoll, Neger!

Zu dieser politischen Unkorrektheit stand er, denn es war ja alles andere als korrekt, was hier ablief zwischen diesem jungen … Neger und einer alten Frau, die dummerweise seine Mutter war. Und die Oma von diesem … Neger sein könnte. Solange sie nur im stillen Kämmerlein turtelten, war das eine Sache, aber diese Mesalliance wurde ja immer öffentlicher. Wenn man davon im Ministerium erfuhr, konnte er sich seine weitere Karriere abschminken. Und nur, weil bei seiner Mutter die Hormone tobten. Hatten alte Menschen überhaupt noch Hormone, oder was war es sonst?

Das Gesicht dieses … Kerls zeigte ein breites Grinsen, dass die weißen Zähne nur so blitzten, und er drückte Emma einen herzhaften Schmatz auf den Mund. Widerlich! Und das vor allen Leuten!

Er konnte sich der Einsicht nicht verschließen, dass er miserabler Laune war und nur zu gerne bereit, alles um ihn herum im schlechtesten Licht zu sehen. Manchmal tat es gut, sich immer weiter in eine wohlige Wut hineinzusteigern. Wozu er allen Anlass hatte, denn seine pflichtvergessene Ehefrau, um deretwillen er sich hier langweilte und aufregte, hatte sich noch keinen Deut um ihn gekümmert.

Wo war sie überhaupt?

Er sah sie ausgelassen tanzen mit diesem pferdeschwänzigen Rockopa, Johnny, wenn er sich recht erinnerte. Sie war bester Stimmung und drückte ihrem Partner zum Schluss einen Kuss auf die Wange. Der lachte, eilte zur Gastgeberin, dieser Heidelinde, umarmte und küsste sie. Und zwar richtig mit Zunge, wie es aussah.

Neben sich hörte er ein Schnauben.

»Dass man das mit ansehen muss«, murmelte der Mann und leerte seinen Champagner in einem Zug.

»Widerlich«, bestätigte Klaus. »Was diese alte Schachtel sich nur denkt.«

»Eberle, Peter«, stellte der Mann sich vor. Er deutete hinüber zu dem knutschenden Paar: »Ich bin der Sohn von ihr.«

»Oh!«, machte Klaus. Verdammt, das war ja jetzt Fettnäpfchen mit Anlauf. Er erinnerte sich, dass er ihm vorgestellt worden war, aber wie soll man sich denn die Namen und Gesichter von so vielen Leuten merken können?

»Äh … Entschuldigung … ich wollte nicht …«, stotterte er.

»Kein Mitleid bitte«, sagte Eberle, Peter. »Sie haben ja recht: widerlich. Man hätte es wissen können. Die Verfallserscheinungen kommen, das ist klar. Es ist nur überraschend, wie schnell sie kommen. Und welche Auswirkungen sie haben. Man hätte rechtzeitig handeln müssen.«

»Ich bin auch Sohn«, sagte Klaus und deutete zu Emma, die auf dem Schoß von Ajamu saß. Sie hatte den Arm um seine Schultern gelegt. Wenigstens knutschen sie nicht, dachte Klaus. Oh Gott, jetzt taten sie's doch!

»Auch nicht besser«, kommentierte Eberle, Peter mitleidlos.

Klaus seufzte. »Schrecklich, wenn die Menschen alt werden. Sie lassen sich gehen. Als ob sie jede Kontrolle über sich verloren hätten.«

»Das Heim«, sagte Eberle, Peter. »Sicher, das ist ein schwerer Schritt, aber was will man machen? Man weiß ja gar nicht, wie man damit umgehen soll. Im Heim haben sie Erfahrung mit Alzheimer und so. Bestimmt gibt es Medikamente, mit denen man sie ruhig stellen kann.«

»Meine Mutter lehnt ein Heim kategorisch ab«, sagte Klaus.

»Eben. Weil sie ihren Zustand ja selbst gar nicht erkennen. Da muss man eingreifen, zu ihrem Wohl. Und auch notfalls gegen ihren Willen. Wenn man Jurist ist, findet sich ein Weg.«

»Ach, auch Jurist?«, sagte Klaus. »Gestatten: Öchsle, Klaus. Dr. Öchsle.«

»Sie auch? Das trifft sich ja gut, Herr Kollege. Vielleicht können wir gemeinsam beratschlagen, was man in dieser Sache unternehmen kann.«

Lassen wir Eberle, Peter und Öchsle, Klaus mit ihren Erörterungen vorerst allein und stürzen uns in das Getümmel.

Wir sehen Lindes Kinder Brigitte und Julian, die sichtlich missbilligend beobachten, wie ihre Mutter zu »Tutti Frutti« mit Ajamu einen heißen Rock 'n' Roll aufs Parkett legt, dass man die Knochen knacken zu hören meint. Wir sehen Carla Eberle, Lindes Jüngste, die mit dem einen Auge amüsiert ihre Mutter beobachtet, mit dem anderen nicht weniger amüsiert die finsteren Gesichter ihrer Geschwister.

Einige Damen aus der Stuttgarter Perlenketten-Aristokratie, Bekanntschaften aus früheren Tagen und Bestandteil des Eberle-Vermögens, klimpern mit ihren Goldarmbändern, rümpfen die gut gepuderten Nasen und schütteln ausdauernd den Kopf, ohne das ondulierte Haar in Gefahr zu bringen.

Das ist ja so degoutant hier. Mit welchen Leuten sich diese Eberle neuerdings umgibt! Und das soll eine Geburtstagsfeier sein?

Dieser lange hagere Typ mit dem silbergrauen Pferdeschwanz, der hier den DJ macht, legt grinsend »Are you lonesome tonight« auf. Die alte Platte kratzt ein bisschen. Neben ihm steht ein etwa fünfzehnjähriger Junge, den Kenner der Verhältnisse unschwer als Simon Öchsle identifizieren und dem der Pferdeschwanz zeigt, wie man mit Schallplatten umgeht. »Vorsicht«, sagt er, »diese Dinger sind wertvoll, die gibt es heute nicht mehr.«

Die Linde hat sich mittlerweile einen kleinen Dicken im hellen Sommeranzug geschnappt, der ihr gerade bis zum Busen reicht und seinen Kopf so hingebungsvoll in eben diesen vergräbt, dass er bald unter Atemnot leiden muss. Eng umschlungen wiegen sie sich zur Musik, Linde mit verklärter Miene. Der Dicke wahrscheinlich auch, aber sein Gesicht ist ja nicht zu sehen.

Brigitte und Julian Eberle schauen sich an und schütteln verzweifelt den Kopf. Und der geschwätzige Nachbar hatte doch recht: Sodom und Gomorrha!

Carla Eberle grinst genauso breit wie der Mann am Plattenteller.

Johnny B. schickt einen weiteren Schmusesong hinterher, »And I love her«. Simon darf auflegen und erwischt die Pausenrille zwischen den Songs nicht gleich, ein Fetzen »I'm happy just to dance with you« donnert noch durch den Raum. Simon strahlt. Schallplatten, obergeil! Das fordert noch den ganzen Mann, das ist nichts für Schlappis, die nur im Verzeichnis ihres iPods blättern können.

Der Pferdeschwanz holt den Dicken aus seiner Versenkung und presst die Linde an sich. Sie sind ungefähr gleich groß. Sie tanzen Wange an Wange, Mund an Mund, Zunge an Zunge.

Die Eberle-Sippe stöhnt auf. Einen siebzigsten Geburtstag haben sie sich weiß Gott anders vorgestellt. Feierlicher. Würdevoller.

Eine schlanke junge Frau geht mit dem federnden Schritt einer Balletttänzerin auf Eberle, Peter und Öchsle, Klaus zu, die in ihren Erörterungen immerhin so weit gekommen sind, dass sie einträchtig die wahre Ursache für den allgemeinen Sittenverfall ausmachen können: die Achtundsechziger, wer denn sonst?

»Damals begann es«, sagt Eberle, Peter. »Kein Respekt mehr vor den natürlichen Autoritäten. Anarchie. Unzucht. Und wir müssen es ausbaden. Schauen Sie sich unsere Mütter an!«

»War Ihre Mutter auch irgendwie … aktiv in der Bewegung?«, fragt Öchsle, Klaus.

»Man weiß es nicht. Es wurde nie darüber geredet. Also wohl ja. Warum sonst hätte man das Thema totschweigen sollen?«

»Erstaunlich, wie wenig man über das Leben seiner Eltern weiß. Und wenn man doch etwas erfährt, sind es eher böse Überraschungen«, sagt Klaus düster.

Natürlich bezieht sich das auf Maria Pilar Fernández, Vater: Willi Öchsle, die er auf sie zukommen sieht.

»Und das alles hat ja Folgen bis heute«, philosophiert Eberle, Peter weiter. »Denken Sie nur an diese Homo-Ehen! Oh, Verzeihung, Ihre Kinder sind doch nicht etwa …? Man weiß ja nie heutzutage.«

»Nein, nein!«, wiegelt Klaus ab und kommt ins Grübeln. Hat er nicht vor Kurzem Madeleine Hand in Hand mit einer Freundin gehen sehen?

Aber da muss er sich keine Sorgen machen, denn Madeleine …

Doch erst ist Pilar an der Reihe, die mittlerweile bei den beiden Herren Juristen angelangt ist. Sie fordert Peter Eberle auf. Der wehrt ab, geradezu erschrocken. Aber Pilar schleppt ihn einfach mit und zieht ihn zu sich heran. Peter macht ein paar unbeholfene Schritte, stocksteif und eisig, und hält Pilar auf Abstand. Zwischen den beiden hätte sogar der Kugelblitz noch Platz.

Ein Paar Ehefrauenaugen beobachtet die beiden aufmerksam. Aber was macht sie sich Gedanken! Ihr Peter hasst das Tanzen, wie er in langen Ehejahren zur Genüge bewiesen hat. Er will nur höflich sein. Gute Kinderstube eben. Obwohl das ein Wunder ist bei dieser Mutter.

Pilar wird es zu blöd, sie schlüpft gewissermaßen unter dem Widerstand hindurch und nimmt Körperkontakt auf. Peter schmilzt dahin, und als er diesen schlanken, biegsamen Körper an sich spürt, ist ihm das gar nicht mehr unangenehm.

Ein Paar Ehefrauenaugen verengt sich.

Simon beginnt, Gefallen an seinem neuen Job als DJ zu finden. Wahllos greift er in den Plattenstapel. The Who, Black Sabbath, das sagt ihm ja alles nichts. Beach Boys? Klingt lustig. »Surfin' USA« scheppert aus den Boxen, und in die Tänzer kommt Bewegung. Auch Peter Eberle schlenkert mit den Armen, unbeholfen erst und dann immer flüssiger und mit sichtlicher Begeisterung.

Ein Paar Ehefrauenaugen verdüstert sich bedrohlich.

Klaus guckt zu und fühlt sich einsam. Er denkt an … an … an Alice natürlich, an wen sonst?

Wo ist Alice überhaupt?

Verschwunden.

Und Emma?

Verschwunden.

Spinnt im Hintergrund ihre Fäden, darf man vermuten.

Und jetzt ist sie wieder aufgetaucht. Sie kommt eben die breite, geschwungene Treppe zu den oberen Gemächern herunter, Ajamu im Schlepptau. Emma ist rot im Gesicht, erhitzt, und ihre Haare sind durcheinander.

Beide grinsen zufrieden. Oder befriedigt, wenn es das war, was er denkt. Nicht zu fassen! Und das gewissermaßen vor aller Augen!

Er schaut sich um, doch niemand nimmt anscheinend Notiz von ihnen. Oder stört sich daran. Nicht einmal die Eberle-Sippe. Aber die ist vollauf damit ausgelastet, die eigene Mutter im Blick zu behalten, die herumwirbelt und gackert wie ein Teenager. Da muss man ja direkt Sorge haben, dass das keinen Herzinfarkt gibt. Und bei Emma nicht minder.

Lassen wir für einen Moment Klaus allein mit seinen düsteren Gedanken und schauen wir uns weiter um. Eine Menge Leute sind gekommen, wie es einem runden Geburtstag gebührt. Da sitzt zum Beispiel in ihrem Rollstuhl Friede Busch, Emmas ehemalige Nachbarin aus dem Heusteigviertel, ihre Füße wippen zu »Let's spend the night together«. Der Kugelblitz redet auf sie ein, sie nickt ab und zu, wahrscheinlich hört sie ihn gar nicht durch das Gewummere.

Dann sind da natürlich die Linde-Kinder nebst jeweiligem Ehegespons, Clara ausgenommen, die derzeit solo ist und deshalb ungeniert mit Ajamu flirten kann, ohne dass sie von eifersüchtigen Ehegattenaugen verfolgt wird.

Und dann die Kinder der Kinder, in allen Alterstufen und schier unübersehbar. Man kann sich gar nicht merken, wie die alle heißen.

Zum Beispiel dieser hübsche blonde Junge dort, achtzehn oder neunzehn oder so. Seit einer geraumen Weile beobachtet er Madeleine, und sie beobachtet ihn. Wenn ihre

Blicke sich treffen, schaut jeder schnell weg und tut unbeteiligt. Madeleine kämpft mit sich.

Pilar schwebt heran.

»Schnapp ihn dir«, raunt sie Madeleine zu. »Der ist scharf auf dich.«

»Meinst du?«, fragt Madeleine zweifelnd.

»Bist du blind?«

»Nein«, seufzt Madeleine, »nur unerfahren.«

»Vielleicht ist das der richtige Moment, um diesem Zustand abzuhelfen, Eisprinzessin. Übrigens heißt er Claudius. Und er ist wirklich süß.«

»Aber ich kann doch nicht von mir aus …«

»Willst du? Dann kannst du auch.«

»Aber wenn das meine Mutter …«

»Deine Mutter ist heute mit ganz anderen Dingen beschäftigt, glaub mir. Und jetzt auf ihn mit Gebrüll.«

Madeleine zögert. »Der findet mich bestimmt hässlich.«

»Und deshalb ist er dauernd in deiner Nähe und schmachtet dich an?«

Noch zweifelt Madeleine.

»Bitte, wenn du nicht willst«, sagt Pilar, »schnapp ich ihn mir. Mir tät er nämlich auch gefallen.«

Madeleine gibt sich einen Ruck und macht zögernd einen Schritt auf Claudius zu. Auch er setzt sich in Bewegung, und Madeleine kriegt die Panik. Bestimmt rennt er vor mir davon, denkt sie. Aber nein, er fliegt geradezu zu ihr hin, als hätte er nur auf diesen einen Schritt von ihr gewartet.

Der erste Kontakt ist etwas ungelenk, aber es dauert nicht lange und sie stecken die Köpfe zusammen und kichern und lachen. Und irgendwann sind sie in einem der vielen Zimmer nebenan verschwunden, wo sie alleine sind. Und das ist der Beginn einer wunderbaren Freundschaft. Oder gar mehr? Wer weiß, der Abend ist noch lang, und die Nacht erst recht …

Klaus hat von alledem natürlich nichts mitbekommen. Er hätte sich jetzt gern weiter mit seinem Juristenkollegen unterhalten, die weiteren Maßnahmen in Bezug auf ihre Mütter betreffend, aber der ist gerade in ein ernsthaftes Gespräch mit einer Frau vertieft, seiner Frau vermutlich, und schaut gar nicht glücklich drein. Bestimmt geht es um die Linde, die sich wieder irgendeinen Hammer geleistet hat, der an ihm vorübergegangen ist.

In einem plötzlichen Anfall, man muss es wohl so nennen, schüttelt Klaus all seinen Missmut und seine Sorgen und düsteren Gedanken ab und beschließt, jetzt auch fröhlich zu sein und zu feiern. Als Erstes wird er sich jetzt einen hinter die Binde kippen, um in Stimmung zu kommen.

Es klingelt an der Haustür. Neue Gäste kommen.

Klaus hält die Luft an. Nicht auch das noch! Die Dreierbande, die besten Freundinnen von Alice, vorneweg Belinda, aufgetakelt wie zur Oscar-Verleihung. Sie schnappt sich einen Cocktail, sieht sich um und stürzt kreischend auf Klaus zu.

»Jippi, Klausi! Klaus der Standhafte, der treueste Ehemann von allen! Sag mal, warum hast du heute dein heißes Höschen nicht an?«

»Nicht so laut!«, zischt Klaus. »Wenn Alice das hört!«

»Alice!«, schreit Belinda laut. »Warum hat er heute sein heißes Höschen nicht anziehen dürfen?«

Mit der rechten Hand hält sie das Glas vor ihrer Brust, mit der linken fasst sie Klaus in den Nacken und zieht ihn zu sich heran. Küsschen links, Küsschen rechts. Klaus kann nicht umhin, auf ihr mehr als großzügiges Dekolleté zu starren..

Irgendjemand rempelt Klaus an, er stolpert gegen Belinda, und der Cocktail schwappt über ihren Busen.

»Entschuldigung«, murmelt der Jemand. Ist das nicht Emmas Stimme?

»Igitt, ist das kalt!«, gellt Belinda auf. »Klaus, wisch das bitte sofort weg, bevor es mir zwischen die Beine läuft.«

Sie macht ihr Dekolleté noch etwas weiter und reckt ihm ihre prachtvollen Brüste entgegen.

Und leiser sagt sie: »Ich habe nämlich heute kein Höschen an. Nicht mal ein heißes.«

Wegwischen? Kein Höschen? Klaus wird es abwechselnd heiß und kalt.

»Nun zier dich nicht so, Klaus, meinen Busen kennst du ja schon.«

Neben ihm materialisiert sich auf wundersame Weise Alice.

»So, so«, sagt sie mit ausdrucksloser Miene. »Ihren Busen kennt er. Interessant. Woher wohl?«

»Das ist ein Missverständnis«, stottert Klaus. »Ich kann das erklären.«

»Ich will nichts hören«, unterbricht sie ihn, schenkt ihm seltsamerweise ein strahlendes Lächeln und ist auch schon wieder verschwunden. Was ist nur los mit Alice? Sie ist so friedfertig. Kein Gezeter, kein Gemoser.

»Ah!«, sagt Belinda mit verklärtem Gesicht. »Angekommen. Klaus, hilfst du mir beim Abtrocknen?«

In blinder Panik kämpft sich Klaus mit den Ellenbogen durch die Menge, verfolgt von schallendem Gelächter. Nur raus hier! Keine Minute länger bleibt er in diesem Irrenhaus! Hier gibt es nur durchgeknallte Alte oder sexgierige Monster. Oder beides zusammen.

Jemand hält ihn am Arm. Ein Jemand, dem er bisher erfolgreich aus dem Weg gegangen ist.

»Der Klaus Öchsle! Erinnerst du dich? Zehnte Klasse, Geschichte.«

Natürlich erinnert er sich. Wer mal den Kugelblitz hatte, vergisst das nicht.

»Dass aus dir noch was wird, hätte ich nicht gedacht, so, wie du damals gestanden bist. Warsch net grad a Käpsele[102].«

Klaus hat absolut keine Lust, mit dem Kugelblitz über seine früheren Schulleistungen oder sonst was zu reden. Er will nur raus hier.

»Ich hatte damals eine schwierige Phase«, sagt er und will sich losmachen, aber Karls Griff ist erstaunlich fest.

»Die Phase hieß Annegret, wenn ich mich recht entsinne«, sagt der Kugelblitz. Er hat seine Lehrerstimme und seinen Lehrerhabitus angenommen, was in Klaus unangenehme Erinnerungen wachruft.

Was Lehrer so alles mitkriegen! Und was sie sich merken, jahrzehntelang!

»Kann sein«, sagt Klaus, der eingesehen hat, dass er hier so schnell nicht loskommt, der Kugelblitz hält ihn immer noch am Arm.

»Ja, ja«, seufzt sein ehemaliger Lehrer, »die Frauen! Du hast übrigens eine nette. Ich hab schon ihre Bekanntschaft machen dürfen, in paradiesischem Zustand sozusagen.« Er schmunzelt.

Wovon redet der? Haben die sich in der Sauna getroffen? Aber Alice geht doch grundsätzlich nie in die gemischte Sauna. Ist da etwas vorübergegangen an ihm? Und was hat Alice mit einem Fettkloß wie dem zu schaffen? In paradiesischem Zustand?

»Woisch, Klaus«, sagt der Kugelblitz, »deine Mutter und ich, mir kennet uns ja schon lang. Aus dem Sandkasten sozusagen.«

In Klaus fahren die Gedanken so schnell Achterbahn, dass er ihnen gar nicht folgen kann. Also: Emma und der

---

102 ein intelligenter, gescheiter Mensch

Karl kennen sich schon lange – warum hat er davon nie etwas erfahren, seine ganze Schulzeit nicht? Was ist da hinter seinem Rücken alles beredet worden? Und: Wie bringt man das alles zusammen, Emma und Alice und der paradiesische Zustand?

Seine Fantasie bewegt sich auf abwegigen, abschüssigen Gleisen, und unwillkürlich stöhnt er auf. Das ist die Strafe für all die Sünden, die er jemals begangen hat. Oder gedacht hat. Emma und Alice und der Kugelblitz. Und vielleicht dann noch dieser Schwarze?

Ihm wird übel, und wenn er nicht bald hier rauskommt …

Aber der Kugelblitz ist unerbittlich.

»Man hört ja so allerhand Sachen über dich«, sagt er.

Was für Sachen? Was ist das jetzt wieder für ein hirnloses Gequatsche?

»Sollsch ja ein rechter Schwerenöter sein, wie dein Vater. Klaus, Klaus!«

Der Kugelblitz beäugt ihn schräg von unten, und wie Klaus hinabschaut auf ihn, denkt er bizarrerweise, dass der Karl sich mal die Nasenlöcher ausrasieren sollte.

Karl schüttelt betrübt den Kopf.

»Hascht vielleicht auch schon a Kindle gmacht, wie dein Vater? Klaus, Klaus, wenn das deine Frau erfährt, das ist ja so eine Nette.«

Klaus fleht alle Götter, die ihm gerade einfallen, um Gnade und Vergebung an. Viele sind es nicht, und deshalb nützt sein Flehen auch nichts, der Kugelblitz hält ihn nach wie vor fest mit seinem hammerharten Griff.

Plötzlich strahlt er wie ein Honigkuchenpferd. »Guck, jetzt gibt's was zum Essen!«

In der Tat kommen ein paar adrette junge Frauen mit Tabletts aus der Küche und werden allenthalben mit Beifall begrüßt. Nur die Eberle-Sippe, die wie eine Trutzburg eng beieinandersteht, schaut grämlich auf das Fingerfood mit Räucherlachs, Kaviar und Undefinierbarem.

»So verfressen die unser Erbe«, sagt Peter Eberle.

»Es trifft ja keinen Armen«, kontert Carla Eberle und greift nach einem Kaviarbrötchen.

»Ein gutes Heim ist teuer«, sagt Brigitte Findeisen, geborene Eberle.

»Und jetzt ist endgültig Schluss mit diesen Sperenzchen«, sagt Julian Eberle. »Wir müssen was unternehmen. Sofort.«

»Willst du nicht erst noch den Nackttanz abwarten?«, frotzelt Carla Eberle.

Eine der adretten jungen Frauen bewegt sich in Richtung Klaus und Karl, und endlich lässt der Karl den Klaus los und reibt sich erwartungsfroh die Hände. Klaus hat eine Vision. Ihm ist, als schwebe Yvonne auf ihn zu.

Es ist Yvonne.

Keine Vision. Ein Albtraum.

Karl schaufelt sich beide Hände voll mit Köstlichkeiten und geht grinsend von dannen.

Klaus sucht ein großes, tiefes Loch, in dem er verschwinden kann.

»Was machst du denn hier?«, stammelt er mit heiserer Stimme.

»Nebenjob«, sagt Yvonne. Sie scheint nicht im Mindesten überrascht, ihn zu sehen. Auch nicht verlegen oder irgendetwas anderes, der peinlichen Situation Angemessenes.

Nebenjob! Ausgerechnet hier! Zufall? Schicksal? Treibt hier einer der Götter, die ihm nicht eingefallen sind, ein schändliches Spiel mit ihm?

»Nimm dir was«, sagt Yvonne und hält ihm das Tablett hin.

»Mir ist der Appetit vergangen«, stöhnt Klaus.

Yvonne zuckt mit den Schultern. Aber sie macht keine Anstalten, zum nächsten Gast weiterzugehen. Will sie hier Wurzeln schlagen? Allmählich muss das doch auffallen!

Ihm fällt entsetzt die unsensible Bemerkung des Kugelblitzes ein. Er beugt sich zu ihr hin und flüstert: »Bist du vielleicht schwanger?«

»Glaub nicht«, antwortet sie.

»Was heißt glauben!«, braust Klaus auf und erschrickt, weil er plötzlich laut geworden ist. »Das weiß man doch als Frau!«

»Nicht sofort.«

Wieder einmal materialisiert sich Alice urplötzlich neben ihm.

»Ist das nicht ein Zufall, dass die Yvonne heute bedient?«, strahlt sie. »Unterhaltet ihr euch nett? Worüber denn?«

Klaus bringt keinen Ton heraus.

»Macht nur weiter, amüsiert euch schön«, sagt Alice und entschwindet.

»Warum willst du wissen, ob ich schwanger bin?«, fragt Yvonne. »Willst du ein Kind von mir?«

Jetzt ist sie es, die sich vorbeugt zu ihm, aber die Einblicke, die sie dabei gewährt, registriert er gar nicht.

»In zwei Stunden bin ich fertig«, wispert sie. »Da oben gibt es viele Zimmer. Merkt keiner.«

Emma taucht auf, wie aus dem Nichts.

»Ja guck, die Yvonne ond dr Klaus!«, sagt sie. »Was mauschlat[103] ihr denn?«

Klaus hyperventiliert. Gleich kriegt er einen Herzinfarkt oder noch was Schlimmeres. Und danach erwürgt er seine Mutter.

---

103 etwas heimlich tun

Aber vorerst stürzt er davon. Aus seiner Kehle kommen Geräusche, die gar nicht gut klingen.

Emma und Yvonne grinsen sich an.

»Gut gemacht, Mädle«, sagt Emma. Es hat sie viel Überredung gekostet, gepaart mit einigen verhüllten Drohungen, Yvonne zu ihrem Auftritt zu überreden, aber offensichtlich hat es sich gelohnt.

Ein versonnenes Lächeln umspielt Emma Öchsles neonpink geschminkte, mittlerweile etwas verschmierte Lippen. Auf zur nächsten Etappe.

Klaus kommt nicht weit. Er läuft geradewegs Belinda in die Arme. Einer schwer frustrierten Belinda. Alice hat sie, wie versprochen, mit Ajamu bekanntgemacht, und sie hat versucht, mit all den Mitteln, die ihr zur Verfügung stehen, und das sind weiß Gott nicht wenige, Ajamu anzubaggern. Ergebnislos. Er hat freundlich Konversation gemacht, ihr in den Ausschnitt gelinst, sogar ein bisschen geflirtet, viel gegrinst mit seinen weißen Zähnen im schwarzen Gesicht, so dass ihr ganz anders wurde, aber ansonsten – nichts.

Als ihre Absichten dann deutlicher wurden, unübersehbar sogar, blickte er sie ernst an und sagte: »Lass gut sein, Belinda. Ich bin vergeben.«

Und dann hat er sie einfach stehen lassen.

Eine Frau kann manche Niederlage einstecken im Geschlechterkampf, mannhaft sozusagen, aber gegen eine verwelkte Oma den Kürzeren zu ziehen, das ist hart. Mehr noch, es ist demütigend, zumal wenn man sich die in einer solchen Situation übliche Frage stellt: Was hat die, was ich nicht habe?

Belinda also ist sauer wie lange nicht, und da sie auf Anhieb keine ihrer Freundinnen sieht, bei denen sie sich ausweinen könnte, kommt ihr Klaus gerade recht. An irgendwem muss sie ihre Wut auslassen, und mit diesem verklemmten Sesselfurzer hat sie ohnehin noch ein Hühnchen zu rupfen.

Belinda ist eindeutig auf Krawall aus, und es ist ihr völlig egal, wer zuhört und was der denkt.

Klaus will an Belinda vorbei, vielleicht hat er sie auch gar nicht wahrgenommen, er hat so einen stieren Blick, sie packt ihn am Arm, und als er sich ihr entwindet, stellt sie ihm der Einfachheit halber ein Bein.

Das hat er nun davon. Sie abblitzen lassen und dann mit dieser niveaulosen Bäckerin in die Kiste steigen. Wenn schon Alice zu schüchtern oder zu dämlich ist, klar Schiff zu machen, dann muss eben sie ihm zeigen, wozu eine gedemütigte Frau fähig ist.

Stolpernd bemüht sich Klaus, sein Gleichgewicht wiederzufinden, was ihm natürlich nicht gelingt, und so schlittert er rücklings genau zwischen die Beine von Yvonne, die eben mit ihrem Tablett ankommt. Mit einem lauten Aufschrei fällt Yvonne auf Klaus, das Tablett segelt durch die Luft und verstreut die Häppchen malerisch. Ein Kaviarbrötchen landet punktgenau in Belindas Dekolleté.

Überraschte Rufe, Gelächter, Beifall auch, vor allem von jenen Männern, die sich von ihren Gattinnen unbeobachtet glauben, denn Yvonnes hochgerutschter Rock offenbart ausgefallene Dessous, die eindeutig nicht vom nächstbesten Kaufhauswühltisch stammen.

Was auch Klaus bemerkt, als er den Kopf hebt und direkt zwischen Yvonnes Beine blickt. Aber das ist ihm jetzt sowas von egal, ihn überfordert die Situation total.

Belinda klaubt sich den Kaviar vom Busen und ist nicht im mindestens amüsiert, die Tatsache, dass er sich ausgerechnet mit dieser hirnlosen Bäckerin auf dem Boden wälzt, bringt sie erst recht auf hundertachtzig.

»Du Drecksack«, schleudert sie ihm zusammen mit ein paar Fischeierchen entgegen, die ihn aber knapp verfehlen, obschon sein weit aufgerissener Mund eigentlich ein großartiges Ziel darstellt. »Du Mistkerl! Du hinterfotziges Arschloch!«

Von den Umstehenden kann sich keiner einen Reim auf Belindas Tiraden machen, und diejenigen, die im gnadenvollen Zustand höherer Einsichten sind, grinsen mehr oder weniger heimlich in sich hinein. Manchmal übernimmt auch der Zufall willkommene Regie.

Auch Klaus zählt zur Gruppe der Verständnislosen. So ein Aufstand wegen ein paar verlorener Eier?

Yvonne scheint es sich auf ihm gemütlich einrichten zu wollen, denn sie macht keinerlei Anstalten aufzustehen. Über ihr wohlproportioniertes Hinterteil im Spitzenhöschen hinweg sieht er eine breit grinsende Emma. So ist's recht, jetzt amüsiert sich schon die eigene Mutter über die missliche Lage, in die er ohne eigenes Verschulden geraten ist.

Und er sieht eine Belinda mit hochrotem Gesicht, die Fahrt aufnimmt.

»Du Verräter!«, brüllt sie. »Du Schlappschwanz! Du Hurenbock! Was denkst du eigentlich, wer du bist, Herr Dr. Öchsle? Ihr könnt ja gleich weitermachen, ihr zwei, schön in der Übung bleiben.«

In Klaus steigt eine leise Ahnung auf, die sich rasend schnell zur Gewissheit verdichtet. Belinda weiß von seinem Ausrutscher mit Yvonne, und das kann nur bedeuten, dass es auch Alice weiß und jetzt die ganze Geburtstagsgesellschaft.

Klaus lässt den Kopf sinken und schließt die Augen. Er möchte nur noch eins: sterben, und das bitte auf der Stelle. Ersatzweise käme auch eine Ohnmacht gelegen: nichts mehr hören, nichts mehr sehen.

Für ihn wäre das möglicherweise die beste Option gewesen, wenn man den weiteren Verlauf der Ereignisse bedenkt, aber so einfach geht das ja auch nicht mit der Ohnmacht ohne jahrelange Übung.

Ein hartes Gitarrenriff jagt jetzt durch den Raum. Johnny B. hat seine Fender Stratocaster ergriffen und donnert los, laut genug, dass die gesamte Versammlung zusammenzuckt und er sich ihrer Aufmerksamkeit gewiss sein kann.

Wie auf Kommando wälzt sich Yvonne von Klaus, steht auf und streicht ihren Rock glatt. Dann hilft sie Klaus auf, der das willenlos mit sich geschehen lässt, und macht den Abgang.

Klaus will ihr hinterher, sieht sich aber in die Zange genommen von Belinda und dem Kugelblitz. Karl packt ihn wieder einmal fest am Arm, Belinda zischt ihm zu: »Wir sind noch nicht fertig miteinander!«

Johnny B. improvisiert ein bisschen, mit viel Vibrato und Wah-Wah, und leitet geschickt über zu »Me and Bobby McGee«.

Vorne neben der großen Treppe, die zum oberen Stockwerk führt, ist ein kleines Podest aufgebaut, auf das Heidelinde steigt. Sie hat sich umgezogen und trägt jetzt ein enganliegendes, bodenlanges rotes Kleid mit Seitenschlitzen bis zu den Hüften.

Sie hält ein Mikrophon in der Hand und fängt mit ihrer leicht rauchigen Stimme an zu singen.

Schlagartig ist es still im Raum, Heidelinde hat von den ersten Takten an ihr Publikum im Griff, als hätte sie ihr Leben lang nichts anderes getan. Man lauscht ihr ergriffen, fasziniert, überrascht. Nur Peter Eberle murmelt: »Wie peinlich ist das denn!« und muss all seine Willenskraft aufbieten, damit seine Füße nicht aus Versehen im Takt mitwippen. Er sucht den Blickkontakt mit seinen Geschwistern, aber die hängen an den Lippen ihrer Mutter wie wahrscheinlich ihre ganze Kindheit nicht.

Tosender Beifall, als der Song endet, und Johnny B. stimmt sofort »Sounds of Silence« an. Heidelinde auf ihrer kleinen Bühne wiegt sich sanft im Rhythmus und singt mit geschlossenen Augen. Sie ist ganz weit weg und ganz bei sich.

Der Beifall ist noch stürmischer, es wird gepfiffen und gegrölt, und selbst Peter Eberle muss zugeben, dass er beeindruckt ist. Diese Seite seiner Mutter ist ihm bisher verborgen geblieben.

Heidelinde hebt die Hand, bis es ruhig wird.

»Davon habe ich schon immer geträumt, und es hat lange gedauert, bis der Traum wahr geworden ist. Dank meiner Freunde.«

Sie macht eine weit ausholende Handbewegung, so dass sich jeder eingeschlossen fühlen darf.

»Ich habe euch nicht nur eingeladen, damit wir gemeinsam meinen Geburtstag feiern können, ich habe vor allem etwas mitzuteilen.«

Jetzt wird es ernst. Sie räuspert sich. Man kann ja schon davon ausgehen, dass sie lange an ihrer kleinen Rede gefeilt hat, die Gedankengänge logisch strukturiert mit einem Sinn für dramaturgische Spannung, mit launigen Bemerkungen zwischendurch, aber jetzt fällt ihr anscheinend nicht mehr ein, was sie eigentlich sagen will. Verlegenheitspause. Wie anders soll man deuten, dass sie zögert? Die Pause bewirkt immerhin, dass es im Raum mucksmäuschenstill geworden ist und sich nun wirklich aller Augen auf sie richten.

Und diese Augen sehen, wie genau in diesem Moment neben Heidelindes Bühne ein Paar die Treppe von den oberen Gemächern hinabschreitet – man kann es nicht anders bezeichnen. Er hat seiner Dame galant den Arm geboten, den sie dankbar angenommen hat. Arm in Arm also und würdevoll, wie bei einem großen Schauspielauftritt, setzen sie Fuß vor Fuß. Beide lächeln, er etwas breiter als sie, dafür legt sie einen verträumten Ausdruck hinein.

Besonders ein Augenpaar will nicht glauben, was es da sieht. Das ist doch nicht das, wonach es aussieht, oder? Das bildet er sich doch nur ein, nicht wahr? Das ist nur ein Trugbild, das ihm sein schlechtes Gewissen vorgaukelt.

Oder doch nicht?

Das Augenpaar hat auch ein Stimme.

»Alice!«, stöhnt Klaus Öchsle. Und: »Ajamu!«

Emma, die ihren Sohn genau beobachtet, grinst zufrieden. Die Überraschung ist wahrlich gelungen.

»Ja«, sagt Heidelinde lächelnd mit Blick auf Alice und Ajamu, »oben gibt es auch noch Zimmer. Und das ist mein Stichwort. Ich will es kurz machen, manche ahnen es vielleicht auch schon. Die Linde hat beschlossen, aus ihrem Haus eine WG zu machen. Oder soll ich sagen: eine Kommune? Platz genug ist ja. Also, einziehen bei mir werden die Emma, die Friede Busch, die ja genauso wie Emma aus ihrer Wohnung vertrieben wurde, und Pilar. Und wer weiß, vielleicht stößt ja auch noch Alice zu uns.«

Von Klaus kommt etwas, das wie »urgh« klingt, jedoch im allgemeinen Stimmengewirr untergeht.

Heidelinde verschafft sich wieder Ruhe und fährt fort: »Ihr seht also, das ist keine reine Senioren-Kommune. Und warum überhaupt, fragt ihr euch, fragen sich wohl vor allem meine Kinder? Das ist ja klar. Wir können uns gegenseitig unterstützen, und wir haben sicherlich eine Menge Spaß miteinander. Und, Herr Häberle – wo ist denn mein fürsorglicher Nachbar?«

Ein Mann in der Menge hebt zögernd die Hand.

»Also, Herr Häberle, falls wir mal die Absicht haben, im Garten nackt tanzen zu wollen, laden wir Sie natürlich dazu ein.«

Der Mann in der Menge läuft puterrot an und würde sich am liebsten unsichtbar machen.

»Wie ihr bemerkt habt, sind Männer in unserer Kommune nicht vorgesehen, zumindest nicht als Mitbewohner. Männer im Haus: Das haben wir alle schon mitgemacht, und diesen Stress tun wir uns nicht noch einmal an. Als Gäste allerdings sind sie uns immer willkommen. Und für Johnny und seine Gitarren habe ich schon mal ein persönliches Gästezimmer eingerichtet, damit er nicht dauernd Ärger mit seinen Nachbarn hat, wenn er spielt und ich singe.«

Zur Bekräftigung donnert Johnny eine Kaskade von Riffs.

»Ach, übrigens, das an die Adresse meiner Kinder: Ein Bett steht in Johnnys Zimmer nicht, meines ist ja breit genug.«

Die Menge johlt, und der größte Teil des Eberle-Clans ist nun endgültig in Schockstarre gefallen. Nur Carla applaudiert begeistert und beobachtet amüsiert, wie ihre Geschwister um Fassung ringen.

Als Peter Eberle seine grinsende kleine Schwester sieht, ist ihm alles klar.

»Du hast es gewusst«, klagt er.

»Ja.«

»Und hast uns nicht informiert.«

»Warum auch? Ich wollte unserer Mutter die Überraschung nicht verderben. Und du hättest doch nur versucht, diesen Plan zu hintertreiben.«

Dem kann Peter schlechterdings nicht widersprechen.

»Unsere Mutter ist erwachsen geworden, Bruderherz, gewöhn dich daran.«

»Ob das gut geht?«, zweifelt Brigitte.

»Man muss das im Auge behalten«, sagt Julian.

»Wenigstens ist jemand da, der auf sie aufpasst«, leitet Peter seine Kapitulation ein.

Carla lacht. »Da muss man wohl eher auf jemand anderen aufpassen. So wie du mit Pilar getanzt hast … Deine liebe Frau wird bestimmt nicht zulassen, dass du in Zukunft unsere Mutter allein besuchst.«

In Belinda tobt es, der nächste Vulkanausbruch steht unmittelbar bevor. Ajamu war doch ihr versprochen! Das ist Verrat, und ausgerechnet von ihrer besten Freundin! Dann sieht sie das Häufchen Elend neben sich, das auf den Namen Klaus hört, bemerkt, wie Alice ihr zuzwinkert und bekommt eine Ahnung davon, was hier gespielt wird.

Sie legt den Arm um ihn und zieht ihn zu sich heran.

»Na, Kläuschen, dumm gelaufen, was? Aber nicht weinen, Belinda tröstet dich. Wollen wir gleich mal nach oben?«

Entsetzt macht sich Klaus los und läuft geradewegs seiner Mutter in die Arme. Ein versonnenes Lächeln umspielt Emma Öchsles neonpink verschmierte Lippen.

»Tja, mein Sohn«, sagt sie, »da ist wohl endlich mal eine Aussprache mit deiner Frau fällig.«

Wenn es ein Wort gibt, das Männer absolut nicht hören wollen, dann ist das Aussprache. Sie überkommt dabei eine fast panische Angst, weil sie sich vom Ansturm der gegnerischen Argumente hinweggefegt fühlen.

»Was gibt's da noch zu bereden«, bockt Klaus deshalb.

»Dondrladdich, des muasch selber wisse. Auf jetzt, du Lole[104].«

Es ist lästig, wenn Mütter recht haben, aber in diesem Fall ist es wohl so, das muss er einsehen. Er gibt sich einen Ruck und strafft den Rücken, und so marschiert Dr. Klaus Öchsle, in seinem Ministerium gefürchtet als wortgewaltiger Kämpfer, der auch festgefahren scheinende Debatten in seinem Sinne herumzureißen vermag, auf Alice zu.

---

104 ein schwerfälliger Mensch, ein Langweiler

Ajamu ist längst verschwunden, und Alice wirkt wie eine einsame Insel, um die herum sich das Meer diskret zurückgezogen hat.

Sie blickt ihm entgegen mit einem Gesichtsausdruck, der für ihn nicht zu deuten ist. Was spiegelt sich darin: Verlegenheit? Trotz? Triumph?

Sie stehen sich gegenüber. Klaus räuspert sich. Was soll man da bloß sagen?

»Sind wir jetzt also quitt?«, fragt er mit einem Kloß im Hals.

Alice schaut ihn lange mit unbewegtem Gesicht an. Dann lächelt sie strahlend, und Klaus atmet auf.

»Abwarten«, sagt Alice.

Zum Weiterschmökern

In Ihrer Buchhandlung

Olaf Nägele

Das Flädle-Orakel

Roman

Ein Schelmen- und Entwicklungsroman um »Erasmus das Orakel«, wie sich Arndt Peterson nach seiner blitzartigen Flucht aus Hamburg auf dem Mittelaltermarkt in Trollingen nennt. Zusammen mit der Journalistin Nicole kommt der selbsternannte Flädle-Wahrsager einem handfesten Skandal in der schwäbischen Kleinstadt auf die Spur. Ein Buch, das die Leser bis zur letzten Seite fesselt.

256 Seiten.
ISBN 978-3-8425-1211-5

Silberburg-Verlag

www.silberburg.de

Julie Leuze
Killesberg Kiss
Roman
Silberburg-Verlag
Julie Leuze / Killesberg Kiss